HERMANN BAUER

Kaffeebeichte

TÖDLICHE NEUGIER   Die langjährigen Studenten Klaus Kastner und Erwin Lamprecht wollen im Café Heller die Tradition der Wiener Kaffeehausliteratur wieder aufleben lassen. Sie planen Texte über oft sehr persönliche Dinge, die ihnen die Gäste im Gespräch anvertrauen. Lamprecht scheint dabei vor allem an sensationellen Inhalten interessiert zu sein. Er deutet Oberkellner Leopold gegenüber an, von einem Mord erfahren zu haben. In der darauffolgenden Nacht wird er auf dem Kinzerplatz gefunden – erwürgt mit seinem eigenen Schal. Gleichzeitig stirbt Elvira Achleitner, ein kränkelnder Stammgast des Café Heller, unter seltsamen Umständen. Ihr verschwundenes Testament beschäftigt Leopold ebenso wie die angebliche Mordgeschichte, für die es keine Anhaltspunkte gibt. Um den Fall zu lösen, muss er herausfinden, was die beiden Toten miteinander verbindet.

© privat

Hermann Bauer wurde 1954 in Wien geboren. Dreißig wichtige Jahre seines Lebens verbrachte er im Bezirk Floridsdorf. Bereits während seiner Schulzeit begann er, sich für Billard, Tarock und das nahe gelegene Kaffeehaus, das Café Fichtl zu interessieren, dessen Stammgast Bauer lange blieb. Von 1983 bis Anfang 2019 unterrichtete er Deutsch und Englisch an der BHAK Wien 10. Er wirkte in 13 Aufführungen der Theatergruppe seiner Schule mit. Im Jahr 2008 erschien sein erster Kriminalroman »Fernwehträume«, dem 15 weitere Krimis um das fiktive Floridsdorfer Café Heller und seinen Oberkellner Leopold folgten. »Kaffeebeichte« ist der 16. Kaffeehauskrimi des Autors. Er lebt mit seiner Frau Andrea in Wien und Eisenstadt.

HERMANN BAUER

Kaffeebeichte

WIENER KAFFEEHAUSKRIMI

GMEINER

Immer informiert

Spannung pur – mit unserem Newsletter informieren wir Sie
regelmäßig über Wissenswertes aus unserer Bücherwelt.

Gefällt mir!

Facebook: @Gmeiner.Verlag
Instagram: @gmeinerverlag
Twitter: @GmeinerVerlag

Besuchen Sie uns im Internet:
www.gmeiner-verlag.de

© 2023 – Gmeiner-Verlag GmbH
Im Ehnried 5, 88605 Meßkirch
Telefon 0 75 75 / 20 95 - 0
info@gmeiner-verlag.de
Alle Rechte vorbehalten
1. Auflage 2023

Lektorat: Claudia Senghaas, Kirchardt
Herstellung: Mirjam Hecht
Umschlaggestaltung: U.O.R.G. Lutz Eberle, Stuttgart
unter Verwendung eines Fotos von: © NDABCREATIVITY /
stock.adobe.com und kichigin19 / stock.adobe.com
Druck: GGP Media GmbH, Pößneck
Printed in Germany
ISBN 978-3-8392-0486-3

KAPITEL 1

Dienstag, 15. März, Nachmittag

»Was sind die wichtigsten Eigenschaften eines Oberkellners?«, fragte Klaus Kastner neugierig.

»Und das kommt garantiert nicht in die Zeitung? Oder ins Internet? Oder sonst wie an die Öffentlichkeit?«, vergewisserte sich Leopold W. Hofer, der Oberkellner des *Café Heller*. Er saß Kastner dabei kurz vor seinem nachmittäglichen Dienstantritt bereits in Arbeitslivree – Smoking, weißes Hemd und schwarzes Mascherl – an einem Fenstertisch des Kaffeehauses gegenüber.

»Aber nein, ich hab's dir doch vorhin erklärt«, bemühte sich der etwa 30-jährige dunkelhaarige und ständig unrasierte Kastner, ihn zu beruhigen. »Diese Aufzeichnungen sind zunächst nur für mich. Später werde ich sie literarisch verarbeiten, zu einer kleinen Skizze oder einem Teil einer Erzählung. Ich bearbeite das Ganze dann allerdings dementsprechend, sodass niemand mehr erkennen kann, dass es sich um deine Antworten in unserem kleinen Gespräch hier handelt.«

»Aha«, vermerkte Leopold skeptisch.

»Schau her, ich zeichne nichts von unserer Unterhaltung mit einem Gerät auf, ich mache mir nur Notizen«, redete Kastner weiter auf ihn ein. »Im schlimmsten Fall frage ich dich später noch einmal, wenn mir etwas nicht klar ist.«

»Na gut«, gab Leopold kopfnickend seine Zustimmung.

»Also: Was sind nach deiner Meinung die wichtigsten Eigenschaften eines Oberkellners?«

Leopold dachte kurz nach, holte tief Luft und erwiderte dann: »Auskennen muss er sich. Das ist das ganze Geheimnis.«

Kastner wirkte etwas ratlos. »Kannst du das ein wenig genauer ausführen?«, bat er.

»Er muss die Ware kennen, die er verkauft«, begann Leopold daraufhin. »Also natürlich die verschiedenen Arten der Kaffeezubereitung oder die geschmacklichen Eigenschaften der angebotenen Weine. Es wäre auch nicht schlecht, wenn er den täglichen Mittagsteller kostet, damit er Bescheid weiß. Oder die Gulaschsuppe wegen ihres Schärfegrades, der immer wieder einmal wechseln kann. Manche Gäste sind da sehr heikel. Überhaupt muss ein guter Oberkellner seine Klientel genau kennen«, holte er weiter aus. »Die Gewohnheiten der Stammgäste, und was sie konsumieren. Vor allem, wie sie ihren Kaffee haben wollen oder ihr Frühstücksei. Da gibt es erstaunliche Unterschiede in den Härte- beziehungsweise Weichheitsgraden. Beim Ham and Eggs ist es besonders haarig. Bei manchen muss der Dotter noch zittern, wenn sie ihn anschneiden, bei anderen bereits eine leicht milchige Farbe angenommen haben. Das ist alles zu berücksichtigen.«

»Wie schaut es mit der Ordnungsliebe aus? Die bedeutet dir ja viel«, wechselte Kastner zum nächsten Punkt.

»Ohne Ordnung geht nichts im Kaffeehaus«, bestätigte Leopold. »Die Tische der Stammgäste sind freizuhalten, und auch sonst hat alles seinen Platz und seine Zeit. Und ein gewisses Benehmen ist vonnöten. Da wird nicht herumgeschrien, gesungen oder getanzt. Man kann sich nicht so aufführen, wie es einem gerade passt. Man ist heiter, aber nicht ausgelassen, locker, aber höflich. Im Grunde sollte man das niemandem erklären müssen. Man kennt die anderen und man hat den Überblick. Damit ergibt sich normalerweise alles von selbst.«

»Und welche Rolle spielt die Freundlichkeit für dich?«, wollte Kastner nun wissen.

»Freundlichkeit?« Leopold rümpfte die Nase. »So gut wie keine.«

»Aber ist ein freundlicher Oberkellner nicht gerade das, was sich die Gäste erwarten?«, drang Kastner in ihn.

»Die Gäste erwarten sich, rasch und ihren Wünschen gemäß bedient zu werden«, entgegnete Leopold energisch. »Ob ich sie dabei anlächle, ist ihnen wurscht, außer sie interessieren sich für meine blitzenden Schneidezähne. Ein freundliches Wesen dient meist nur dazu, Hilflosigkeit zu überspielen. Wenn ein Ober den Gast so richtig anstrahlt, weiß er auf dessen Fragen, Bitten und Erkundigungen für gewöhnlich keine anderen Antworten als: ›Da muss ich erst nachschauen‹ oder ›Einen Augenblick bitte, ich werde einmal den Chef fragen‹. Solche Kampflächler bringen nicht viel auf die Reihe, weil sie dem Irrtum unterliegen, es sei das Wichtigste, nett zu sein, und sich sonst keine Gedanken machen. Wenn man sich auskennt, erspart man sich das ganze Getue, und der Gast ist zufrieden.«

»Auch wenn er grantig bedient wird?«

Leopold zögerte nicht lange. »Selbstverständlich! Der Grant ist sozusagen der Beweis fürs Können.«

Kastner schüttelte lächelnd den Kopf und machte sich seine Notizen.

»Was wirklich zu einem guten Oberkellner gehört, ist ein bisschen Geld in der Tasche«, fuhr Leopold indessen fort. »Er muss es jederzeit zum Herleihen parat haben, wenn jemand flach ist, zum Beispiel ein Kartenspieler. Sonst geht dieser Gast dem Kaffeehaus unter Umständen verloren.«

»Aber bekommt der Ober sein Geld dann auch zurück?«, wandte Kastner ein.

»Meistens«, gab sich Leopold bedeckt. »Man hat halt ein gewisses Berufsrisiko.«

»Das ist alles sehr interessant«, befand Kastner. »Fällt dir noch etwas ein, das für die Arbeit eines Oberkellners von Belang ist?«

Nun meldete sich Frau Heller, die die beiden Herren bereits die ganze Zeit von ihrem Platz hinter der Theke belauscht hatte, zu Wort. »Dass er pünktlich seinen Dienst antritt beispielsweise«, gab sie mit einem Blick auf die Uhr ungeduldig an.

Leopold überhörte diese Warnung geflissentlich. Er kam in Fahrt. »Beinahe hätte ich es vergessen: G'schichtln muss er wissen und erzählen können, über das Kaffeehaus, seine derzeitigen und ehemaligen Stammgäste und das, was so im Bezirk passiert«, erwähnte er. »Ich gebe Ihnen ein Beispiel: Der Pfaffenbichler Ferdl und seine Frau Luise haben einen ewigen Streit darüber gehabt, wer wo hinein den ersten Schritt machen darf, etwa in ein Lokal. Oft sind sie vor unserem Kaffeehaus gestanden und haben nur darüber debattiert, wem es gestattet ist, als Erster hineinzugehen. Einmal, im Winter, haben wir geglaubt, sie erfrieren uns vor der Tür. Sie waren schon fast so weit, eine Münze zu werfen, aber dann ging es wieder darum, wer hierzu das Vorrecht haben sollte. Schließlich hat sich ein Gast erbarmt und einen neutralen Wurf gemacht. Die Luise hat gewonnen. Daraufhin hat der Ferdl den Gast sein Leben lang nicht mehr angeschaut …«

»Darf ich Sie daran erinnern, dass Ihre Arbeitszeit begonnen hat, Leopold? Es sind Leute da, die bedient werden wollen«, wurde Frau Heller nun lauter. »Zum Plaudern ist später auch noch Zeit. Husch, husch, ans Werk!«

Leopold warf einen fragenden Blick in ihre Richtung, erhob sich aber dann doch und tat mit einem Seufzer sein Einverständnis kund. »Übrigens: Den Schritt ins Grab hat dann der Ferdl zuerst gemacht«, raunte er Kastner noch zu. »Die Luise war ihm darüber nicht böse, im Gegenteil. Sie soll jetzt wieder glücklich verheiratet sein.«

*

Während Leopold geschäftig seine Runden durchs *Heller* drehte und dabei Kaffee, Tee, ein Glas Wein oder ein Sardellenbutterbrot auf kleinen Silbertabletts zu den Tischen balancierte, machte sich Klaus Kastner noch ein paar Notizen mit der Hand, ehe er den Laptop aus seinem kleinen blauen Rucksack nahm und damit weiterarbeitete. Seit mehr als drei Wochen saß er hier jeden Nachmittag bis in den Abend hinein und schrieb sich Dinge über das Kaffeehaus, seine Besucher und das Personal auf. Sein Ziel bestand darin, möglichst viele Eindrücke zu einem großen Ganzen zu verarbeiten und daraus vielleicht einmal ein Monumentalwerk über das Kaffeehaus schlechthin zu schaffen. Er fühlte sich als Kaffeehausliterat in der Nachfolge von so bekannten Wiener Schriftstellern zu Beginn des 20. Jahrhunderts wie Peter Altenberg, Alfred Polgar, Hermann Bahr oder Hugo von Hofmannsthal, die ganze Tage schreibend im Kaffeehaus verbracht hatten, um sich durch die einzigartige Atmosphäre zu Erzählungen, Skizzen, Essays und sprachlich geschliffenen Rezensionen inspirieren zu lassen. Damals war das Kaffeehaus noch eine wirkliche Institution gewesen, ein Treffpunkt der intellektuellen Elite, und wer etwas auf sich gehalten hatte, hatte sein Stammcafé gehabt, in dem er ein und aus gegangen war.

Klaus Kastner schwebte nun vor, diese Art der literarischen Produktion wiederzubeleben. Dabei war er nicht allein. Sein Freund und Studienkollege Erwin Lamprecht wollte ihn dabei unterstützen. So ganz genau wussten die beiden zwar noch nicht, wohin es gehen sollte, aber sie waren immerhin schon einmal auf dem besten Weg dorthin.

Frau Heller verfolgte dieses Projekt mit Wohlwollen. Die Aussicht, es könnte ein großes Werk entstehen, in dem das *Café Heller* eine zentrale Rolle spielte und damit endlich jenen Bekanntheitsgrad in Kulturkreisen erwarb, den es verdiente, ließ ihr Herz höher schlagen.

Leopold blieb in seiner Beurteilung vorsichtiger. Die beiden jungen Männer wirkten nicht unsympathisch, gewiss. Ein wenig verträumt und weltfremd vielleicht, so als seien sie immer noch nicht im Leben angekommen. Kastners Dreitagebart sowie Lamprechts Hang zu überlangen Schals, die er, in verschiedenen Variationen um den Hals gewickelt, drinnen wie draußen trug, betonten das Künstlerische, Bohemienhafte. Dagegen war nichts einzuwenden. Aber mussten sie die Kaffeehausgäste so ungeniert ansprechen? Jeder sollte ihnen etwas erzählen. Anfangs begnügten sie sich noch mit Fragen, wie lange die Leute schon ins *Heller* kamen, und warum sie es zu ihrem Stammcafé erkoren hatten. Doch schon bald gaben sie sich damit nicht mehr zufrieden und wollten Einzelheiten aus ihrem Privatleben wissen. Das gefiel Leopold nicht mehr so gut. Gerade im Kaffeehaus suchten die Menschen Ruhe und Abstand zur Welt draußen. Es war für sie ein Rückzugsort, eine Enklave. Da störte ein derart aufdringliches Verhalten.

Leopold sprach Frau Heller, die die Sache naturgemäß nicht so eng sah, nun wieder einmal darauf an. »Bis jetzt hat sich offensichtlich niemand darüber empört, im Gegenteil«, bemerkte sie jedoch nur. »Die Leute freuen sich, dass ihnen jemand zuhört und seine Aufmerksamkeit schenkt. Sie sind auf einmal interessant.«

»Die meisten wollen trotzdem ihre Ruhe haben«, wandte Leopold ein. »Sie sind nur zu höflich, um mit diesen angeblichen Literaten Klartext zu reden. Wahrscheinlich auch zu höflich, um sich bei uns über sie zu beschweren. Man muss nur hoffen, dass sie nicht von heute auf morgen woanders hingehen, wo man sie nicht belästigt.«

»Papperlapapp«, erwiderte Frau Heller ungehalten. »Da hätten Sie mir schon viele Gäste vertrieben. Normalerweise sind nämlich Sie es, der sie aushorcht, und keineswegs so charmant wie die beiden jungen Herren. Nein, bei Ihnen wird so etwas gleich zum Verhör mit Strafandrohung.«

»Wenn es um einen Mord geht, ist das leider erforderlich«, verteidigte Leopold sich.

»Aber von Ihrem Freund, dem Oberinspektor Juricek, und nicht von Ihnen«, ließ Frau Heller das nicht gelten. »Ich möchte gar nicht ins Detail darüber gehen, was Sie sich unseren Gästen gegenüber schon alles herausgenommen haben. Also lassen Sie unsere Literaten in Frieden. Sie sind doch selbst vorhin von ihnen befragt worden, und es ist mir nicht so vorgekommen, als hätten Sie Anstoß daran genommen. Sie wollten vielmehr gar nicht aufhören zu reden, sodass ich Sie an Ihre Pflichten erinnern musste.«

Leopold musste sich eingestehen, dass er sich tatsächlich geschmeichelt gefühlt hatte und noch gern weiter aus dem Nähkästchen geplaudert hätte. Vielleicht machte er sich wirklich unbegründet Sorgen. Immerhin konnte man Kastner und Lamprecht eine schlechte Eigenschaft mancher Kaffeehausliteraten vergangener Tage nicht nachsagen: Sie blieben nicht den ganzen Tag bei einer Tasse Kaffee sitzen und ließen sich ständig Wasser dazu nachreichen, sondern brachten es pro Tag auf eine akzeptable, ihrem studentischen Geldbeutel angemessene Konsumation. Manchmal gaben sie sogar ein wenig Trinkgeld. Aber abwarten wollte Leopold mit einem endgültigen Urteil doch noch ein bisschen.

Inzwischen war auch Erwin Lamprecht eingetroffen. Trotz der milden Temperaturen hatte er wie immer einen langen Wollschal um den Hals gewickelt, dessen rechtes Ende kürzer herabbaumelte als das linke. Darunter trug er einen unscheinbaren grauen Pullover. »Und? Wollen Sie mich auch interviewen wie Ihr Freund?«, fragte ihn Leopold, der auf den Geschmack zu kommen schien, als er ihm eine Melange an den Tisch brachte.

»Wozu? Du hast Klaus sicher schon einiges erzählt«, stellte Lamprecht fest. Wie sein Kollege duzte er Leopold nach Gewohnheit zahlreicher Stammgäste. Der ließ sich das gern gefallen, blieb aber vorsichtshalber beim Sie, wenn es sich nicht um einen guten Freund oder Bekannten handelte. »Außerdem kenne ich dich trotz der kurzen Zeit meiner regelmäßigen Besuche im *Heller* bereits in- und auswendig. Mich interessiert nur noch eine bemerkenswerte Eigenschaft von dir: Angeblich ziehst du Morde an wie eine Straßenlampe die Insekten.«

»Ich kann Ihnen gern einmal ein paar Details meiner vergangenen Fälle schildern«, bot Leopold etwas verlegen an.

»Aber das will ich doch nicht, ich hab's dir gerade gesagt«, lächelte ihn Lamprecht herausfordernd an. »Ich möchte selbst gern einmal bei so einer Mordgeschichte dabei sein. Hautnah miterleben, wie sich alles entwickelt. Verfolgen, wie du den Täter in die Enge treibst. Dabei das Ganze in mich einsaugen und schließlich literarisch verarbeiten, verstehst du?«

Leopolds Miene verfinsterte sich. »Wenn ich der Polizei bei einem Verbrechen behilflich bin, ist äußerste Geheimhaltung geboten«, klärte er Lamprecht auf. »Da geht es nicht an, dass sich jemand einmischt und ein gefährliches Durcheinander produziert. Ich kann Sie beim besten Willen nicht in einen Mordfall einweihen, den ich entdecke.«

»Du missverstehst schon wieder etwas, Leopold«, ließ Lamprecht ihn mit Genuss wissen. »Es ist genau umgekehrt. *Ich* werde einen Mord entdecken, und du wirst vor Neugier platzen. Du bekommst allerdings nur Einzelheiten von mir, wenn ich bei deinen Ermittlungen mitmachen darf.«

»Was soll das heißen? Wie stellen Sie sich das vor?«, wollte Leopold verwirrt wissen.

»Du wirst es noch rechtzeitig erfahren«, grinste Lamprecht. »Alles zu seiner Zeit.«

*

Lamprechts letzte Worte stimmten Leopold nachdenklich. Was wollte der Kerl? Ihn provozieren? Oder steckte tatsächlich etwas hinter seinen Andeutungen? Das hieß dann aber, dass irgendwo eine noch nicht entdeckte Leiche herumlag, deren Existenz Lamprecht vorderhand geheim hielt, um Leopold dazu zu bringen, mit ihm gemeinsam zu ermitteln. So etwas war strafbar, und Leopold traute es dem jungen Mann auch nicht zu.

Natürlich bestand ferner die Möglichkeit, dass es noch keinen Toten gab, aber ein Mord geplant war, von dem Lamprecht wusste. Aber dann musste es doch sein höchstes Ziel sein, das Verbrechen zu verhindern. So hatte er allerdings keineswegs geklungen. Also erschien Leopold diese Variante ebenso unwahrscheinlich.

Was auch immer Lamprecht vorhatte, es blieb ein Rätsel. Deshalb war Leopold froh, als sein Freund Thomas Korber, Deutschlehrer am benachbarten Floridsdorfer Gymnasium, das Kaffeehaus betrat und sich zu ihm an die Theke gesellte, obwohl ihre Gespräche mitunter etwas verkrampft verliefen, seit Leopold etwas von Korbers unregelmäßiger Beziehung zu seiner unehelichen Tochter Sabine Patzak ahnte. Leopold wollte selbstverständlich genau wissen, was da los war. Korber hingegen gab sich bedeckt, vor allem, weil er sich schwer tat, die Lage einzuschätzen. Ganz ohne einander schafften er und Sabine es nicht, für das Miteinander hatten beide einen zu großen Freiheitsdrang. Zudem war Korber um etliche Jahre älter. Das alles führte zu einer Reihe von Unsicherheiten, sodass er Leopold stets auswich, wenn dieser auf das Thema zu sprechen kam.

Zu seiner Erleichterung machten Leopold jedoch immer noch Lamprechts geheimnisvolle Ausführungen zu schaffen. »Diese Bürscherln nehmen sich in letzter Zeit ganz schön viel heraus«, beschwerte er sich bei Korber und informierte ihn über sein Problem.

Korber trank bedächtig von seinem Bier, sodass ein wenig Schaum an seiner Oberlippe hängen blieb. »Ich weiß nicht, was du hast«, stellte er fest. »Die sind doch beide in Ordnung. Ich hatte auch ein Interview mit Kastner. Er schien mir locker und amikal, keineswegs aufdringlich. Und Lamprecht will sich beweisen, zeigen, was er draufhat. Da klopft er eben ein bisschen auf den Busch. Ich halte das für völlig normal.«

»Normal? Dass er eine Leiche ankündigt, die er mir zu gegebener Zeit präsentiert? Ich halte das für äußerst bedenklich«, echauffierte Leopold sich.

»Junge Leute suchen sich gern jemanden aus, zu dem sie in Konkurrenz treten wollen«, erläuterte Korber. »Lamprecht hat von deinen kriminalistischen Versuchen gehört. Daraufhin lässt er dich wissen, dass er es besser kann. Dadurch will er dein Interesse wecken und erreichen, dass du ihn ernst nimmst. Sein Traum besteht im Augenblick darin, bei einer deiner Ermittlungen mitzumachen. Aber solche Vorstellungen sind meist nicht von langer Dauer.«

»Warum wollen sie mir bei meinen Mordfällen dreinreden? Ich mische mich ja auch nicht in ihre literarischen Angelegenheiten«, ereiferte sich Leopold weiter. »Dabei wüsste ich genug G'schichtln zu erzählen. Gerade ist mir wieder eines eingefallen, und zwar vom Streit Charly. Der hat einmal bei einer Tombola einen Vogelkäfig gewonnen, aber ohne Vogel. Er hat sich nie einen Vogel gekauft, den Käfig jedoch umhegt und gepflegt, als ob er etwas Lebendiges wäre. Einmal ist er für zwei Wochen in den Urlaub geflogen. Vorher hat er uns glatt den Käfig vorbeigebracht, damit wir uns um ihn kümmern, während er weg ist. So als ob der Käfig sterben würde, wenn nicht immer frisches Wasser und ein paar Körndln drin sind. Er hat uns sogar Vogelfutter dagelassen. Da oben, auf dem Schrank über meiner Lade, ist das Ding zum Gaudium der Leute gestanden …«

»Warte mal«, unterbrach Korber ihn. »Kennst du den Typen, der sich gerade zu den beiden setzt?«

Leopold, noch ganz in seine Geschichte von dem Vogelkäfig vertieft, drehte den Kopf leicht nach links. Neben Kastner und Lamprecht hatte dort ein Mann Platz genommen, der die 60 wohl bereits überschritten hatte. Sein schütteres graues Haar hing in langen, ungewaschenen Strähnen links und rechts an seinem Kopf herab. »Das ist auch so ein Künstler«, gab Leopold Auskunft. »Aber der schreibt nicht, der malt.«

»Was weißt du über ihn?«

»Nicht viel. Er ist, wie gesagt, angeblich Maler und heißt Simon Jung. Seit sich die Literaten bei uns einquartiert haben, ist er ein paarmal hergekommen und hat mit ihnen geplaudert, so wie jetzt.«

»Hast du ihn schon einmal mit jungen Mädchen hier gesehen? Etwa aus dem Gymnasium?«, forschte Korber weiter.

»Nicht während meiner Dienstzeiten«, antwortete Leopold knapp. »Wieso?«

»Er hat vor dem Gymnasium Schülerinnen angesprochen. Es heißt, er wirbt sie als Aktmodelle an und bietet ihnen Geld dafür«, schilderte Korber.

»Ja und?«, war das Einzige, was Leopold dazu einfiel.

»Er soll bis zu 100 Euro pro Mädchen und Bild zahlen«, erläuterte Korber. »Dieses Angebot ist natürlich attraktiv. Es ist jedoch eine heikle Sache, gesetzlich ein schwammiger Bereich. Ab 16 dürfen ihm die Mädchen Modell sitzen, aber sind auch alle schon so alt? Und was, wenn die Eltern, die wahrscheinlich nichts wissen, davon erfahren? Dann ist Feuer am Dach. Des Weiteren ergibt sich die Frage, ob es sich wirklich nur um keusche Porträtbilder oder etwa um pornografische Fotos handelt. Vielleicht treibt er sogar noch schlimmere Dinge mit ihnen.«

»Hat sich schon jemand beschwert?«, wollte Leopold wissen.

»Nein«, musste Korber zugeben. »Trotzdem wüsste ich gern, was da vor sich geht. Wenn der Verdacht besteht, dass etwas nicht in Ordnung ist, sollte man eingreifen, bevor es zu spät ist.«

»Bis jetzt wirkt Jung nicht so auf mich, als würde er Mädchen vernaschen oder anderen zum Vernaschen weitergeben«, versetzte Leopold. »Er macht einen ganz normalen Eindruck und scheint eher am Projekt der Literaten interessiert. Ich denke, du verdächtigst ihn zu Unrecht.«

»Du weißt, wie schnell in solchen Dingen gerade in der Schule ein Skandal losbricht«, gab Korber zu bedenken. »Ein Gerücht hier, eine Vermutung dort, und schon ist das Schlamassel perfekt.«

»Du möchtest also, dass ich ihn ein wenig beobachte«, mutmaßte Leopold.

»Schau einmal, ob er mit den beiden Dichtern nur einen lockeren Gedankenaustausch pflegt oder ob sie ein engeres Verhältnis zueinander haben«, ersuchte Korber ihn. »Vielleicht können sie dir etwas über ihn erzählen. Pass auf, welche Telefonate er führt, ob es Auffälligkeiten gibt und so weiter. Du weißt schon, was ich meine.«

»Für einen solchen Auftrag müsste ich eigentlich ein angemessenes Honorar verlangen«, machte Leopold ihm klar. »Wie wär's, wenn du mir stattdessen einen ausführlichen Lagebericht über dich und Sabine gäbest?«

Korber lächelte. »Derzeit gibt es keine Neuigkeiten«, offenbarte er seinem Freund.

Leopold wollte ihm eine zynische Antwort geben, doch wurde seine Aufmerksamkeit von Lamprecht abgelenkt, der einen Anruf entgegennahm und dann hektisch aus dem Kaffeehaus stürzte. Wenig später kam er zurück, aber nur, um in aller Eile seine Sachen zusammenzupacken und Kastner mitzuteilen, dass er dringend wohin müsse. Leopold glaubte noch zu hören, wie er ihm ins Ohr flüsterte: »Es geht um die Mordgeschichte!«

KAPITEL 2

Dienstag, 15. März, Abend

Langsam wurde es Abend. Das *Café Heller* füllte sich zusehends, und es wurde nach Herzenslust geplaudert, Billard oder Karten gespielt. Simon Jung und Thomas Korber hatten den Heimweg angetreten. Erwin Lamprecht war noch nicht von seiner geheimnisvollen Mission zurückgekehrt. Klaus Kastner hatte wieder Gespräche mit ein paar Kaffeehausgästen geführt und schrieb seine Eindrücke teils mit der Hand nieder, teils tippte er sie in seinen Laptop ein.

Drei ältere Damen, alle wohl um die 70, betraten nun das *Heller*: Ruth Klett, Sieglinde Hollaus und Claudia Safranek. Leopold nannte sie liebevoll den *Dienstagabendbuchklub*, weil sie verlässlich jeden Dienstag um diese Zeit kamen, um ein für die jeweilige Woche ausgewähltes Buch zu besprechen. Dazu tranken sie Kaffee und aßen Apfelstrudel. In einer abschließenden Runde Würfelpoker wurde dann ermittelt, wer die Zeche zu bezahlen hatte.

»Was ist denn heute los? Normalerweise seid ihr immer zu viert«, erkundigte sich Leopold, als er bemerkte, dass eine von ihnen fehlte, nämlich Elvira Achleitner. Die Runde kam immer gemeinsam, es gab keine Nachzügler.

»Elvira geht es heute nicht gut«, informierte ihn Ruth Klett, die sich für gewöhnlich zur Sprecherin der anderen machte. »Genau genommen ist sie schon ein paar Tage krank. Sie hat starkes Fieber und fühlt sich schwach. Eine Erkältung hat ihre Gesundheit angegriffen.«

»Das tut mir leid«, bemerkte Leopold. »Ich hoffe, sie erholt sich rasch und beehrt uns bald wieder.«

»Da habe ich so meine Zweifel«, erwiderte Frau Klett. »Sie hat ein schwaches Herz, und ihre Lunge ist auch nicht mehr die beste. Ich denke, wir müssen froh sein, wenn sie ihre Erkrankung einigermaßen übersteht.«

»Aber wenn sie zu Hause liegt und nicht ins Spital muss, ist es doch halb so schlimm«, merkte Leopold an.

»Sagen Sie das nicht!« Ruth Klett erhob ihren rechten Zeigefinger, und ihre Augen bekamen einen sorgenvollen Blick. »Elvira mag keine Ärzte und schon gar kein Krankenhaus. Sie würde nie die Rettung oder einen Notarzt verständigen, auch wenn sie sich noch so mies fühlt. Sie hat uns einmal mitgeteilt, dass es ihr Wunsch sei, in ihrem eigenen Bett das Zeitliche zu segnen. Wenigstens hat sie eine Betreuerin, die zu bestimmten Zeiten zu ihr kommt. Man kann nur hoffen, dass die etwas unternimmt, wenn es ernst werden sollte.«

»Du redest, als ob Elvira bereits unter der Erde wäre«, ärgerte sich Claudia Safranek. »Dabei ist sie bloß heute einmal nicht mit von der Partie. Das wird schon wieder.«

»Du hast ja nicht mit ihr telefoniert und ihre kraftlose Stimme gehört«, äußerte Ruth Klett besorgt. »Sie hat sogar vom Sterben fantasiert und sich Gedanken darüber gemacht, ob ihr wohl der liebe Herrgott ihre Sünden verzeiht.«

»Sie ist oft allein. Da spuken einem halt manche Dinge im Kopf herum, wenn man sich einmal nicht gut fühlt«, wandte Claudia ein. »Man hat in solchen Situationen seine Hochs und Tiefs, das weiß ich aus eigener Erfahrung. Deshalb würde ich so eine Aussage nicht überbewerten.«

»Im Augenblick können wir sowieso nichts machen«, meldete sich nun auch Sieglinde Hollaus zu Wort.

»Wir sollten morgen nach ihr sehen, und zwar alle drei«, schlug Ruth Klett vor. »Das sind wir unserer alten Freundin schuldig. Aber jetzt setzen wir uns einmal und stärken uns.«

Damit waren alle einverstanden. Sie nahmen an einem der Spieltische im hinteren Teil des *Heller* Platz, bestellten ihren Kaffee samt Apfelstrudel und kamen bald auf das Buch, das sie diese Woche diskutieren wollten, zu sprechen.

»Um welches Werk geht es denn heute?«, erkundigte sich Leopold neugierig.

»Um einen Klassiker der Kriminalliteratur«, gab Sieglinde Hollaus bereitwillig Auskunft. »*Der Tod auf dem Nil* von Agatha Christie. Aber ich denke, es wird diesmal nicht lang dauern, da wir uns über das Buch ziemlich einig sind.«

»Nur keine vorschnellen Annahmen«, mahnte Ruth Klett.

»Man muss einfach die Meisterschaft bewundern, mit der Christie eine Vielzahl hochwertiger Krimis verfasst hat, die ein fixer Bestandteil der Weltliteratur geworden sind. Zudem hat man nur von Shakespeare mehr Bücher als von ihr verkauft, soviel ich weiß«, ergänzte Sieglinde Hollaus.

»Was nicht unbedingt ein Qualitätsbeweis sein muss«, gab Claudia Safranek zu bedenken.

»Tatsächlich ist Christies Schreibstil oft sehr einfach, und die Dialoge wirken zeitweise lieblos hingeworfen«, kritisierte Ruth Klett.

»Nicht bei *Der Tod auf dem Nil*«, widersprach Sieglinde Hollaus sofort. »Im Gegenteil! Jeder Satz ist Teil eines genialen Plans, ein Rädchen fügt sich ins andere. Das Buch ist vom Anfang bis zum Ende fabelhaft konstruiert. Das ist es ja, was die Leser an Agatha Christie schätzen. Deswegen verschlingen sie ihre Kriminalromane.«

»Das Vergnügen liegt demnach bloß in der Denkarbeit, nicht im literarischen Genuss«, behauptete Claudia Safranek.

»Am lohnendsten wird es für uns wohl sein, wenn wir uns in unserer Debatte hauptsächlich auf diesen Aspekt konzentrieren«, schlug Ruth Klett vor. »Für mich besteht das Faszinierende des Buches darin, dass der Leser, obwohl alle Fakten klar vor ihm liegen und zum Täter hinführen, nicht zur richtigen Lösung kommt. Schuld ist ein scheinbar hieb- und stichfestes Alibi, dem man mehr traut als dem eigenen Verstand.«

»Das ist doch die Spezialität von Agatha Christie«, sah sich Sieglinde Hollaus bestätigt. »Das unwiderlegbare Alibi, welches alle in die Irre führt.«

»Außer Hercule Poirot, den belgischen Meisterdetektiv«, merkte Ruth Klett an.

»Aber ist die ganze Story nicht ein wenig weltfremd?«, kam es zögerlich fragend von Claudia Safranek.

»Keineswegs«, versicherte Sieglinde Hollaus sofort. »Ein wasserdichtes Alibi ist doch das Um und Auf, wenn jemand erfolgreich einen Mord begehen will. Doch wissen wir leider viel zu wenig über gelungene Kapitalverbrechen, weil die Täter aufgrund ihrer genauen Planung erst spät oder gar nicht gefasst werden. Viele von ihnen laufen immer noch frei herum.«

»Meinst du wirklich?«, zweifelte Claudia Safranek.

»Sieglinde hat recht«, bestätigte Ruth Klett. »Nur ungeschickte Täter oder solche, die sich zu sehr von ihren Emotionen leiten lassen, werden geschnappt. Wer sich für die Überlegungen bezüglich eines Mordes genügend Zeit nimmt und bei der Ausführung der Tat nicht die Nerven verliert, kommt in der Regel davon. Er hat als Gegner ja nicht Hercule Poirot, sondern unsere Polizei. Mehr brauche ich dazu wohl nicht zu sagen.«

Nun verlegte sich der Fokus des Gesprächs wieder auf das Buch *Der Tod auf dem Nil*. Leopold, der sich bemüht hatte, der Debatte während seiner Serviertätigkeit zu folgen, begab sich in den vorderen Teil des *Café Heller*. Er musste zugeben, dass das Knacken solcher Alibis eine interessante Sache darstellte, die ihn auch während seiner Ermittlungen ständig beschäftigte.

Ihm ging jedoch auch die heutige Abwesenheit von Elvira Achleitner und die Beschreibung ihres Zustandes durch Ruth Klett durch den Kopf. Bis jetzt hatte Elvira auf ihn trotz ihres Alters einen lebenslustigen und agilen Eindruck gemacht. Auf einmal lag sie mit einer schweren Erkältung darnieder, und ihre Freundin machte sich Sorgen um sie. Was war davon zu halten? Sie war Raucherin, und wie es mit ihren lebenswichtigen Organen aussah, wusste wahrscheinlich niemand so genau. So etwas musste man wohl immer berücksichtigen. Ein wenig seltsam erschien ihm, dass sie trotz ihrer Beschwerden keine medizinische Betreuung wünschte. Andererseits machte Leopold selbst um Ärzte und Spitäler einen großen Umweg.

Mitten in diesen Gedanken ging sein Blick wieder einmal in Richtung Klaus Kastner. Der schaute in seinen Laptop, tippte etwas ein und schrieb dazwischen ein paar Zeilen mit der Hand. Dabei wirkte er ein wenig verloren. Es hatte den Anschein, als fehle ihm Erwin Lamprecht, als warte er sehnsüchtig auf dessen Rückkehr.

»Kommt der Kollege heute noch?«, fragte Leopold ihn.

»Ganz bestimmt«, antwortete Kastner überzeugt.

*

Die Sperrstunde nahte, und Erwin Lamprecht tauchte immer noch nicht auf. Das Kaffeehaus hatte sich bis auf wenige Gäste geleert, auch die Damen des *Dienstagabendbuchklubs* hatten das *Heller* bereits verlassen. Klaus Kastner saß bei einem Glas Rotwein und trommelte immer wieder nervös mit seinen Fingerkuppen auf die Tischplatte. Seinen Laptop hatte er längst weggepackt. Er fummelte nur mehr fahrig auf seinem Handy herum. »Jetzt kommt er wohl nicht mehr«, sagte er mehr zu sich selbst als zu Leopold, als dieser vorüberging.

»Morgen sehen Sie sich ja wieder«, versuchte Leopold, ihn aufzuheitern

»Momentan glaube ich an gar nichts mehr«, zweifelte Kastner. »Es ist alles so komisch. Er meldet sich nicht mehr und hebt auch nicht ab, wenn man ihn anruft.«

»Ich denke, es wird sich alles aufklären«, bemerkte Leopold zuversichtlich.

Doch Kastner war nicht davon überzeugt. »Seine Freundin Inga hat gerade mit mir telefoniert«, gab er an. »Erwin sollte eigentlich schon bei ihr sein. Zuerst noch einmal hierher, dann zu ihr, das war der Plan. Doch sie vermisst ihn ebenso und wollte wissen, ob er noch bei mir ist. Sie kommt jetzt auf einen Sprung vorbei. Ich hoffe, das geht sich vor dem Zusperren aus.«

Leopold konsultierte die große Kaffeehausuhr an der Wand, die immer ein paar Minuten nachging. »Ein bisschen Zeit für ein schnelles Getränk ist noch«, stellte er in Aussicht. »Ich muss ohnehin fertig abkassieren und zusammenräumen.« Sein Interesse war geweckt. Er ahnte, dass sich da etwas zusammenbraute, das er sich nicht entgehen lassen wollte. »Hat sich der junge Herr denn gar nicht mehr gerührt, seit er von hier weg ist?«, fragte er deshalb noch.

»Doch«, antwortete Kastner nachdenklich. »Zuerst lief alles normal. Ich bekam eine SMS von Erwin, dass er sehr erfolgreich gewesen sei und mir gleich im *Heller* mehr darüber erzählen wolle. Aber vorher müsse er noch kurz mit jemandem etwas trinken gehen. Seither herrscht Funkstille.«

Leopold machte eine wegwerfende Handbewegung. »Dann müssen wir uns vorerst keine großen Sorgen machen, denke ich«, befand er. »Er wird picken geblieben sein und das Handy abgedreht haben, um nicht gestört zu werden. Wahrscheinlich hat er mehr erwischt, als er verträgt, sodass es keinen Sinn gehabt hätte, noch einmal hier aufzutauchen. Stattdessen ist er nach Hause gegangen. Jetzt liegt er in seinem Bett und schläft seinen Rausch aus.«

Kastner zweifelte. »Meinst du? Warum hat er nichts mehr von sich hören lassen?«

»Der Alkohol hat ihn eben so im Griff gehabt, dass er zu keinen vernünftigen Handlungen mehr fähig war.«

»Das glaube ich nicht.«

»Hätten Sie unser Kaffeehaus schon vor einigen Jahren beehrt, würden Sie vermutlich anders denken«, belehrte Leopold ihn. »Da hätten Sie schöne Beispiele für die Auswirkungen des Alkohols vorgeführt bekommen, die Ihnen Stoff für eine Reihe von literarischen Ergüssen geliefert hätten. Typen hat's bei uns gegeben! Mir fällt da zum Beispiel spontan ein G'schichtl vom Eder Ederl ein. Der war so unglücklich über die praktisch vorhandene Gleichheit seines Vor- und Familiennamens, dass er sich regelmäßig niedergesoffen hat. Wenn der einmal losgelegt hat, ist kein Auge trocken geblieben. Er hat die Sperrstunde von allen Beisln der Umgebung auswendig gewusst, und auch, wann in der Früh wieder die ersten aufmachen. Tagelang war er oft unterwegs. Benachrichtigt hat er niemanden, nicht einmal seine Frau, und so etwas Praktisches wie ein Handy hat's nicht gegeben. Einmal, in der Nacht von Sonntag auf Montag, der Klassiker: alle Lokale zu, und er wollte natürlich noch nicht nach Hause. Angeblich hat er sich da mit seinem letzten Flascherl Bier auf ein Bankerl an der Alten Donau gesetzt und gesagt: ›Wenn das leer ist, muss ich eben das Wasser da unten saufen. Wenigstens habe ich dann in der Früh nicht so einen Brand …‹«

»Was redest du da für einen Unfug? Erwin ist nicht so. Wenn er mir verspricht, dass er zu mir kommt, dann hält er das auch, außer ihm passiert etwas!«

Leopold wurde unsanft aus seinem Erzählfluss gerissen. Er drehte sich um und sah sich einer kleinen, resoluten jungen Frau mit rot gelocktem Haar, Pausbacken und Sommersprossen gegenüber. Das musste Inga sein. »Haben die Gnädigste einen Wunsch?«, fragte er sie.

»Wir müssen Erwin finden! Der ist sicher nirgendwo versumpert«, forderte Inga energisch.

Leopold lächelte. »Ohne Konsumation kein Erwin. So viel Zeit muss sein«, machte er sie aufmerksam.

Inga bestellte daraufhin ein Cola. »Ich möchte Ihnen ja gern helfen«, bot Leopold an, als er es ihr brachte. »Da wäre es allerdings hilfreich zu erfahren, wo er heute hingegangen ist und was er dort wollte.«

»Darüber weiß ich leider kaum etwas«, meldete sich nun wieder Klaus Kastner zu Wort. »Er ist plötzlich auf eine Sache gestoßen, die ihn mächtig interessiert hat. Dabei geht es anscheinend um einen Mord. Er war ganz fasziniert und meinte, das sei der ideale Stoff für eine Erzählung.«

»Was für einen Mord?«, erkundigte sich Leopold. »Einen erst geplanten oder einen schon begangenen?«

»Keine Ahnung«, musste Kastner zugeben. »Er hat mir gegenüber sehr heimlich getan und praktisch nichts verraten.«

»Und wie ist er auf diese Geschichte gekommen?«, fragte Leopold weiter.

»Wie du weißt, unterhalten wir uns hier im *Heller* viel mit den Gästen, um mehr über sie und ihre Beziehung zum Kaffeehaus zu erfahren«, gab Kastner Auskunft. »Bei einem dieser Gespräche dürfte Erwin entsprechende Informationen erhalten haben. Darüber, wie das genau hergegangen ist, bin ich leider nicht informiert. Erwin spricht die Leute halt etwas direkter an als ich. Und er interessiert sich auch für die dunkle Seite ihres Charakters.«

»Und heute wollte er die betreffende Person noch einmal außerhalb unseres Kaffeehauses treffen?«

»Anscheinend.«

Leopold wurde aus der Sache nicht recht klug. Er verfolgte regelmäßig sämtliche Berichte über Gewaltverbrechen in Wien, besonders in seinem Heimatbezirk Floridsdorf. Nirgendwo hatte er dabei in den letzten Tagen etwas über einen ungeklärten Mord gehört oder gelesen. War also etwas Kriminelles im Gange, an dem sich Lamprecht beteiligte, um seine Erfahrungen in eine Erzählung einzubauen? Oder hatte Leopold einen Mord übersehen?

»Was sollen wir jetzt tun? Unternehmt doch etwas«, drängte Inga.

»Haben Sie schon geschaut, ob er zu Hause ist?«, erkundigte sich Leopold.

»Nein«, antwortete Inga ohne Umschweife. »Ich musste mich doch erst vergewissern, ob er hier ist. Außerdem hatte er nicht vor heimzugehen, sondern wollte zu mir. Wir sind immer bei mir. Das ist es ja, was mich stutzig macht. Weshalb hätte er sich plötzlich anders entscheiden sollen?«

Weil sich etwas Neues ergeben hatte? Etwa ein Liebesabenteuer in einer gewissen Hochstimmung nach erfolgreicher Mission und reichlichem Alkoholgenuss? Leopold dachte sofort in diese Richtung. Aber er wollte Inga damit nicht weiter verunsichern. »Es wäre trotzdem das Vernünftigste, wenn wir unsere Suche dort beginnen«, schlug er stattdessen vor. »Da wir seine Kontaktperson nicht kennen und die meisten Lokale der Umgebung so wie wir bald schließen, sehe ich vorerst kaum andere Möglichkeiten. Unter Umständen treffen wir ihn gesund und munter an. Dann war die ganze Aufregung umsonst. Und wenn nicht, müssen wir eben weiter überlegen.«

»Leopold hat recht«, räumte Klaus Kastner ein. »Vielleicht löst sich alles rasch wieder in Wohlgefallen auf. Hast du einen Schlüssel?«

Inga schüttelte den Kopf. Anschließend gab sie Auskunft über Lamprechts Wohnadresse: »Es ist in der Floridusgasse, gleich bei der Theodor-Körner-Gasse.«

»Sehr gut, das ist nicht weit. In einer Viertelstunde gehen wir los«, beschloss Leopold. Tatsächlich war das Heller zur Sperrstunde leer, auch die Kartenpartien waren pünktlich beendet worden. Niemand lungerte mehr an der

Theke mit einem Fluchtachterl herum. Also trat Leopold mit Inga und Kastner hinaus in die kalte Märznacht. Ein frischer Wind blies ihnen um die Ohren, vom Frühling war noch nicht viel zu merken. Sie gingen auf der Fußgängerzone der Franklinstraße entlang in Richtung Kinzerplatz, von wo es nicht mehr weit zu Erwin Lamprechts Wohnung war. Dabei passierten sie das Floridsdorfer Hallenbad, die Handelsakademie und das zweite Gymnasium, das früher den Mädchen vorbehalten gewesen war.

»Und Erwin hat nicht einmal eine kleine Andeutung gemacht, woran er ist?«, forschte Leopold weiter.

»Nein. Über solche Sachen redet er nie mit mir. Es ist mir auch ziemlich egal. Das ist seine Angelegenheit«, teilte Inga ihm mit.

Hörte Leopold da heraus, dass es sich um eine lockere, in erster Linie auf das körperliche Vergnügen aufgebaute Beziehung handelte? Auf jeden Fall kannte Inga ihren Freund zu wenig, um Leopolds Neugier zu stillen.

Sie erreichten rasch den Kinzerplatz. Die mächtige, nach dem Heiligen Leopold benannte Kirche, die drittgrößte Wiens, leuchtete ihnen nun in ihrer vollständigen Pracht entgegen. Als Bischofskirche für Niederösterreich war sie einst vorgesehen gewesen, doch dann wurde Floridsdorf der Stadt Wien eingemeindet, und übrig von diesen Plänen blieben nur mehr der gewaltige Bau, das überdimensionierte Pfarrhaus und der riesige Platz, auf den die vom Mondlicht beschienenen, großteils noch kahlen Bäume zarte Schatten warfen. Eine Reihe von Bänken lud hier untertags zum Rasten ein. Nun standen sie leer und hielten ihre Nachtruhe wie alles um sie herum.

Inga verlangsamte plötzlich ihren Schritt. »Da sitzt jemand«, flüsterte sie.

»Du träumst«, raunte ihr Kastner zu. »Wer sollte um diese Zeit bei dieser Kälte ...«

Aber jetzt sah er den Mann auch. Er hockte da, als ob er schliefe. »Wahrscheinlich betrunken«, diagnostizierte Leopold. »Da spürt man's nicht so, wenn's um einen herum frisch ist. Wir sollten ihn aufwecken, sonst holt er sich noch eine hochgradige Erkältung.«

»Ich habe Angst«, piepste Inga und schmiegte ihren Körper an den von Klaus Kastner. Beide wagten sich nicht weiter nach vor. Leopold ging als Einziger zu dem Mann auf der Bank und rüttelte ihn. »He, Sie da! Sie gehören nach Hause! Daheim im warmen Bett schläft sich ein Rausch viel besser aus«, redete er auf ihn ein.

Doch der Mann stand nicht auf, sondern sackte in sich zusammen. In seinem Körper war kein Leben mehr. Als Leopold seinen Kopf anhob, blickte er in das starre Antlitz von Erwin Lamprecht. Inga stieß einen unterdrückten Schrei aus. »Er ist es, nicht wahr?«, rief sie und vergrub ihr Gesicht in Kastners Mantel.

Leopold nickte. »Leider ja, und leider tot!« Er leuchtete die Leiche mit einer kleinen Taschenlampe ab, die er aus seiner Jackentasche zauberte. »Am Hals sind deutliche Spuren einer Strangulation zu sehen«, führte er aus. »Wahrscheinlich wurde er mit seinem eigenen Schal erdrosselt. Der Täter muss ihn mitgenommen haben. Anders kann ich mir das Fehlen seines auffälligsten Kleidungsstückes nicht erklären.«

»Aber warum? Und warum hier?«, wunderte Kastner sich.

»Die erste Frage kann ich noch nicht beantworten«, vertröstete Leopold ihn. »Darüber, weshalb das Verbrechen an diesem Ort geschehen ist, lassen sich immerhin

Vermutungen anstellen. Es ist nicht weit von Lamprechts Wohnung entfernt, und um diese Zeit sind hier so gut wie keine Leute unterwegs. Das Pfarrheim gegenüber ist leer. Ideale Bedingungen also. Nehmen wir an, Lamprecht und sein Mörder spazierten in Richtung Floridusgasse. Sie machten auf dieser Bank eine kleine Pause, vielleicht in angeregtem Gespräch. Unter irgendeinem Vorwand – etwa, weil er angeblich austreten musste – stand der Mörder auf, stellte sich hinter ihn, griff blitzschnell nach dem Schal und zog fest zu.«

»Hat er sich denn gar nicht gewehrt?«, fragte Inga mit zitternder Stimme.

»Zumindest sind keine Spuren eines Kampfes vorhanden«, setzte ihr Leopold auseinander, während er den Boden ableuchtete. Er deutete auf eine leere Flasche unter der Bank. »Das könnte der Grund dafür sein«, mutmaßte er. »Wein, man riecht es. Die Flasche ist Lamprecht aus der Hand gefallen, der restliche Inhalt auf den Boden und seine Hose geronnen. Er wollte doch noch mit jemandem etwas trinken gehen. Dabei dürfte er zu viel erwischt haben und war durch seine fortgeschrittene Alkoholisierung ein leichtes Opfer.«

»Ich kann das alles nicht fassen«, äußerte Kastner bestürzt. »Sollten wir nicht die Polizei verständigen?«

»Immer mit der Ruhe«, reagierte Leopold gelassen. »Auf ein paar Minuten kommt's jetzt auch nicht mehr an.« Aus derselben Jackentasche, aus der er vorher die Lampe genommen hatte, zauberte er nun ein Paar Einweghandschuhe hervor und streifte sie über. Danach begann er, Lamprechts Taschen methodisch zu durchsuchen.

»Was tun Sie da, Sie pietätloser Mensch? Lassen Sie Erwins Leiche in Frieden«, empörte sich Inga.

»Sie wollen sicher wissen, wer an seinem Tod die Schuld trägt, und bedauerlicherweise ist das die einzige Möglichkeit, nach ersten Hinweisen zu suchen«, gab Leopold zurück. »Ich vermisse seinen Rucksack, wo er sicher den Laptop und ein Notizheft hatte. Handy ist auch keines da. Das muss der Mörder alles entfernt haben.«

»Du meinst, jemand hat seine gesamten Aufzeichnungen mitgenommen?«, befürchtete Kastner.

»Genauso ist es! Und das legt den Verdacht nahe, dass es seinem Killer eben darum gegangen ist«, schloss Leopold messerscharf. »Wir brauchen dringend einen Anhaltspunkt, sonst wird sich die Suche nach dem Täter äußerst schwierig gestalten.«

»Ich verstehe nicht. Ist es nicht die Aufgabe der Polizei, Erwins Mörder zu finden?«, meldete sich Inga wieder verwirrt zu Wort.

»Auch! Natürlich«, relativierte Leopold, während er Lamprechts Brieftasche aus dessen Hose fischte. »Aber ich halte es für ratsam, parallel dazu unsere eigenen Nachforschungen anzustellen. Vermutlich hat sich Lamprecht heute mit einem Gast unseres Kaffeehauses getroffen und dabei Dinge erfahren, die ihn das Leben gekostet haben. Das heißt, dass das *Heller* und ich direkt in die Sache involviert sind.«

»Leopold ist da sehr geschickt. Er hat schon einige Kriminalfälle gelöst«, informierte Kastner Inga.

»Trotzdem soll er die Brieftasche wieder zurückgeben. Sie ist schließlich Erwins Privateigentum«, ließ sie nicht locker.

»Das tue ich ja auch gleich, Gnädigste«, verteidigte sich Leopold. »Ich werde keinesfalls Beweismaterial unterschlagen. Aber wenn ich schon eine Leiche finde, möchte ich zumindest einen kleinen Vorteil davon haben und als Erster einen Blick auf Dinge werfen, die uns weiterhelfen können. Der Zugang zur Wohnung ist uns vorläufig ja leider verwehrt. Geld ist genug drinnen, geraubt scheint also nichts zu sein. Vielleicht haben wir Glück, und es gibt irgendwo eine Notiz … Ah, da haben wir schon etwas! Die Visitenkarte von Adam Zischek. Den kenne ich, der verkehrt bei uns.«

Inga wollte etwas sagen, aber Klaus Kastner verhinderte es, indem er sanft ihren Kopf streichelte. »Du brauchst keine Angst zu haben. Ich lasse dich heute nicht allein«, flüsterte er ihr dabei ins Ohr.

Währenddessen drehte Leopold die Visitenkarte um und fand auf der Rückseite einen weiteren Namen samt Adresse und Telefonnummer mit Kugelschreiber vermerkt: Elvira Achleitner. »Jetzt bekommt die Sache langsam ein Gesicht«, bemerkte er ein wenig überrascht, aber zufrieden. Dann notierte er schnell die Namen und Kontaktdaten der zwei Personen, gab die Karte zurück in die Brieftasche und steckte diese wieder in Lamprechts Hosentasche.

Als er daraufhin bei seinem ehemaligen Schulkameraden und Freund, Oberinspektor Juricek, anrief, um ihm den Mord zu melden, näherte sich von der Kirche unsicheren Schrittes, aber rasch eine männliche Gestalt.

KAPITEL 3

Nacht von Dienstag, 15. März, auf Mittwoch, 16. März

»Was ist denn da los?«, rief ihnen der Mann entgegen.

»Wer sind Sie?«, antwortete Leopold mit einer Gegenfrage.

»Viktor Reiter«, kam die prompte Auskunft. »Man kennt mich allgemein als Vickerl vom Grund, immer munter, immer g'sund, manches Mal auch schlimm, na und?« Er sprach undeutlich, jedoch so laut, dass Leopold fürchtete, er werde gleich den ganzen Kinzerplatz aufwecken. Bevor jemand eingreifen konnte, bahnte er sich einen Weg zur Bank und rüttelte Erwin Lamprechts leblosen Körper heftig an den Schultern. »He, aufwachen!«, schrie er ihn an.

Klaus Kastner riss ihn von der Leiche weg. »Sind Sie wahnsinnig? Der Mann ist tot«, versuchte er ihm dabei klarzumachen.

»Tot?« Reiter kniff die Augen zusammen. »Vor ein paar Stunden hat er doch noch gelebt.«

»Sie kennen ihn?«, forschte Leopold im Verhörton weiter.

»Flüchtig! Wirtshausbekanntschaft«, teilte ihm Reiter nun bedeutend leiser mit.

Leopold musterte den Mann. Er mochte 60 Jahre zählen, vielleicht auch mehr. Der Alkohol hatte bereits deutliche Spuren in seinem Gesicht hinterlassen. Sein ehemals schwarzes Haar war zum überwiegenden Teil ergraut. Sein stämmiger Körper schwankte im Laternenlicht. Sein schwerer Atem roch nach dem Fusel, den er vorher in sich hineingekippt hatte. Trotzdem machte er einen ernsten, gefassten Eindruck.

»Sie sehen mir nicht so aus, als ob Sie den Mann nur zufällig getroffen hätten«, sagte ihm Leopold auf den Kopf zu.

»Doch! Es ist noch gar nicht lang her. Wir haben geplaudert und getrunken«, machte sich Reiter unbeholfen an eine Erklärung. »Und jetzt … Was ist passiert?«

»Das wissen wir selbst nicht«, gab sich Leopold bedeckt. »Offensichtlich ist er von fremder Hand zu Tode gekommen.«

Reiter schlug die Hände über dem Kopf zusammen. »Mein Gott, was für eine gespreizte Ausdrucksweise«, mokierte er sich. »Sagen S' doch gleich, dass ihn jemand hamdraht hat.«

»In welchem Lokal waren Sie beisammen?«, ließ sich Leopold nicht irritieren.

»Beim *Rüden* am Schlingermarkt«, antwortete Reiter, als sei dies die selbstverständlichste Sache der Welt

»Wie bitte?«

»*Rüdigers Beisl*«, präzisierte Reiter. »Der Wirt sieht aus wie ein liebeskranker Hund, darum nennen wir ihn und sein Wirtshaus so. Mittlerweile hat er sich daran gewöhnt.«

»Und dort haben Sie den Mann das erste Mal gesehen?«

»Ja, rein zufällig! Ich habe gerade meine Tour gemacht, bin zum *Rüden* rein auf ein oder zwei Gläser, und da ist er neben mir an der Theke gestanden.«

»Allein?«

»Natürlich waren andere Leute auch noch da. Aber er hatte niemanden bei sich, wenn Sie das meinen.« Reiter entkam aufgrund dieses vermeintlichen Scherzes ein kurzes, krächzendes Lachen. »Warum wollen Sie das wissen? Was tun Sie überhaupt hier?«, begann nun er zu fragen.

»Wir haben den Toten gerade eben gefunden«, entgegnete Leopold. »Wir waren bereits auf der Suche nach ihm.«

»Aha! Und wer sind Sie?«

»Ich bin der Oberkellner Leopold vom *Café Heller*, die beiden anderen sind Bekannte des Mannes.«

Diesmal gab Reiter ein gurgelndes Lachen von sich. »Soso, vom *Café Heller*«, wiederholte er dann. »Kein Wunder, dass ich Sie nicht kenne. Dieses Lokal frequentiere ich nämlich nicht. Ist mir zu teuer.«

»Unsere Preise sind moderat«, widersprach ihm Leopold sofort. »Ein Achtel Wein kostet bei uns vielleicht um 20 Cent mehr als in einem x-beliebigen Tschocherl, dafür bieten wir unseren Gästen auch etwas: internationale Zeitungen, Billard, Kartenspiele, Schach und noch viel mehr. Jedenfalls kann es sich jeder leisten.«

»Stimmt nicht«, behauptete Reiter seinerseits. »Bei fünf Achtel am Tag macht das einen Unterschied von einem Euro aus, bei einem Liter Wein ein Euro 60. In einem Monat sind wir so bei mindestens 50 Euro. Und aufs Jahr gerechnet kann man sich um die Differenz schon einen günstigen Fernseher oder Computer kaufen.«

Leopold wusste, dass Gewohnheitstrinker beim Alkohol besonders auf den Preis achteten, wollte das Thema aber jetzt nicht weiterdiskutieren. Es galt, Reiter noch schnell etwas zu entlocken, ehe die Polizei kam. »Wir sind natürlich an jedem noch so kleinen Detail über die letzten Stunden des Opfers interessiert«, versuchte er, ihm klarzumachen. »Wir tappen völlig im Dunkeln. Deshalb sind wir auf Ihre Hilfe angewiesen. Worüber haben Sie in *Rüdigers Beisl* gesprochen?«

Reiter zuckte die Achseln. »Über dies und das. Nichts Besonderes.«

»Sie können sich an nichts mehr erinnern?«

»Ich plaudere doch nicht im Gasthaus mit Fremden, um mich danach daran zu erinnern«, äußerte Reiter beinahe vorwurfsvoll. »Was ich bemerkt habe: Er war in einer gewissen Hochstimmung, weil er endlich einen Stoff hatte, über den er schreiben konnte. Er meinte nur, aus dem Leben ergäben sich die schönsten Geschichten. Mehr hat er dazu nicht gesagt, oder ich hab's vergessen. Er hat mir noch ein Achtel gezahlt, vielleicht sogar zwei. Dann ist er gegangen.«

»Haben Sie das Lokal mit ihm verlassen?«, setzte Leopold nach.

»Soll das ein Verhör werden?«, reagierte Reiter ungehalten. »Ich bin Ihnen keine Auskunft über diese Dinge schuldig.«

»Sie waren einer der Letzten, der mit dem Toten Kontakt hatte. Da ist die zeitliche Abfolge der Ereignisse besonders wichtig«, belehrte Leopold ihn.

»Sie verdächtigen mich also?« Reiter kniff ein Auge zu.

»Oh nein, es steht mir nicht an, auch nur irgendeinen Verdacht gegen Sie zu hegen. Das ist Sache der Polizei«, machte Leopold ihm klar. »Aber Sie sollten den Ablauf im Kopf haben, wenn Sie von ihr verhört werden. Die Beamten kommen nämlich gleich vorbei, und da dachte ich ...«

Beim Wort »Polizei« beschleunigte Reiter sofort seinen schwankenden Schritt und entfernte sich. »Man soll gehen, wenn es am schönsten ist«, rief er Leopold, Klaus

Kastner und Inga noch über die Schulter zu. »Dem Vickerl vom Grund wird's jetzt zu bunt, darum empfiehlt er sich.«

Klaus Kastner wollte ihm nachlaufen. »Wir müssen ihn aufhalten«, gab er den anderen zu verstehen.

Leopold hielt ihn zurück. »Lassen Sie ihn«, bedeutete er ihm. »Den kriegen wir schon noch. Ich weiß ja, wer er ist. Selbst wenn der Familienname gelogen sein sollte: Einen Vickerl vom Grund kann man nicht so schnell erfinden. In Lokalen mit niedrigen Achtelpreisen ist er sicher bekannt wie das falsche Geld.«

»Der Polizei wird es nicht gefallen, wenn wir ihn so einfach gehen lassen«, kritisierte Kastner.

Dafür hatte Leopold nur ein müdes Lächeln übrig. »Die Polizei braucht von diesem Mann einstweilen gar nichts zu wissen«, schärfte er Kastner und Inga ein.

»Ist so etwas nicht strafbar?«, entfuhr es Inga.

»Überhaupt nicht! Es ist so wie mit der Brieftasche. Es kommt nichts weg, es wird auch nichts verschwiegen. Ich möchte nur abklären, was es mit diesem seltsamen Burschen auf sich hat, ehe ich ihn der Polizei präsentiere. Das geht schon, Oberinspektor Juricek ist ein persönlicher Freund von mir. Vertrauen Sie mir!«

»Du bist wirklich mit allen Wassern gewaschen, Leopold«, musste Kastner zugeben. »Also auf deine Verantwortung. Ist das für dich auch in Ordnung, Inga?«

Inga nickte. Im Moment schien ihr alles egal zu sein. Ein Gefühl der inneren Leere hatte von ihr Besitz ergriffen.

»Ich werde mich morgen in einigen Lokalen zwischen hier und dem Schlingermarkt umhören«, nahm sich Leopold vor. »Vielleicht bekomme ich dann schon ein klareres Bild. Wen hat Lamprecht getroffen? Mit wem ist er anschließend trinken gegangen? War er wirklich allein, als er mit Reiter in *Rüdigers Beisl* zusammengetroffen ist? Wie ist er dann auf seinen Mörder gestoßen? Fragen über Fragen, die eine Antwort suchen.«

Zwei Polizeiwagen mit eingeschaltetem Blaulicht näherten sich. »Sie kommen«, stellte Kastner fest.

»Noch einmal: kein Wort über unseren seltsamen Gast von vorhin«, trichterte Leopold seinen Begleitern ein.

*

Oberinspektor Juricek war bekannt für seine bedächtige Art. Dadurch fiel es nicht weiter auf, dass er eigentlich hundemüde war, nachdem ihn Leopold mitten in der Nacht aus dem Schlaf gerissen hatte. Er zog die Krempe des stets auf seinem Kopf sitzenden Sombreros tief in die Stirn, brummte mehr, als er sprach, und ließ seinen Mitarbeiter Inspektor Bollek die Fragen an Inga und Klaus Kastner stellen. Dabei hörte er zu und hoffte, dadurch munterer zu werden.

Bollek begann mit Inga, die ihren Familiennamen mit Badura angab. »Warum waren Sie eigentlich so nervös, als Ihr Freund nicht gleich bei Ihnen auftauchte? Ist das noch nie vorgekommen?«, wollte er von ihr wissen.

Sie überlegte kurz, dann schüttelte sie energisch den Kopf. »Nein, ich konnte mich auf ihn verlassen.«

»Wie lange haben Sie sich gekannt?«

»Ein knappes halbes Jahr.«

»Und für gewöhnlich kam er zu Ihnen, wenn Sie … nun, wenn Sie zusammen sein wollten. Sie haben aber nicht zusammengelebt, oder?«

»Nein, das wollten wir beide nicht.«

»Keine feste Bindung also!«

Erstmals schossen Tränen in Ingas Augen. »Denken Sie darüber, wie Sie wollen«, schluchzte sie. »Das ist jetzt ohnehin egal! So oder so, er wird nicht wieder lebendig.«

»Es geht darum, uns ein Bild davon zu machen, wie vertraut Sie miteinander waren«, meldete sich Juricek mit einer Zwischenbemerkung zu Wort. »Er könnte ein Eigenleben geführt haben, das Ihnen unbekannt war.«

Inga schaute ihn verständnislos an. »Erwin?«, fragte sie nur ungläubig.

»Was wissen Sie über ihn? Wie hat er seine Abende verbracht? Mit Ihnen?«, fuhr Bollek ungerührt mit der Befragung fort.

»Er war entweder bei mir oder er hat fürs Studium gelernt. In den letzten Wochen ist er oft im *Café Heller* gesessen«, gab Inga ihm zur Antwort.

»Sie haben ihn nie besucht?«

»Kaum! Das war auch nicht notwendig. Ich mag seine kleine unaufgeräumte Junggesellenbude nicht sonderlich. Hören Sie, trotz all Ihrer Argumente frage ich mich, ob das wirklich wichtig ist. Uns hat es so gefallen, und damit basta!«

Juricek bedeutete Bollek, er solle Inga Badura eine Verschnaufpause gönnen. Der wandte sich nun Klaus Kastner zu. »Wie haben Sie Erwin Lamprecht kennengelernt?«, wollte er wissen.

Klaus Kastner zuckte kurz mit den Achseln, ein Zeichen, dass er sich nicht wohlfühlte. »Wir sind uns immer wieder beim BW-Studium über den Weg gelaufen«, begann er. »Dann hat es sich ergeben, dass wir miteinander auf ein Bier gegangen sind. Dabei sind wir draufgekommen, dass wir beide gern einmal etwas über das Leben, die Welt in einem kleinen Kosmos zusammengefasst, schreiben würden. Daraufhin hat sich alles von selbst ergeben. Unser kleiner Kosmos sollte das Kaffeehaus werden, und da wir beide in Floridsdorf wohnen, wurde es das *Café Heller*.«

»Sie waren dort also in letzter Zeit regelmäßig beisammen?«

»Ja, praktisch täglich«, erteilte Kastner Auskunft. »Unser Plan war, das Kaffeehausleben in uns aufzusaugen, die Menschen, ihre Geschichten und ihre Geschichte kennenzulernen. Aus diesem Stoff wollten wir Erzählungen verfassen, weil wir überzeugt waren, dass das die besten Stories würden. Unser Vorbild waren die berühmten Wiener Kaffeehausliteraten vom Anfang des 20. Jahrhunderts: Peter Altenberg, Hermann Bahr, Karl Kraus, Egon Friedell ...«

»Schon gut«, winkte Bollek ab. »Und wie hat Ihre gemeinsame Arbeit funktioniert?«

»Unkompliziert. Jeder hat für sich Eindrücke gesammelt und aufgeschrieben, manchmal haben wir sie miteinander verglichen. Wir haben viele nette Gespräche mit den Gästen geführt. Erwin als der charmantere von uns beiden war vor allem bei den Damen beliebt. Schon in wenigen Tagen ist eine Menge Material zusammengekommen. Die dem Kaffeehaus eigene Atmosphäre hat uns immer mehr inspiriert. Manchmal bin ich nur dagesessen, habe meine Augen geschlossen und den Leuten beim Plaudern zugehört. Die Eindrücke, die ich dabei gewonnen habe, waren überwältigend.«

Bollek wollte eine weitere Frage stellen, wurde jedoch von einem Auto unterbrochen, das zügig herangefahren kam und hinter den Polizeiwagen stehen blieb. Ein Mann stieg etwas umständlich mit zwei Kaffeebechern in den Händen aus. Leopold erkannte ihn sofort. Es war Konrad Otto, der Pathologe. Bevor er sich der Leiche widmete, steuerte er direkt auf Juricek zu und überreichte ihm einen Becher. »Für Sie, Chef«, verriet er ihm mit verschlafenem Lächeln. »Von der Tankstelle vorne. Ist zwar nicht gerade das erlesenste Tröpfchen, aber was kann man um diese Uhrzeit schon verlangen?«

Juricek bedankte sich und machte einen Schluck von der heißen Brühe. Er verzog zwar kurz das Gesicht, der Kaffee munterte ihn aber sichtlich auf. Während Otto mit seinen Untersuchungen begann und Bollek weiter Kastner befragte, ging er mit Leopold ein paar Schritte auf die Seite. »Lamprecht war also hinter Stoff für Geschichten her«, äußerte er nachdenklich. »Könnte das sein Todesurteil gewesen sein?«

»Entweder er hat mich angeflunkert, oder er ist tatsächlich auf etwas Seltsames draufgekommen«, eröffnete Leopold ihm. »Er hat mir gegenüber Andeutungen gemacht, er sei einem Mord auf der Spur. Ich sollte ermitteln, und er wollte mir dabei helfen.«

»In der Tat seltsam«, bestätigte Juricek.

»Ist in der letzten Zeit im Bezirk ein Gewaltverbrechen passiert, das ich übersehen habe?«, erkundigte sich Leopold gleich.

»Nein, es war sehr ruhig«, berichtete Juricek. »Und zwar in ganz Wien. Es gab den eifersüchtigen Mann, der seine Frau, sein Kind und dann sich selbst getötet hat – aber der Fall hat sich ja von selbst erledigt. Und auch der Mord an der Sekretärin in Hietzing wurde rasch aufgeklärt. Das war alles, soviel ich weiß.«

»Trotzdem hatte ich den Eindruck, dass sich Erwin Lamprecht mit der Bemerkung keinen Spaß erlaubt hat. Ging es ihm vielleicht darum, ein Verbrechen zu verhindern? Jedenfalls war er, laut einer SMS an Kastner, heute bei etwas erfolgreich und wollte noch mit jemandem einen trinken gehen«, weihte Leopold ihn in seine Gedankengänge ein.

»Einstweilen sind das nichts als Spekulationen«, stellte Juricek fest. »Lamprecht kann genauso gut beim Trinken mit jemandem in Streit geraten sein, der ihn dann hier umbrachte. Unsere vielversprechendste Spur sind trotzdem die Kaffeehausgäste, mit denen er im Lauf der letzten Tage gesprochen hat. Vielleicht finden wir seine Aufzeichnungen darüber.«

»Der Rucksack mit dem Computer und seinen sonstigen Sachen ist weg, Richard. Das Handy auch, fürchte ich«, wandte Leopold ein.

»Schauen wir einmal, was Kastner weiß.«

»Nicht viel, das kann ich dir gleich sagen.«

»Dann wirst eben du dich darum kümmern«, trug Juricek seinem Freund auf, während er seinen Pappbecher leerte, zusammenknickte und in seiner Manteltasche verschwinden ließ. »Du wirst deine Neugier diesmal ausnahmsweise ganz in den Dienst der polizeilichen Ermittlungen stellen und genau nachverfolgen, wer in letzter Zeit im *Café Heller* Kontakt mit Lamprecht hatte. Ich benötige eine möglichst vollständige Liste.«

Leopold war das gar nicht angenehm. Er wollte Erfolg versprechende Spuren eigenständig weiterverfolgen, anstatt in mühevoller Kleinarbeit sämtliche Gesprächspartner Lamprechts festzuhalten. »Das wird schwer«, äußerte er seine Bedenken. »Soll ich jeden, der bei der Tür hereinkommt, darauf ansprechen? Und was, wenn unser Mörder gar kein Stammgast ist und nur zufällig gerade hier die entscheidende Begegnung mit seinem späteren Opfer hatte? Dann wird er sich ohnehin hüten, uns in nächster Zeit einen Besuch abzustatten. Soll ich wirklich meine Energie für etwas verschwenden, bei dem der Erfolg höchst ungewiss ist? Und das neben meiner Arbeit? Wäre es nicht besser …?«

»Du sollst endlich einmal tun, worum ich dich bitte«, unterbrach ihn Juricek unwirsch. »Dann bekommst du einmal einen Eindruck davon, was polizeiliche Kleinarbeit bedeutet. Vielleicht begreifst du so auch, wie weit deine Justamentaktionen aufs Geratewohl von seriösen Ermittlungen entfernt sind. Man muss eben zunächst einmal alles, was nur im Entferntesten mit dem Mord zusammenhängen könnte, zusammentragen. Dadurch bekommt man erst einen Überblick, was wichtig ist und was nicht.«

»Meiner Meinung nach verliert man sich dabei nur in nebensächlichen Details. Man muss den Fokus auf die wesentlichen Dinge legen, ehe es zu spät ist«, konterte Leopold. »Sonst geht's einem wie dem Adamek Bertl. Kennst du das G'schichtl? Also, der Bertl hat zu einer Zeit, als Handy und Computer noch Zukunftsmusik waren, immer eine Liste mit all seinen Telefonkontakten im *Café Heller* mitgehabt, um bei uns jene Gespräche zu führen, die er zu Hause neben seiner Frau nicht machen wollte. Das war ein zweimal gefalteter DIN A4-Zettel mit einem Haufen Vornamen, weil er entweder die Familiennamen nicht wusste oder sie ihm egal waren. Er hat sich einfach das ganze Konvolut samt Telefonnummer daneben aufgeschrieben, ohne sich darum zu scheren, wer wer war. Natürlich hat er sich immer wieder schwergetan, die Leute auseinanderzuhalten. Ein paar mit dem gleichen Vornamen waren auch dabei. Einmal hat er eine gewisse Edith angerufen, weil er sich ein lauschiges Zusammensein mit ihr erhofft hat. Er hatte schon ein wenig getrunken und war dementsprechend offen mit seinem Angebot. Bloß hat es sich um die falsche Edith gehandelt, die noch dazu eine gute Freundin seiner Frau war. Ich glaube, du kannst dir vorstellen, was dann los war. Der Bertl hat gerade noch eine Scheidung verhindern können. Und alles nur wegen einer viel zu umfangreichen Namensliste!«

»Sie war nicht zu umfangreich, sondern zu ungenau! Ein Grund mehr für dich, konzentriert und präzise zu arbeiten«, beharrte Juricek. »Ich bekomme diese Liste von dir! Keine Widerrede!«

KAPITEL 4

Mittwoch, 16. März, Vormittag

Viel Schlaf und Zeit zum Nachdenken fand Leopold nicht. Nach wenigen Stunden hieß es wieder raus aus dem Bett und ab in die Arbeit. Er holte für seine Erika noch rasch frisches Gebäck fürs Frühstück, trank eine Tasse Tee und machte sich dann auf den Weg ins *Café Heller*. Noch immer magerlte ihn Richard Juriceks Auftrag. Wie sollte er bei einer derart umständlichen Herangehensweise die Möglichkeit finden, einer entscheidenden Spur nachzugehen? Listen, Listen, Listen! Das war derzeit offenbar überall der Trend. Viel Schreiberei mit wenig Hirn. Aber Leopold hatte nicht vor, sich solchen neumodischen, durch Computer und Internet geförderten Schikanen zu beugen. Er musste einfach jemanden finden, der diese unangenehme Arbeit für ihn erledigte. Dann konnte er unbeschwert das tun, was er eigentlich vorhatte: Verdächtigen gleich auf den Zahn fühlen und die letzten Stunden in Erwin Lamprechts Leben rekonstruieren. Das war doch viel wichtiger als alles andere.

Sobald die Kaffeemaschine anzeigte, dass sie für ihren Einsatz an diesem Tag bereit war, öffnete Leopold die Pforten des *Heller*. Es war kurz nach 7 Uhr morgens. Neben ein paar Schülern der höheren Klassen des Floridsdorfer Gymnasiums verteilte sich eine Handvoll älterer Semester auf die Tische im vorderen Teil des Kaffeehauses. Leopold meinte immer, sie stünden deswegen so zeitig auf, weil sie vom Rest ihres zur Neige gehenden Lebens so wenig wie möglich versäumen wollten. So saßen sie hier zur frühen Stunde, jeder und jede für sich mit Respektabstand zum Nachbarn, und doch irgendwie gemeinsam. Wenn einer von ihnen den Mund aufmachte, sprach er in der Regel mit sich selbst, sodass zeitweise eine beklemmende Stille herrschte.

Konsumiert wurde immer dasselbe, eine Melange hier, ein Kipferl da, eine heiße Schokolade dort. Wenn sich Leopold, der Höflichkeit gehorchend, erkundigte: »Was darf's denn heute sein, Gnädigste?«, kam für gewöhnlich beispielsweise als Antwort: »Sie wissen 's ja eh, meinen Kaffee!« Man konnte so ein Gespräch höchstens noch mit Vermerken wie: »Hell oder ein bisserl dunkler?«, »Heiß oder bloß lauwarm?« in die Länge ziehen, ehe man schließlich hörte: »Na, so wie gestern auch!«

In diese Atmosphäre des Schweigens, wo nur die Zeitungen raschelten und die Löffel in den Tassen schepperten, platzte ein kraushaariger, zerknittert wirkender Mann, in dessen übernächtigtem Gesicht sich eine kleine Nickelbrille schützend vor die schläfrigen Augen schob. »Einen Mokka brauche ich, schwarz wie die Nacht und stark wie eine Dampflokomotive«, rief er Leopold zu.

Der erkannte sofort Konrad Otto, den Pathologen. »Bitte sehr, bitte gleich«, gab er in freudiger Erwartung zurück. »Ihre Lebensgeister werden sofort wieder erwachen.«

»Geben Sie mir noch einen klaren Schnaps für einen klaren Kopf«, fügte Otto in offenbar gegenteiliger Absicht hinzu. »Und um Himmels willen kein Wort zum Oberinspektor!«

Leopold zog die Augenbrauen in die Höhe. »Sie sind noch im Dienst?«, wollte er wissen.

»Eigentlich nicht, denn ich gönne mir jetzt eine Pause«, ließ Otto ihn wissen. »Ich lege mich neben den armen Kerl, den Sie gefunden haben, und mache ein kleines Nickerchen. Ich müsste offiziell um solche Ruhezeiten ansuchen, aber ich nehme sie mir eben. Warum werden die Opfer von Verbrechen auch immer mitten in der Nacht entdeckt? Das verkompliziert den regulären Tagesablauf. Dass ein Mörder zuschlägt, wenn's finster ist, kann ich ja noch irgendwie verstehen. Aber dass das Auffinden der Leiche danach nicht zumindest Zeit hat bis zum Morgen, ist eines der großen Rätsel der Menschheit. Das bedeutet in diesem Fall natürlich keinen Vorwurf an Sie, Herr …?«

»Leopold.« Er stellte den Kaffee und den Schnaps vor Otto hin und fragte: »Haben Sie den Toten schon untersucht?«

»Freilich«, nickte Otto vehement. »Die Todesursache ist ziemlich klar.«

»Erdrosselt, und zwar mit seinem eigenen Schal«, verkündete Leopold triumphierend.

»Vermutlich«, stimmte Otto zu. »Um eine letzte Gewissheit über die Mordwaffe zu haben, müsste sie allerdings gefunden werden. Interessanter erscheint mir die Tatsache, dass Lamprecht auch eine Verletzung am Hinterkopf aufweist, die von einem stumpfen Gegenstand, etwa einem Stein, herrührt.«

»Aber nicht tödlich war?«

Otto kippte den Schnaps hinunter und rührte in seinem Mokka herum. Er weidete sich an Leopolds Neugier. »Nein, sie hat ihn nur bewusstlos gemacht«, dozierte er. »Der Täter schlug erst zu, dann konnte er in aller

Ruhe würgen. Sie werden sich sicher fragen, warum es so geschehen ist.«

»So sagen Sie es doch schon«, forderte Leopold ihn auf und stellte mit der Bemerkung »Geht aufs Haus« einen weiteren Schnaps vor ihn hin.

»Unser Mörder wollte wohl auf Nummer sicher gehen«, eröffnete ihm Otto daraufhin. »Es war ihm wichtig, dass Lamprecht sich nicht wehrte, und vor allem, dass er mit seinem Geschrei nicht die ganze Nachbarschaft aufweckte.«

»Und wieso hat er nicht noch ein paarmal zugeschlagen?«

»Was weiß man schon, was in so einem Mörder vorgeht«, versuchte Otto zu erklären. »Nach meinem Dafürhalten war das kein Profi. Lamprecht hatte zwar ordentlich getankt, er hatte 1,4 Promille Alkohol im Blut. Dennoch war sich sein Killer offenbar nicht sicher, wie er ihn am besten zur Strecke bringen sollte.«

»Wurde er auf der Bank ermordet, wo wir ihn gefunden haben?«

»Wahrscheinlich, der Hieb kam von oben. Aber da weiß die Spurensicherung mehr.«

»Konnten Sie auch schon eine ungefähre Tatzeit feststellen?«, erkundigte sich Leopold begierig weiter.

Otto bedeutete ihm, er solle ihm noch ein Stamperl Schnaps geben. »Wegen der Bettschwere«, gab er an. »Dann bin ich am Nachmittag wieder in Form. Aber verraten Sie mich bitte wirklich nicht! Der Oberinspektor ist in seinen Ansichten manchmal sehr konservativ.«

Leopold beeilte sich mit dem Einschenken und kredenzte ihm den Nachschub mit einem ermunternden Augenaufschlag. »Es war auf jeden Fall nicht allzu lang, bevor Sie ihn gefunden haben«, fuhr Otto fort. »Eine Stunde, vielleicht sogar weniger. Falls Sie ihn berührt haben – was Sie ja nicht sollten, aber angenommen, Sie haben es getan – nun, dann haben Sie sicher bemerkt, dass er noch nicht kalt war. Auf jeden Fall gehe ich davon aus, dass das *Burgstüberl* 50 Meter schräg vis-à-vis vom Tatort bereits geschlossen hatte. Sonst wäre es für den Täter zu gefährlich gewesen.«

Das *Burgstüberl*, ein kleines Beisl in dem wegen seiner Bauweise und der roten Arkaden und Erker vom Volksmund passenderweise *Rote Burg* genannten Gemeindebau, sperrte Leopolds Wissens nach seit einer Neuübernahme bereits um 23 Uhr zu. Rechnete man eine halbe Stunde dazu, bis die letzten Hockenbleiber draußen waren, kam man auf etwa 23.30 Uhr. Leopold hatte Lamprechts Leiche zusammen mit Klaus Kastner und Inga Badura um 0.30 Uhr gefunden. Das ergab ein Zeitfenster von einer knappen Stunde.

»Mehr kann ich Ihnen erst sagen, wenn ich den Kerl aufgemacht habe«, erwähnte Otto indes mit leichtem Zungenschlag. »Da kann ich Ihnen dann etwa seine abendliche Speisekarte aufgrund des Mageninhalts vorlesen. Nur wenn es Sie interessiert, natürlich! Jetzt muss ich mich allerdings auf den Weg machen. Mein Päuschen, Sie wissen schon! Der Mensch ist schließlich keine Maschine.«

Er fischte ein paar Münzen aus seiner Jackentasche, legte sie auf die Theke und begann, umständlich zu zählen. Leopold unterbrach diese Tätigkeit, indem er sich sieben Euro für den Mokka, einen Schnaps und das Trinkgeld nahm. »So stimmt's«, versicherte er dem verdutzten Otto gegenüber. »Vielen Dank und beehren Sie uns bald wieder.«

Kaum war der Pathologe bei der Tür draußen, hörte Leopold die gestrenge Stimme seiner aus ihrer kleinen Küche das *Heller* betretenden Chefin. »Sie sollten um diese Uhrzeit nicht verwahrlosten Menschen hochprozentigen Alkohol einschenken«, tadelte sie ihn. »Das gibt ein schlechtes Beispiel ab. Wir sind schließlich kein Vorstadtlokal.«

»Es war der Gerichtsmediziner«, machte Leopold sie aufmerksam. »Wir haben nämlich schon wieder eine Leiche!«

*

Frau Heller rauchte, seit es im Lokal verboten war, nur mehr selten während der Öffnungszeiten, doch auf diese Schreckensbotschaft hinauf paffte sie eine schnelle Zigarette vor der Tür. Dann ließ sie sich auf die Bank beim Haustisch fallen, von wo ihr Gatte für gewöhnlich das Geschehen im Lokal beobachtete. »Das ist ja furchtbar«, stöhnte sie. »Und ein so junger, sympathischer Mann noch dazu! Wer wird jetzt das Werk über unser schönes Kaffeehaus schreiben?«

»Einer ist ja noch übrig. Wenn der nicht ermordet wird ...«, bemerkte Leopold leichthin.

»Unterlassen Sie gefälligst diese Scherze«, gebot Frau Heller. »Und erzählen Sie mir ja nicht, dass die harmlosen Befragungen unserer Literaten der Grund für das Verbrechen waren. Sagen Sie mir lieber, ob es bereits Verdächtige gibt.«

»Ja, und zwar das ganze Kaffeehaus«, gab ihr Leopold ohne Umschweife zu verstehen.

»Wie bitte?« Frau Heller verstand die Welt nicht mehr.

»Alle unsere Gäste der letzten Zeit sind im höchsten Maße suspekt. Der Herr Oberinspektor hat eine vollständige Liste verlangt«, klärte Leopold seine Chefin auf. »Es wird schon mit der Ausfratschelei der beiden zu tun haben. Die Menschen lassen sich nicht gern in ihre Privatsphäre blicken, wie ich bereits erwähnt habe.«

»Was hat das mit Privatsphäre und Ausfratscheln zu tun, wenn sich jemand höflich erkundigt, warum die Leute in unser Kaffeehaus gehen und was sie dort tun?«, wollte Frau Heller wissen.

»Darüber lässt sich streiten«, beharrte Leopold. »Wie dem auch sei, wir müssen schleunigst unsere Gepflogenheiten ändern und der heutigen Zeit anpassen, indem wir unsere Gäste elektronisch erfassen.«

»Das sagen ausgerechnet Sie als chronischer Feind des digitalen Fortschritts?«, wunderte sich Frau Heller. »Was soll das für einen Sinn haben?«

»So haben wir jederzeit einen Überblick, wer aller zu uns kommt, und können unser Service und Angebot darauf abstimmen«, setzte ihr Leopold seine Idee auseinander. »Der noch größere Vorteil besteht darin, dass man sofort etwas vorweisen kann, wenn die Polizei wissen will, wer uns in der jüngsten Vergangenheit beehrt hat und um welche Zeit er da war. Hat man einmal den erweiterten Kreis der Stammgäste beisammen, druckt man einfach täglich eine Liste aus und macht bei ihrem Kommen und Gehen einen Eintrag mit der entsprechenden Uhrzeit. Dann ist die Nachverfolgung ein Kinderspiel.«

»Das klappt nie und nimmer«, befand Frau Heller entnervt.

»Wieso? Bei einer Pandemie funktioniert's ja auch«, stellte Leopold leidenschaftslos fest.

»Erstens haben wir derzeit keine Pandemie, und zweitens sollen sich die Gäste bei uns wohlfühlen und nicht verfolgt«, rügte ihn Frau Heller. »Schlagen Sie sich derartige Dinge aus dem Kopf. Das kommt davon, wenn Sie sich schon in aller Frühe mit einem Schnapstrinker abgeben.«

»Mit dem Gerichtsmediziner, von dem ich wertvolle Informationen erhalten habe«, berichtigte Leopold. »Wenn Sie es wünschen, lassen wir alles beim Alten. Aber Sie werden sehen, welche Mühe es macht, unser Publikum der letzten Wochen aus dem Gedächtnis zu rekonstruieren, wenn Sie die Liste für die Polizei zusammenstellen.«

»Ich denke, ich höre nicht recht. Was nehmen Sie sich da wieder heraus?«, fragte Frau Heller nach einer Schrecksekunde. »Welche Liste? Und warum ich?«

»Die Liste der Tatverdächtigen. Die machen Sie doch sonst auch immer«, verdeutlichte Leopold in der Hoffnung, diese unangenehme Arbeit an seine Chefin abgeben zu können. »Diesmal sind es, wie gesagt, ein wenig mehr, nämlich alle Kaffeehausgäste, die mit dem Opfer zuletzt Kontakt hatten, also am besten überhaupt alle, die da bei uns ein und aus gegangen sind. Ich kann es Ihnen leider nicht ersparen, der Herr Oberinspektor wünscht es so. Leider konnte er es Ihnen nicht persönlich mitteilen, denn da hätte er Sie mitten in der Nacht aufwecken müssen.«

Frau Heller sprang von ihrem Sitz auf und trippelte nervös hinter die Theke. »Wie soll ich denn das bewerkstelligen? Ich kann doch die Namen der Leute nicht aus dem Hut zaubern«, protestierte sie dabei.

»Ich unterstütze Sie natürlich gern«, säuselte Leopold, Hilfsbereitschaft heuchelnd. »Versuchen Sie, sich zu erinnern. Sie werden jedoch draufkommen, dass es elektronisch besser funktioniert. Das ist die Zukunft.«

Mit einem leisen Fluch verschwand Frau Heller wieder in ihrer kleinen Küche. Lange würde sie nicht brauchen, um hinter Leopolds kleines Täuschungsmanöver zu kommen, spätestens bei Juriceks nächstem Besuch würde es wohl so weit sein. Aber wenn ihm das Glück zur Seite stand, hatte seine Chefin dann schon erste auswertbare Ergebnisse beisammen. Und ihm blieb vorerst Zeit, seinen eigenen Spuren nachzugehen.

Er nahm gleich einmal die Notizen heraus, die er von der Visitenkarte in Lamprechts Brieftasche abgeschrieben hatte. Zuerst rief er Elvira Achleitner an. Aber er kam nur in ihre Mailbox. Ging es ihr etwa so schlecht, dass sie das Telefon abgeschaltet hatte? Zum Glück hatte Leopold ihre Adresse, also nahm er sich vor, am Nachmittag bei ihr vorbeizuschauen, wenn er sie nicht anders erreichte.

Nun probierte er es bei Adam Zischek. Der hob glücklicherweise ab.

*

»Leopold? Unser Leopold vom *Café Heller*?« Adam Zischeks Stimme klang ungläubig. »Was verschafft mir die Ehre? Und vor allem, woher haben Sie meine Telefonnummer?«

»Gerade deswegen rufe ich an«, kam Leopold gleich zur Sache. »Ich habe Ihre Nummer von einer Visitenkarte, die Sie Erwin Lamprecht gegeben haben, Sie wissen schon, dem Studenten, der Eindrücke aus unserem Kaffeehaus literarisch verwerten wollte. Mich würde interessieren, warum er Ihre Kontaktdaten bei sich hatte.«

»Dieser junge neugierige Mensch soll eine Visitenkarte von mir bekommen haben?«, grübelte Zischek. »Höchst seltsam. Ich kann mich an nichts erinnern. Ist das denn wichtig?«

Leopold atmete innerlich auf. Die Polizei hatte sich anscheinend noch nicht bei Zischek gemeldet. »Leider ja«, rückte er mit der Wahrheit heraus. »Der junge Mann ist nämlich in der Nacht von gestern auf heute ermordet worden.«

Einen Augenblick lang herrschte Stille am anderen Ende der Leitung. »Das ist ja furchtbar«, hörte man Zischek dann leise sagen. »Aber ich sehe trotzdem keinen Zusammenhang zwischen dieser schrecklichen Tat und einer Visitenkarte von mir.«

»Der ist relativ einfach zu erklären«, machte ihm Leopold deutlich. »Die Polizei wird Sie aufgrund dieser Karte als Kontaktperson des Opfers einstufen. Ich wollte Sie also auf die Möglichkeit einer Befragung hinweisen, damit Sie sich darauf einstellen können.«

»Äußerst lobenswert«, murmelte Zischek.

»Mir liegt allerdings im Interesse des *Café Heller* viel daran, dass die Sache möglichst diskret und unauffällig abgewickelt wird. Je mehr ich deshalb weiß, desto besser«, redete Leopold auf ihn ein. »Vielleicht erinnern Sie sich doch daran, wie Ihre Karte in Lamprechts Besitz gekommen ist. Es wäre für uns beide von Vorteil. Die Polizei wird Sie nämlich noch hartnäckiger als ich in die Zange nehmen. Lamprecht hat sich ja mit Ihnen unterhalten, weil er Verschiedenes von Ihnen wissen wollte. Könnte es da gewesen sein?«

»Möglich«, kam es stockend von Zischek. »Unter Umständen habe ich ihm die Karte gegeben, damit er mir keine weiteren Fragen mehr stellt. Ich hatte ihm wirklich alles gesagt. Aber es hatte den Anschein, als wolle er gar nicht mehr aufhören, und da ...«

»Was hat er Sie denn so gefragt?«

»Zuerst ging es noch an, dann wollte dieser Mensch jedoch Sachen wissen, die kaum mehr etwas mit dem Kaffeehaus zu tun hatten: welche Dinge ich in meinem Leben noch tun wollte, woran ich mich gern zurückerinnerte, welche von meinen Taten ich bereute, ob es eine Leidenschaft gab, die ich mit jemandem teilte ... Es uferte einfach aus. Ich wollte meine Ruhe haben und bei den Kartenspielern kiebitzen. Um ihn loszuwerden, habe ich dann wahrscheinlich die Karte ... Im selben Moment kam, jetzt fällt es mir wieder ein, Gott sei Dank Frau Achleitner, und er hatte ein neues Opfer.«

»Er hat ihren Namen und ihre Kontaktdaten auf der Rückseite Ihrer Visitenkarte vermerkt. Wussten Sie das?«, forschte Leopold unbekümmert weiter.

»Nein! Ich habe diesem Gespräch und was dabei geschah keine Beachtung geschenkt«, gab Zischek Auskunft. »Wahrscheinlich redete er mit ihr über dieselben Dinge wie mit mir. Sie war auf jeden Fall sehr mitteilungsbedürftig. Kein Wunder, bei den Damen ist sein Schmäh offenbar gut angekommen. War's das jetzt?«

»Nur noch eine Kleinigkeit, Herr Zischek«, ersuchte Leopold. »Haben Sie eine Ahnung, warum Lamprecht bei den Frauen beliebter als bei den Männern gewesen sein könnte?«

»Ich nehme an, er hat sich bei ihnen mehr bemüht, hat den Charmeur heraushängen lassen«, spekulierte Zischek. »Mir gegenüber war er nicht sehr einfühlsam.«

»Grund zur Eifersucht?«

»Wo denken Sie hin!«

»Hat er Sie eigentlich kontaktiert, seit er Ihre Karte hatte?«

Zischek zögerte einen Augenblick zu lang. »Nicht dass ich wüsste«, sagte er dann. »Er wird eben gemerkt haben, dass ich nicht mehr an seiner Fragerei interessiert war. Aber der arme Kerl ist ja jetzt tot, nicht wahr? Lassen wir ihn also in Frieden ruhen. Und jetzt muss ich wirklich … Na, wir sehen uns ohnehin bald.« Damit beendete er das Gespräch.

Zischek hatte am Telefon nicht so souverän gewirkt, wie es Leopold von jemandem erwartet hätte, den er nur um eine kleine Auskunft bezüglich seiner Visitenkarte bat. Trotz seiner generell umständlichen Art, sich auszudrücken, schien es, als sei er nicht mit der ganzen Wahrheit herausgerückt. Leopold würde da sicher noch nachsetzen müssen.

Vorerst widmete er sich aber wieder seinen Gästen. Er bemerkte, wie ihn ein kleiner älterer, glatzköpfiger Mann, der vor wenigen Augenblicken eingetreten war, nervös zu sich winkte. »Melange wie immer, Herr Kraft?«, erkundigte er sich von hinter der Kaffeemaschine.

»Ja, und einen kleinen Schnaps zusätzlich auf den Schrecken«, gab Kraft zurück.

Schon wieder jemand, der sich gleich in aller Frühe Hochprozentiges hinter die Binde gießen wollte. Gerade bei dem biederen Harald Kraft hätte Leopold das nicht erwartet. Irgendetwas lag heute offenbar in der Luft. »Welcher Schrecken denn?«, wollte er wissen.

»Na, so ein überraschender Tod ist doch etwas Furchtbares«, gab ihm Kraft zu verstehen.

Leopold wunderte sich, woher Kraft von Lamprechts

Ableben erfahren hatte. »Überhaupt wenn es jemanden trifft, der noch so jung ist«, bemerkte er ergänzend.

»Jung?« Ein verkrampftes Lächeln zeigte sich kurz auf Krafts Lippen. »Bei einem derart traurigen Anlass sollten Sie nicht scherzen, Leopold. Die Elvira war sicher schon über 70.«

»Meinen Sie etwa Elvira Achleitner?« Leopold war so überrascht, dass ihm beinahe die Kaffeetasse vom Tablett rutschte.

»Ja natürlich! Wen denn sonst?«, antwortete Kraft gereizt. »Sie ist in der Nacht von gestern auf heute gestorben.«

*

»Ich hab's von Ruth Klett«, informierte Kraft Leopold, nachdem er seinen Schnaps hinuntergekippt hatte. »Sie hat mich heute in der Früh diesbezüglich angerufen. Tragisch, tragisch! Es ist Elvira zwar in den letzten Tagen schlechter gegangen, aber wer vermutet schon so etwas?«

»Sie ist gestern nicht zum *Dienstagabendbuchklub* gekommen«, erwähnte Leopold. »Da habe ich von Frau Klett gehört, dass sie krank ist und das Bett hütet. Offenbar war ihr Zustand doch schlimmer als angenommen. War jemand bei ihr?«

»Nein, sie ist allein gestorben«, erwiderte Kraft. »Ihre Betreuerin, die ein Auge auf sie hat, hat sie zeitig am Morgen gefunden.«

»Komisch«, überlegte Leopold. »Gestern hat es noch geheißen, die Betreuerin würde sich um sie kümmern. Und nun war sie im entscheidenden Moment nicht da.«

»Elvira konnte sehr eigenwillig sein«, gab Kraft ihm zu verstehen. »Wenn sie in der Nacht allein sein wollte, wird sie das Frau Silvana mit Nachdruck zu verstehen gegeben haben.«

»Trotzdem stimmt da etwas nicht«, befand Leopold kopfschüttelnd. »Vor allem im Hinblick auf unsere zweite Leiche.«

»Noch eine?« Krafts Gesicht, das durch den Schnaps ein wenig Farbe angenommen hatte, wurde sofort wieder weiß.

Leopold gab ihm einen kurzen Überblick über die wichtigsten Ereignisse der letzten Nacht. »Sie verstehen jetzt vielleicht, warum ich meine Bedenken habe«, äußerte er abschließend.

»Aber Leopold! Elvira und dieser Lamprecht! Wie passt denn das zusammen?«, zweifelte Kraft.

»Ganz einfach«, setzte ihm Leopold auseinander. »Lamprecht ist im Zuge seiner Gespräche bei uns im *Café Heller* auch auf Frau Achleitner gestoßen. Dabei war sie offenbar sehr mitteilungsbedürftig. Ich gehe davon aus, dass sie ihm angeboten hat, ihm in ihrer Wohnung noch eine besondere Sache zu erzählen. Gestern dürfte er dort gewesen sein. Und nun sind sie beide tot.«

»Ich denke, Sie ziehen die Dinge ein wenig an den Haaren herbei«, bekrittelte Kraft. »Immer vermuten Sie irgendwo ein Verbrechen. Das wird bei Ihnen schon zur Manie. Natürlich ist es traurig, wenn zwei Menschen, die man kennt, praktisch zur gleichen Zeit aus dem Leben scheiden. Aber nur, weil der eine davon ermordet wurde, heißt das nicht, dass bei der anderen etwas faul sein muss. Nichts deutet darauf hin, dass Ihr Verdacht begründet ist.«

»Oh doch«, widersprach Leopold. »Lamprecht hat mir gegenüber gestern angedeutet, dass er einem Verbrechen auf der Spur sei und sich Informationen dazu besorgen wolle. Er hat sich Frau Achleitners Adresse extra aufgeschrieben. Da muss man nur eins und eins zusammenzählen, um die Verbindung zu sehen.«

»Der junge Mann kann was weiß ich wo gewesen sein«, tat Kraft diese Argumentation ab. »Und wenn er dann auch noch saufen war, gibt es Hunderte Möglichkeiten, wie es zu einer tödlichen Auseinandersetzung gekommen sein könnte.«

»Man muss der Sache nachgehen«, beharrte Leopold. »Wie heißt die Betreuerin genau?

»Um Himmels willen, jetzt geht tatsächlich die Fantasie mit Ihnen durch«, ätzte Kraft. »Es ist eine Deutschstudentin namens Silvana. Wenn Sie mehr wissen wollen, müssen Sie Ruth fragen.«

»Könnten Sie mir ihre Telefonnummer geben?«

»Das geht leider überhaupt nicht. Ruth ist sehr empfindlich, was ihre Privatsphäre betrifft.«

In Leopold stieg ein leichter Groll hoch. »Dann werde ich Frau Klett als eine der Hauptverdächtigen an Oberinspektor Juricek melden müssen«, drohte er. »Er hat mir nämlich den Auftrag gegeben, eine Liste mit suspekten Personen zu erstellen. Die Polizei wird es dann nicht sonderlich kümmern, wie sehr ihre Privatsphäre verletzt worden ist. Die wird nur unangenehme Fragen stellen. Vielleicht überlegen Sie es sich also doch noch.«

Kraft schüttelte energisch den Kopf. »Keine Chance! Ich habe mir bei ihr schon einmal die Finger verbrannt. Und jetzt möchte ich meine Zeitung lesen, wenn Sie gestatten!«

Er machte ein derart entschlossenes Gesicht, dass Leopold es vorerst dabei bewenden ließ. Man durfte nicht ungeduldig sein. Der Tag hatte eben erst begonnen.

Die beiden Todesfälle hingen miteinander zusammen, so viel stand für Leopold schon einmal fest. Aber sonst war alles sehr unübersichtlich, und ein dichter Nebel umhüllte ihre Hintergründe. Noch ließ sich nicht einmal sagen, was genau vorgefallen war.

Die Gedanken schwirrten ungeordnet in Leopolds Kopf hin und her. Natürlich konnte Lamprecht vor seinem Tod genauso gut woanders gewesen sein. Warum sollte er ausgerechnet eine Frau aufsuchen, die so schwach war, dass sie bald darauf starb? Aber vielleicht war ihr Zustand gar nicht so schlecht gewesen, und man hatte sie wirklich umgebracht. Mit Lamprecht als Zeugen, der dann auch beseitigt werden musste?

Leopold sah ein, dass ihn diese Grübelei nicht weiterbrachte. Er musste sich an den Fakten orientieren. Elvira Achleitners Adresse, die sich Lamprecht notiert hatte, lag in der Schleifgasse in der Nähe des Schlingermarktes. Wenn er tatsächlich bei ihr gewesen war, gab es eine Menge Lokale zwischen ihrer Wohnung und dem Kinzerplatz, die er nachher aufsuchen hätte können. Dort musste Leopold mit seinen Nachforschungen beginnen. Gleich nach seinem Dienstschluss um 14 Uhr wollte er damit anfangen.

KAPITEL 5

Mittwoch, 16. März, Nachmittag

Zu Mittag herrschte im *Café Heller* geschäftiges Treiben. Einerseits lockte der preiswerte und herzhafte Tagesteller die Leute aus der Umgebung an, andererseits kamen die Schüler des angrenzenden Floridsdorfer Gymnasiums nach Unterrichtsschluss gern auf einen Sprung vorbei, wobei etliche Schüler der höheren Jahrgänge gern selbst bestimmten, wann sie vom Schulhaus ins Kaffeehaus wechselten. »Habt ihr wirklich schon aus?«, fragte Leopold dann schelmisch, worauf er als Antwort erhielt, dass ein plötzliches gemeinsames Unwohlsein, das nur mit einem Krügel Bier bekämpft werden konnte, den Grund für das vorzeitige Fernbleiben vom Unterricht darstellte.

In dieser Zeit musste sich Leopold ganz seiner Aufgabe als Oberkellner widmen. Er wieselte mit den Specklinsen, der heutigen Spezialität, von Tisch zu Tisch und brachte denjenigen, die fertig gespeist hatten, ihren Verdauungskaffee. Jetzt hatte er ausnahmsweise keine Zeit zum Nachdenken und Recherchieren.

Klaus Kastner setzte sich auf seinen gewohnten Platz und bestellte ein Seidel Bier sowie ein Paar Frankfurter Würstel. Die Spuren der vorigen Nacht hatten sich deutlich in sein Gesicht eingegraben. Sein schlampiges Aussehen wirkte noch unordentlicher als sonst. Mit langsamen Bewegungen nahm er seinen Laptop heraus und begann, ihn umständlich in Betrieb zu nehmen. Dann studierte er erst einmal die ersten Nachrichtenmeldungen zu Lamprechts Tod und kaute dabei gedankenverloren an seinen Würstchen herum. Das Bier ließ er unbeachtet neben sich stehen.

Ohne dass er es gleich merkte, nahm Simon Jung, in einem kleinen Braunen rührend, neben ihm Platz. Er starrte auf die Fotos und Schlagzeilen auf Kastners Bildschirm. »Dumme Sache, was?«, brummte er in seine Richtung.

Kastner fuhr aus seinen übernächtigen Gedanken auf. »Du weißt es schon?«, fragte er irritiert.

»Spricht sich herum«, kam die einsilbige Antwort. »Wird er dir fehlen?«

»Klar«, erwiderte Kastner. »Ich bin immer noch ganz fertig. Seine Freundin und ich haben ihn zusammen mit Leopold gefunden. Zuerst hat es so ausgesehen, als säße er ruhig da. Und dann …«

»Ein Schock«, unterbrach Jung ihn. »Kann ich mir schon vorstellen. Aber meine eigentliche Frage lautet: Wirst du ihn vermissen?«

»Das habe ich doch schon gesagt!«

»Es hat nicht sehr überzeugend geklungen.«

»Soll ich etwa in lautes Wehklagen ausbrechen? Das ist nicht meine Art. Ich werde Erwin und seinem tragischen Ende später einen Text widmen. Aber zuerst muss ich das Ganze einmal verarbeiten«, rechtfertigte Kastner sich.

»Willst du etwa allein weitermachen?«

»Ich werde es zumindest versuchen.«

»Was würdest du sagen, wenn ich an Erwins Stelle einspringen würde?«

Kastner schaute Jung ungläubig an. »Du? Was soll denn das werden?«

Jung lächelte verschmitzt. »Ich denke, ich könnte dir helfen«, bot er Kastner an. »Das Malen ist zwar meine Hauptbeschäftigung, aber vom Schreiben verstehe ich auch genug. Manchmal ist es gut, die Dinge aus einem anderen Blickwinkel zu sehen. Ihr habt, wenn ich das so sagen darf, von Beginn an mit der Brechstange gearbeitet, besonders Erwin. Ihr habt euch hier hereingesetzt und behauptet: Jetzt sind wir Kaffeehausliteraten. Und dann war jedes Wort, das ihr mit jemand anders gesprochen habt, ergebnisorientiert. Hunderte Fragen habt ihr gestellt, und irgendetwas sollte dabei herauskommen. Die Lockerheit habt ihr vollständig vergessen.«

»Was hätten wir denn deiner Meinung nach tun sollen?«, fragte Kastner provokant.

»Ein Kaffeehausliterat wird man nicht durch Ankündigung«, instruierte Jung ihn. »Weißt du, was wichtig ist? Dass man sich einfach möglichst jeden Tag ins Kaffeehaus setzt und versucht, eins mit ihm zu werden. Eine Stimmung fängt man nicht ein, indem man den Leuten ein Mikrofon unter die Nase hält oder sie mit einem Schreibblock attackiert. Man beobachtet, hört zu, saugt den Geruch ein, der aus der Kaffeemaschine kommt, und lässt Bilder in seiner Fantasie entstehen. Diese Bilder sind das Allerwichtigste. Ohne Bild im Kopf passiert nichts. Aus der Wirklichkeit, die man sieht, muss sich ein Traumgebilde formen. Das ist das ganze Geheimnis, ob man es auf eine Leinwand malt oder in Worte fasst, ist egal.«

»Soll das jetzt eine Lehrstunde sein, oder was?«, ereiferte Kastner sich.

»Ich gebe dir ein Beispiel, vielleicht verstehst du es dann«, fuhr Jung mit seiner Überzeugungsarbeit fort. »Der Kaffeehausliterat par excellence, Peter Altenberg, war ein Meister darin, aus simplen Ereignissen wunderbare Geschichten zu machen. Da gibt es etwa die Erzählung *Im Volksgarten*, in der ein reiches Mädchen von seiner Mutter so viele Luftballons geschenkt bekommt, wie es will. Einen schenkt es einem armen Mädchen, die anderen lässt es alle in den blauen Himmel fliegen. Das arme Mädchen trägt seinen Ballon wie einen Schatz nach Hause, anstatt ihn auch fliegen zu lassen. Dort verkümmert er schließlich am Plafond, und das arme Mädchen trauert der verpassten Gelegenheit nach. Altenberg hat wahrscheinlich von einer Parkbank die Szene mit den beiden Mädchen, der Mutter und dem Ballonverkäufer beobachtet. Wie lange mag sie gedauert haben? Ein paar Augenblicke! Und welch wunderbares Gleichnis über Armut und Reichtum, Mangel und Überfluss, genutzte und vertane Möglichkeiten hat er daraus geschaffen! Ein paar Sätze nur, quasi Pinselstriche, sind es, die so viel aussagen. Wodurch wird er wohl inspiriert worden sein? Durch die Atmosphäre seines geliebten Kaffeehauses, in das er sich anschließend gesetzt hat. Siehst du, was ich dir damit sagen will?«

»Das ist schon ewig lang her. Wir wollten Altenberg und Co. eben in die heutige Zeit verlegen«, verteidigte Kastner sich.

»Ich glaube nicht, dass diese Fragerei von Anfang an deine Idee war«, gab ihm Jung zu verstehen. »Da hat dich Erwin stark beeinflusst. Er war nur darauf aus, die Leute auszufratscheln und ihnen ihre kleinen Geheimnisse zu entlocken. Dabei war er aufdringlich wie der Reporter eines Revolverblattes. Nimm ihn dir nicht zum Vorbild. Du hast genügend Potenzial, um deinen eigenen Weg zu gehen.«

»Du hast ihn nie leiden können«, warf Kastner ihm plötzlich vor. »Er war aber nicht so schlecht, wie du ihn jetzt machst. Es klingt beinahe so, als wärst du über seinen Tod froh. Hast du vielleicht gar etwas damit zu tun?«

»Du hast ihn genauso wenig leiden können wie ich«, gab Jung zurück.

»Er war mein Freund!«

»Wirklich?« Jung musterte sein Gegenüber nun mit strengem Blick. »Das glaube ich nicht. Ihr seid euch doch dauernd wegen seiner Freundin in den Haaren gelegen. Du warst dabei, ihm die Kleine auszuspannen. Das brauchst du jetzt nicht mehr, denn er ist tot, und sie ist frei. Wie unangenehm!«

»Wenn du meinst, ich hätte ihm deswegen etwas angetan, liegst du falsch«, behauptete Kastner. »Ich war gestern Abend die ganze Zeit hier im *Heller*. Ich kann ihn nicht ermordet haben.«

»Das mag schon sein«, konzedierte Jung. »Aber du hattest die Möglichkeit, ihn in eine tödliche Falle laufen zu lassen. Vielleicht hast du das auch getan. Wer im Glashaus sitzt, sollte jedenfalls nicht mit Steinen werfen.«

*

Nach und nach wurde es im *Café Heller* wieder ruhiger. Leopold bemerkte seinen Freund Thomas Korber an der Theke. Offenbar hatte er schlechte Laune. »Jung ist gerade wieder provokant bei der Schule vorbeigegangen«, ärgerte er sich. »War er auch hier?«

»Ja, aber ich hatte keine Zeit, mich mit ihm zu befassen«, teilte Leopold ihm mit. »Mittags habe ich leider auch anderes zu tun. Er hat mit Kastner geplaudert und unauffällig wie immer gewirkt.«

»Hast du den wenigstens schon zu Jung befragt?«, wollte Korber wissen.

»Ich habe im Augenblick andere Sorgen«, eröffnete ihm Leopold und erzählte dann von den beiden Todesfällen der vorigen Nacht.

»Furchtbar, wenn es einen so jungen Menschen erwischt«, befand Korber, während er von seinem frisch gezapften Krügel Bier trank. »Bei der Achleitner war das eher zu erwarten. Bei ihr wird's auch ein natürlicher Tod gewesen sein.«

»Gerade das bezweifle ich«, entgegnete Leopold. »Sag, wie viele Lokale gibt es eigentlich zwischen dem Kinzerplatz und dem Schlingermarkt?«

Korber überlegte. »Das ist eine Strecke von etwa einem Kilometer, Luftlinie wohlgemerkt. Zehn, vielleicht zwölf. Es können natürlich auch mehr sein«, schätzte er. »Wenn du den Bereich um den Spitz und den Bahnhof dazurechnest, noch viel mehr. Warum willst du das wissen?«

»Weil ich überprüfen möchte, in welchen Kneipen sich Lamprecht bis zu seinem Tod aufgehalten hat«, antwortete Leopold. »Außerdem muss ich herausbekommen, mit wem er beisammen war und was er so geredet hat. Ich brauche Anhaltspunkte, und die kriege ich so am ehesten. Elvira Achleitner wohnte in der Schleifgasse, und Viktor Reiter hat ihn nicht weit davon entfernt in *Rüdigers Beisl* am Schlingermarkt gesehen. Also wird sich Lamprecht von dort mit einigen Zwischenstopps in Richtung Kinzerplatz bewegt haben und ist dabei auf seinen Mörder gestoßen.«

»Kannst du das Feld nicht ein wenig eingrenzen? So ist es total unübersichtlich«, gab Korber zu bedenken.

»Ich habe noch zu wenig Informationen«, bedauerte Leopold. »Lamprecht wollte, nachdem er mit seinem mysteriösen Informanten beisammen war, mit jemandem etwas trinken gehen. Diese Person suche ich.«

»Ich weiß nicht, wie du das bewerkstelligen willst«, äußerte Korber skeptisch. »Hast du wenigstens ein Foto?«

Leopold nickte. »Seine Freundin Inga hat mir gestern noch eines gegeben. Mit Heulen und Zähneknirschen.«

»Trotzdem kannst du nicht einfach in ein Lokal hineingehen wie ein Polizist: Da ist das Foto, ich will eine Auskunft! Du musst mit den Leuten ins Gespräch kommen«, unterrichtete Korber ihn. »Und wer weiß, ob derjenige da ist, der am Vortag Dienst hatte. Wenn nicht, kannst du es gleich noch ein paarmal versuchen. Etwas konsumieren solltest du auch überall. Du brauchst zudem einen Grund, warum du fragst. Und wenn Juricek schon vor dir da war, was sehr wahrscheinlich ist, hast du ohnehin das Nachsehen.«

Leopold schien nicht bereit, sich von seinem Vorhaben abbringen zu lassen. »Probieren geht über studieren«, meinte er nur.

»Du hast das Wichtigste vergessen: Ich mache nicht mit«, informierte ihn Korber süffisant.

»Was?«, rief Leopold entsetzt aus. »Das kannst du mir nicht antun!«

»Das kann ich sehr wohl«, bekräftigte Korber. »Wenn ich so zurückdenke, waren meine letzten kriminalistischen Ermittlungen mit dir stets mit einem Defizit verbunden, weil ich die Zeche bezahlen durfte. Aber das ist nicht der Hauptgrund. Ich habe mir vorgenommen, ein solideres Leben zu führen. Da passt es nicht, wenn ich mit dir sämtliche Kneipen der Umgebung abklappere.«

»Sabine wird es dir verzeihen«, wandte Leopold ein. »Ich nehme die Schuld selbstverständlich auf mich.«

»Es geht gar nicht um Sabine«, versuchte Korber, ihm begreiflich zu machen. »Ich bin ein freier Mensch, kann tun und lassen, was ich will. Ich möchte einfach mehr auf meine Gesundheit achten. Es ist gut, sich immer wieder so ein Ziel zu setzen. Natürlich muss man es dann auch konsequent durchziehen.«

»Du kneifst also?«

»Man vergisst oft, welche Freude einem die kleinen Dinge des Lebens bereiten können. Obwohl es draußen frisch und windig ist, werde ich jetzt einen Spaziergang in der freien Natur machen, der meine Lebensgeister weckt. Das anschließende Verbessern eines Stoßes von Deutscharbeiten wird mir umso leichter fallen. Abends belohne ich mich schließlich mit einem guten Film und einer kleinen Flasche Bier. Das Leben kann so herrlich einfach sein!«

Korber zahlte sein Krügel, um keinen Zweifel an seinen guten Vorsätzen aufkommen zu lassen. Dann setzte er sich noch schnell zu Klaus Kastner. Offenbar versuchte er, von ihm Informationen über Simon Jung zu bekommen.

Leopold fand sein Verhalten nicht fair. Gute Vorsätze hin oder her, er hatte fix mit Korber gerechnet und fühlte sich nun im Stich gelassen. Doch ihm blieb keine Zeit, sich zu ärgern, denn plötzlich stand Ruth Klett aufgeregt vor ihm.

*

»Was unterstehen Sie sich?«, japste Ruth Klett Leopold entgegen. Sie schnappte nach Luft. »Ich soll des Mordes an Elvira verdächtig sein? Das ist lächerlich!«

»Zunächst einmal ist jeder verdächtig«, setzte ihr Leopold auseinander.

»Ja sind Sie denn von Sinnen? Elvira ist eines natürlichen Todes gestorben«, wetterte Ruth.

»Die Todesursache bei Elvira Achleitner ist vorläufig ungeklärt. Außerdem scheint ihr Ableben mit einem Mord in derselben Nacht in Verbindung zu stehen«, belehrte Leopold sie.

»Und deswegen wollen Sie mich bei der Polizei anschwärzen? Warum mischen Sie sich überhaupt ein?«, wollte Ruth wissen.

»Oberinspektor Juricek hat mich um das Erstellen einer Liste von Verdächtigen gebeten«, teilte ihr Leopold ohne Umschweife mit. »Und da Sie nicht bereit schienen, mir Ihre Kontaktdaten zur Abklärung wichtiger Einzelheiten durch Herrn Kraft zukommen zu lassen, musste ich Ihnen leider damit drohen.«

»Ich denke, Sie nehmen sich reichlich viel heraus«, kritisierte Ruth. »Wenn die Polizei etwas von mir will, soll sie sich bei mir melden.«

Leopold atmete auf. Oberinspektor Juricek vermutete offenbar noch keinen Zusammenhang zwischen den beiden Todesfällen. Er hatte einen kleinen Vorsprung. »Wir können ja die Details jetzt klären, wenn Sie schon da sind«, schlug er kurzerhand vor. »Dann bin ich beruhigt, und Sie sind über jeden Verdacht erhaben. Sind Sie gestern nach Ihrem Besuch bei uns noch bei Frau Achleitner gewesen?«

»Wo denken Sie hin?«, dementierte Ruth sofort. »Elvira war viel zu schwach für einen Besuch. Sie sollte sich ordentlich ausschlafen. Am Vormittag wollten Sieglinde, Claudia und ich dann nachsehen, wie es ihr geht. Aber da weilte sie, Gott hab sie selig, leider nicht mehr unter uns.«

»Ihre Betreuerin war in der Nacht nicht bei ihr?«

»Die hat sie in der Früh gefunden, das arme Ding. Sie macht sich große Vorwürfe, weil sie sie allein gelassen hat. Elvira hat angeblich ausdrücklich gewünscht, dass sie nach Hause geht. Wer konnte auch ahnen, dass es so rasch mit ihr zu Ende sein würde?«

»Kommt Ihnen an der Sache nichts komisch vor? Machen Sie sich darüber gar keine Gedanken?«, forschte Leopold.

»Ich weiß nicht, warum, doch aus irgendeinem Grund scheinen Sie sich in den Kopf gesetzt zu haben, dass Elvira gewaltsam zu Tode gekommen ist«, stellte Ruth Klett fest. »Ich habe schon gehört, dass Sie sich gern als Hobbydetektiv betätigen. Aber Ihre Spekulationen sind lächerlich. Elviras Herz war leider schwächer, als wir alle gehofft haben.«

»In der Nacht könnte jemand bei ihr gewesen sein«, erwog Leopold. »Vielleicht hat sie sogar jemanden erwartet und ihre Betreuerin deshalb weggeschickt. Da kann alles Mögliche geschehen sein.«

»Bitte lassen Sie mich mit Ihren unausgegorenen Vermutungen zufrieden«, ließ Ruth Klett das nicht gelten. »Wen hätte sie erwarten sollen und warum?«

»Alte Leute haben oft ihre Geheimnisse«, deutete Leopold an. »Haben Sie nicht das Gefühl, dass das bei Frau Achleitner auch der Fall war?«

»Davon weiß ich nichts«, bekannte Ruth nun. »Wir haben viel über Bücher und Kultur gesprochen, ein wenig über allgemeine Dinge, aber kaum über uns. Das ist auch besser so! Es gibt Bereiche im Leben, die niemanden etwas angehen.«

»Halten Sie das mit Ihren anderen Freundinnen auch so?«

»Natürlich! Ich habe die Erfahrung gemacht, dass es nicht gut ist, sein Leben vor anderen auszubreiten wie ein offenes Buch.«

»Was wissen Sie über Frau Achleitners Bekanntenkreis?«

»Das waren bloß Claudia, Sieglinde und ich«, stellte Ruth trocken fest. »Glauben Sie mir, es gibt nichts und niemanden, der für ihren Tod verantwortlich ist, außer ihrer angegriffenen Gesundheit. Sind Sie jetzt zufrieden? Kann ich endlich wieder nach Hause?«

Ruth Klett klopfte ungeduldig mit ihrer Schuhspitze auf den Parkettboden des *Heller*. Lange würde sie sich nicht mehr hinhalten lassen. Und viel würde Leopold auch nicht mehr aus ihr herausquetschen können. »Eines noch«, bat er sie. »Wie heißt Frau Achleitners Betreuerin? Wo kann ich sie finden?«

Ein sarkastisches Lächeln umspielte Ruths Lippen. »Ich habe Ihre Frage erwartet«, ließ sie ihn wissen. »Sie suchen schon den nächsten Menschen, den sie quälen können. Sie heißt Silvana Rusek und studiert Deutsch, ist allerdings ziemlich wortkarg. Viel Glück!« Sie wandte sich zum Gehen um.

»Telefonnummer?«, rief Leopold ihr nach.

»Keine Ahnung! Wir sehen uns dann nächsten Dienstag.« Und schon war Ruth Klett draußen bei der Tür.

Viel hatte Leopold nicht aus ihr herauskitzeln können. Überhaupt hatte sich das Mitteilungsbedürfnis seiner Gesprächspartner bisher in Grenzen gehalten. Er konnte nur hoffen, dass es ihm bald gelingen würde, diesen Bann zu brechen. Noch dazu, wo es keinen Hinweis gab, der seinen Verdacht, auch Elvira Achleitner sei umgebracht worden, bestätigte.

Wenn sich seine schlimmsten Befürchtungen bewahrheiteten, wurde ihr Dahinscheiden bald offiziell als natürlicher Tod geführt. Irgendein Arzt hatte das mittlerweile bestätigt, und da sich außer ihm niemand Gedanken darüber machte, stand eine gerichtsmedizinische Untersuchung nicht zur Debatte. Nicht einmal sein Bekannter Konrad Otto konnte ihm da helfen.

Also vorerst wieder volle Konzentration auf Erwin Lamprecht! In 15 Minuten hatte Leopold Dienstschluss und konnte mit seiner Lokaltour beginnen. Leider allein!

*

Als sich Leopold vom *Café Heller* auf die sonnenbeschienene, aber windige Straße begab, erhielt er eine SMS von seiner Lebensgefährtin Erika Haller:

Liebes Schnuckilein! Vielen Dank fürs Frühstückskipferl ☺! Was hältst du heute von einem gemütlichen Abend zu zweit? Ich koch uns was Gutes, wir trinken ein bisserl was, und dann gehen wir über in einen romantischen Abschluss ... Wir sehen uns ja kaum mehr unter der Woche! Holst du mich um 18.30 Uhr von der Buchhandlung ab? Bussi Erika.

Leider gab es tatsächlich nur mehr wenige Abende, an denen sich die beiden Zeit füreinander nahmen. Die Verliebtheit der ersten Jahre war vorbei, Leopold hatte oft Spätdienst, und für Erika gehörten Überstunden seit ihrer Übernahme der *Buchhandlung Lederer* zum Alltag.

75

Hin und wieder war es wichtig, wieder einmal zu turteln wie am Anfang der Beziehung. Warum musste Erika das aber gerade jetzt, zu Beginn seiner Mordermittlungen, einfallen? Um sie nicht gleich zu verärgern, antwortete er: *Klingt sehr, sehr gut! Bis später! Bussi Leopold.* Wenn etwas dazwischenkam, was man nie so genau vorhersehen konnte, musste er eben improvisieren. Allerdings hatte er nun nur begrenzt für die von ihm geplante Runde Zeit.

Eigentlich konnte von *geplant* keine Rede sein. Leopold hatte sich weder eine genaue Abfolge der Beisln, die er aufsuchen wollte, überlegt, noch war er sich sicher, welche er überhaupt in seine Untersuchung einbeziehen sollte. Er würde einfach in *Rüdigers Beisl* starten und sich dann Häuserblock um Häuserblock Richtung Kinzerplatz vorarbeiten. Dazwischen beabsichtigte er, seine Tochter Sabine anzurufen und zu bitten, für ihn im Internet nach Silvana Rusek zu suchen.

Er schritt zügig aus und erreichte schon bald den Schlingermarkt, der vielen nur mehr unter seinem offiziellen Namen Floridsdorfer Markt bekannt war. *Rüdigers Beisl* befand sich nicht direkt im Marktgebiet, sondern im Schlingerhof dahinter. Beim Betreten tauchte Leopold sofort vom Sonnenlicht in ein diffuses Halbdunkel ein. Man sah genug und nicht zu viel, erkannte das, was man kannte. Mehr brauchten diejenigen, die hereinkamen, um etwas zu trinken, auch nicht. Eine Tafel an der Wand führte preiswerte Gerichte an. Es war eine Liste von Speisen, die man als Tiefkühlware im Supermarkt bekam und rasch aufwärmen konnte, sollte einer der Gäste tatsächlich auf die Idee kommen, Hunger zu verspüren.

An der Theke standen drei Männer unbestimmten Alters. Alle hatten schütteres Haar und ein Krügel Bier in der Hand. Der Wirt, Reiters Beschreibung nach der »Rüde« Rüdiger, spülte Gläser ab und hörte ihnen bei ihrer Unterhaltung zu. Leopold bestellte ein Seidel und stellte sich zu ihnen. Das Gespräch stockte kurz. Der Neuankömmling wurde gemustert. »Du bist wegen dem Kleinen da, den sie abgemurkst haben«, redete ihn einer von ihnen schließlich an.

Leopold fühlte sich ertappt. »Stimmt«, gab er zu. »Sieht man mir das etwa an?«

»Es war schon jemand vor dir da«, klärte ihn der Rüde auf. »Ein Kieberer. Der hat einen Hut aufgehabt, mit dem er fast nicht bei der Tür hereingekommen ist.« Allgemeines Gelächter, dann fuhr der Rüde fort: »Er mag dich offenbar nicht. Er hat uns ein paar Fragen wegen des Mordes gestellt und dann ein Foto von dir gezeigt. Wir dürfen dir auf keinen Fall Auskunft geben, hat er uns eingeschärft.«

Das hatte Leopold gerade noch gefehlt. Sein vermeintlicher Freund Richard Juricek lief mit einer Art Fahndungsfoto von ihm durch die Gegend, um zu verhindern, dass er seine eigenen Erkundigungen einholte. Schöne Bescherung! Wie sollte er da zu relevanten Informationen kommen?

»Wir haben Durst«, signalisierte ihm sein Nachbar.

»Ich habe auch Durst«, schloss sich der Rüde an.

Die kleine Belegschaft seines Beisls versuchte also, das Beste für sich herauszuholen. Das gab Leopold noch eine Chance. »Na gut, ich zahle eine Runde«, bot er an. »Die nächsten vier Krügel gehen auf mich.«

»Fünf«, korrigierte der Rüde.

Leopold versuchte zu lächeln. »Ich trinke nichts mehr«, gab er an.

»Oh doch«, ließ der Rüde das nicht gelten. »Sonst zahlt sich's nicht aus. Versteuern muss ich es schließlich auch noch. Du trinkst brav mit uns mit.«

Widerwillig sah Leopold den Gerstensaft in sein Glas rinnen. Aber er musste dieses Opfer bringen, um etwas zu erfahren. Er hoffte, den Alkohol bis 18.30 Uhr, wenn er seine Erika abholte, wieder abgebaut zu haben. »War der ›Kleine‹, wie ihr ihn nennt, gestern also da?«, begann er mit seinen Nachforschungen.

Sein Nachbar bedeutete ihm, er solle warten. »Erst stoßen wir an«, ließ er ihn wissen. Jeder nahm nun sein volles Glas in die Hand, dann prostete man einander zu und trank. »Jetzt kannst du fragen«, bekam Leopold dann die offizielle Erlaubnis.

»Kommt schon! Ich habe nicht ewig Zeit! Was war mit dem Kerl?«, drängte er ungeduldig.

»Er war gestern hier, so zwischen 21 und 22 Uhr«, erteilte der Rüde Auskunft. »Das erste Mal. Ich hatte den Knaben vorher noch nie gesehen. Hat so ausgesehen, als hätte er auf jemanden gewartet, der dann nicht gekommen ist.«

»Woran hat man das gemerkt?«

»Er hat ziemlich oft auf die Uhr geschaut. Sonst ist er schweigsam dagesessen.«

»Angeblich hatte er ein Schwätzchen mit dem Vickerl vom Grund.«

Jetzt wurde der Rüde hellhörig. »Du weißt ja schon einiges«, bemerkte er anerkennend. »Mehr als der Kieberer.«

»Sie haben ihm doch nichts darüber erzählt«, vergewisserte Leopold sich.

»Ich habe ihm das gesagt, wonach er gefragt hat, nicht mehr«, versicherte der Rüde. »Es hatte wohl auch wenig

Bedeutung. Der Vickerl schaut überall auf ein Getränk hinein, wenn er seine Lokaltour macht. Das ist nichts Ungewöhnliches.«

»Hat er nun mit dem Mordopfer gesprochen?«, fragte Leopold.

Der Rüde grinste. »Sagen wir so: Er hat den jungen Mann angeschwafelt«, weihte er Leopold ein. »Er wollte, dass ihm der Bursche was zahlt, und da hat er so lange auf ihn eingeredet, bis er sein Achtel Wein vor sich stehen hatte. Das ist sein Trick bei Leuten, die ihn nicht kennen. Er geht ihnen fürchterlich auf die Nerven und gibt erst Ruhe, wenn er hat, was er will. Dann trinkt er aus und geht.«

»Und der junge Mann ist mit ihm gegangen?«

»Ein wenig früher, wenn ich mich recht erinnere. Er hat gezahlt und war weg.«

»Eine letzte Frage: Hatten Sie den Eindruck, dass der junge Mann betrunken war?«, erkundigte sich Leopold noch.

Der Rüde leckte genüsslich den Bierschaum von seiner Oberlippe. »Sicher nicht«, erwiderte er dann. »Der war stocknüchtern. Hat die ganze Zeit an seinem Cola genuckelt. Vielleicht hätte er sich noch etwas Gescheites vergönnt, wenn er gewusst hätte, dass es bald aus ist mit ihm.«

KAPITEL 6

Mittwoch, 16. März, Nachmittag und Abend

Als Leopold wieder draußen an der frischen Luft war, beutelte ihn der kühle Wind durch. Das erfrischte ihn und tat ihm gut. Er hatte sein Krügel rasch ausgetrunken, um sich aus *Rüdigers Beisl* zu verabschieden, ehe man ihn nötigte, eine zweite Runde zu zahlen. Das hatte seinen Kopf träge gemacht. Jetzt stand er da und wusste nicht so recht, wie es weitergehen sollte. Eines stand fest: Noch ein paar solcher Lokale, und er würde nicht mehr in der Lage sein, einen klaren Gedanken zu fassen. Den gemeinsamen Abend mit Erika konnte er dann auch vergessen. Und wenn Richard Juricek schon überall vor ihm gewesen war, würden die Informationen rar und teuer sein.

Insgeheim verfluchte er den Oberinspektor und Thomas Korber, von dem er sich im Stich gelassen fühlte. Allein war im Augenblick kaum etwas zu machen, vor allem, wenn einem nichts einfiel.

Ohne bestimmtes Ziel lenkte er seine Schritte auf die andere Seite des Marktes und über die Straße. Dort stand er vor einem kleinen, angenehm hellen Espresso mit dem schlichten Namen *Café Susi*. Er ging hinein, um sich mit einem kleinen Mokka wieder auf Trab zu bringen. Auskünfte bezüglich Erwin Lamprecht durfte er sich keine erwarten, da das Lokal am Dienstag Ruhetag hatte. Er setzte sich also an einen freien Tisch, gab seine Bestellung bei der Kellnerin auf und ließ seinen Blick durchs Lokal schweifen, wie es auch im *Heller* seine Gewohnheit war. Zunächst dachte er sich noch nichts, als er dabei die Rückansicht einer hübschen jungen Frau mit schwarzem schulterlangem Haar erspähte, die gerade in eine lebhafte Unterhaltung mit ihrem ebenso jungen Sitznachbarn vertieft war. Doch als er ihre Stimme hörte und sie das Gesicht ein wenig zur Seite drehte, erkannte er seine Tochter Sabine. An sich ein glücklicher Zufall. Er hatte ohnedies vorgehabt, sie wegen Elvira Achleitners Betreuerin anzurufen. Aber wer war der Mann neben ihr? Jetzt legte sie auch noch zärtlich ihre Hand in die seine. Die beiden schienen mehr als nur bekannt zu sein.

Irgendwie passte das nicht mit Leopolds Erwartungshaltung zusammen. Natürlich konnte Sabine tun und lassen, was sie wollte, sie war ein erwachsener Mensch. Aber es war doch so gut wie sicher, dass zwischen ihr und Thomas Korber etwas lief, auch wenn sich die beiden diesbezüglich nicht in die Karten blicken ließen. Seine Spürnase hatte Leopold noch selten im Stich gelassen. Allein die Tatsache, dass Thomas Korber in letzter Zeit seinen Alkoholkonsum drastisch reduziert hatte, sprach Bände.

Und nun saß seine Tochter zwei Tische von ihm entfernt, streichelte die Hand eines anderen Mannes und kam seinem Gesicht mit dem ihren immer näher. Das erschien Leopold äußerst seltsam. War das etwa die Freiheit, die man sich heute in einer Beziehung nahm? Dann hatte er in den letzten Jahren einiges verschlafen.

Während er noch überlegte, ob er sie ansprechen sollte, geschah das Unvermeidliche. Sabine suchte die Kellnerin mit den Augen, um zu zahlen, und bemerkte ihn. »Hallo, Papa«, rief sie ihm zu. »Was machst denn du da?«

»Dasselbe könnte ich dich fragen«, gab er zurück.

»Ich bin immer wieder einmal hier«, führte Sabine aus. »Es ist ruhig und gemütlich, und die Mehlspeisen sind ausgezeichnet. Das ist übrigens Felix Hirsch, ein Studienkollege von mir. Und das ist mein Vater, Leopold Hofer.«

»W. Hofer«, verbesserte Leopold pingelig.

Hirsch lächelte gekünstelt. »Ich muss mich leider schon auf die Socken machen«, kündigte er an. »Hat mich sehr gefreut, Herr … äh … Hofer. Ich melde mich dann bei dir, Sabine.« Die beiden drückten sich kurz und gaben einander zum Abschied einen flüchtigen Kuss auf den Mund, der ohne Leopolds Anwesenheit vielleicht intensiver ausgefallen wäre.

»Der junge Mann hat es eilig«, befand Leopold.

»Er hat es immer eilig«, teilte ihm Sabine mit. »Er muss noch einmal auf die Uni. Aber ich habe Zeit. Ich nehme an, dass ich dir als Gesprächspartner lieber bin als er.« Sie setzte sich an seinen Tisch.

»Was ist das überhaupt für ein Knabe?«, wollte Leopold wissen.

»Eigentlich geht dich das ja nichts an«, erwiderte Sabine neckisch. »Aber ich sag's dir! Wir sitzen im selben Proseminar und haben dadurch allerlei Dinge zu besprechen.«

»Auch privat?«, setzte Leopold zu schnell nach.

»Dein väterlicher Voyeurismus nervt«, wurde Sabine deutlich ernster. »Wenn du's unbedingt wissen willst: Wir haben miteinander geschlafen, aber es wird wohl nichts Ernstes draus. Er will, ich nicht. Irgendwann wird er es schon schnallen. Können wir jetzt das Thema wechseln?«

»Ich meinte nur …«

»Komm, Papa«, fiel sie ihm ungeduldig ins Wort. »Zwischen uns beiden liegt eine Generation, und wenn man deine extrem konservative Einstellung dazu nimmt, sind es eigentlich zwei! Das heißt für dich so viel wie: Entspann dich! Du musst mich nicht verstehen. War's das jetzt?«

Na schön, dachte Leopold. Dann machte es eben keinen Sinn, seine Tochter zu fragen, warum sie sich nach wie vor an diesen Felix ranmachte, obwohl sie eigentlich nicht mehr an ihm interessiert war, und wie er das schnallen sollte. Thomas zu erwähnen, war im Augenblick sowieso väterlicher Selbstmord. Er erzählte ihr also von dem Mord und kam auf sein Anliegen zu sprechen.

»Woher willst du wissen, dass Lamprecht vor seinem Tod bei Elvira Achleitner war?«, hakte Sabine Patzak sofort ein.

»Aus mehreren Gründen«, erläuterte Leopold. »Erstens: Er hatte sich ihre Adresse und Telefonnummer aufgeschrieben. Zweitens: Er hat in einem Lokal in der Nähe ihrer Wohnung auf jemanden gewartet. Drittens: Beide wurden in derselben Nacht getötet. Ein bisschen viele Zufälle auf einmal, oder?«

»Und wenn Frau Achleitner doch eines natürlichen Todes gestorben ist, was viel glaubhafter erscheint?«, konterte Sabine.

»Das wäre zwar bedauerlich, würde aber an meiner grundsätzlichen Theorie nichts ändern«, gab Leopold nicht nach. »Ich muss auf jeden Fall noch mehr über die möglichen Zusammenhänge in Erfahrung bringen. Ruth Klett und ihre Freundinnen sind mir dabei vorerst wahrscheinlich keine große Hilfe. Also wäre es von Vorteil, mit der Betreuerin zu reden. Sie studiert übrigens Deutsch wie du.«

Sabine lächelte amüsiert. »Ich kann nicht alle kennen, die in Wien Deutsch studieren«, äußerte sie.

»Du kennst dich aber viel besser im Internet aus als ich«, gab ihr Leopold zu verstehen. »Du könntest für mich herausfinden, wie ich die Dame erreiche.«

»Na gut«, stimmte Sabine ohne große Begeisterung zu. »Wie heißt sie denn?«

»Silvana Rusek.«

Jetzt musste Sabine laut lachen. »Das ist wirklich ein Zufall«, rief sie aus. »Mit der habe ich schon den einen oder anderen Kaffee getrunken. Außerdem war sie mit Felix liiert, bevor er angefangen hat, sich für mich zu interessieren.«

»Dann könntest du mich ja mit ihr bekannt machen«, schlug Leopold vor.

»Ausgeschlossen«, lehnte Sabine ab. »Ich möchte nicht in diese Sache hineingezogen werden. Du bekommst von mir ihre Kontaktdaten, und damit ist Schluss.«

»Dann erzähl mir bitte zumindest, was für ein Mensch sie ist«, ersuchte Leopold.

»Sie ist grundsätzlich in Ordnung«, schilderte Sabine ihre Kollegin. »Ein bisschen wortkarg und manchmal launenhaft. Du wirst dir unter Umständen schwertun, mit ihr ins Gespräch zu kommen. Aber wenn sie was sagt, ist es ehrlich. Sie hat mir sogar einmal von ihrem Job bei der Dame erzählt. Sie hat ihn gern gemacht, das hat man herausgehört, und nicht, um sie zu beerben. Die Achleitner dürfte nämlich einiges an Geld gehabt haben.«

»Ach so?« Leopold horchte auf.

»Ja«, versicherte Sabine. »Zumindest hat Silvana das angedeutet.«

*

Leopold musste weiter. Die Zeit drängte. Er hatte sich vorgenommen, noch in einer Reihe weiterer Lokale nach Erwin Lamprecht zu fragen. Deshalb machte er Sabine den Vorschlag, ihn ein bisschen auf seinem Weg zu begleiten. Er hatte Glück, die neue Entwicklung hatte sie neugierig gemacht. »Na schön«, stimmte sie zu. »Aber nur ausnahmsweise. Ich werde in diesem Fall nicht deine Gehilfin spielen.«

Mit Sabine als Weggefährtin tat sich Leopold leichter. Er war ja im Augenblick leider durch Juriceks unfaire Kampagne gegen ihn bei seinen Ermittlungen behindert. Sabine hingegen konnte ungehindert ihren weiblichen Charme einsetzen und frisch drauflos fragen. Dazu ließ sie Leopold in die Rolle von Lamprechts Freundin Inga schlüpfen, die wissen wollte, wo Erwin am Vortag noch so spät unterwegs gewesen war, und wer ihn dabei begleitet hatte. Er selbst setzte seine Sonnenbrille auf und hielt sich im Hintergrund. Wenn es interessant wurde, konnte er sich immer noch einschalten.

Zunächst waren ihre Bemühungen allerdings nicht von Erfolg gekrönt. In fünf aufeinanderfolgenden Gasthäusern erinnerte sich niemand an Lamprecht. Wirtsleute, Kellner und Gäste behaupteten übereinstimmend, ihn weder am vorigen Abend noch sonst irgendwann gesehen zu haben.

Enttäuscht setzte Leopold mit Sabine seinen Spaziergang in Richtung Kinzerplatz fort. »Das ist schon komisch, aber nicht unmöglich«, resümierte er.

»Ich habe jedenfalls mein Bestes gegeben«, versicherte Sabine.

»Ich habe geahnt, dass das ein schwieriges Unterfangen wird«, bekannte Leopold. »Ich ging davon aus, dass

Lamprecht mit seinem unbekannten Begleiter und späteren Mörder in Kneipen eingekehrt war, die auf direktem Weg zwischen Schlingermarkt und Kinzerplatz liegen. Offenbar habe ich mich getäuscht. Aber wenn ich alle möglichen Umwege mit einkalkuliere, kann es Tage dauern, bis ich auf eine Spur stoße.«

»Du solltest dir eingestehen, dass an deiner fixen Idee mit Elvira Achleitner nichts dran ist«, riet Sabine ihm. »Fang einfach noch einmal von vorne an.«

»Er wollte laut Kastner auf jeden Fall noch mit jemandem etwas trinken«, sinnierte Leopold. »Aber schön, dann wende ich mich eben der anderen Fährte zu. Gib mir jetzt bitte die Kontaktdaten von Silvana Rusek.«

Sabine blieb stehen, schaute kurz auf ihrem Handy nach und schrieb ihm Adresse und Telefonnummer auf einen Zettel.

»Könntest du oder dein Freund Felix ihr vielleicht meinen Besuch ankündigen?«, bemühte sich Leopold noch einmal um Unterstützung von ihrer Seite.

»Diese Sache machst du schön allein«, blieb Sabine hart. »Ich werde nicht Gott und die Welt aufscheuchen, wenn ich der Meinung bin, dass du dich ohnehin auf dem Holzweg befindest. Lass Silvana schön von mir grüßen. Du darfst mir auch gern erzählen, wie es gelaufen ist, aber nicht mehr. Und jetzt begleite ich dich noch auf einen Drink, wenn du möchtest. Dann ist Schluss für heute.«

Sie befanden sich in der Nähe des Hoßplatzes, von dem es nur mehr wenige Meter bis zum großen Areal des Kinzerplatzes mit der gewaltigen Kirche waren. Hier gab es in den Einbahnen abseits der Verkehrsstraßen noch das eine oder andere kleine Beisl, in dem sich Lamprecht aufgehalten haben könnte. Gleich vom nächsten

Eck leuchtete ihnen das Schild einer bekannten Wiener Biermarke entgegen, das Gasthaus nannte sich allerdings *Zum Weinglaserl*.

Sabine bestellte daraufhin ein Achtel Veltliner und bereute es sofort. Der Wein schmeckte, als hätte ihn ein 3D-Drucker ausgespuckt. Leopold nippte von seinem viel zu kalten Seidel Bier. Ein Blick auf die Uhr verriet ihm, dass sein Termin mit Erika nahte. Auch Sabine hatte keine Lust, länger als nötig hierzubleiben. Sie rief den Kellner gleich noch einmal zu sich und sagte ihren Spruch auf: Sie sei Lamprechts hinterbliebene Freundin Inga Badura und suche verzweifelt nach Hinweisen, wo und mit wem er so kurz vor seinem tragischen Tod unterwegs gewesen sei.

Der Kellner reagierte ungewöhnlich barsch. »Wenn Sie die Inga Badura sind, bin ich der Andreas Gabalier«, wies er sie zurecht. »Also lassen Sie diese Faxen!«

»Für den Gabalier fehlt Ihnen die Lederhose«, bemerkte Sabine, der der saure Wein und der überhebliche Ton des Mannes sauer aufstießen.

»Und für die Inga fehlt Ihnen ziemlich alles«, erwiderte der Kellner. »Nach dem Typen auf dem Foto hat sich heute übrigens schon jemand erkundigt. Der war nie da, weder mit noch ohne Inga. Aber fragen Sie sie doch selbst. Sie sitzt hinten mit ihrem Freund und noch so einem komischen Kerl.«

Rechts vom Eingang führte ein Durchgang in einen zweiten Raum. Der Kellner deutete unmissverständlich dorthin. Also begaben sich Leopold und Sabine neugierig in dieses Extrazimmer. Es war halb leer und wurde wohl gern von Leuten frequentiert, die ihre Ruhe haben oder nicht gleich von allen gesehen werden wollten. Letzteres schien auf Inga und Klaus Kastner zuzutreffen, die gemeinsam mit Thomas Korber an einem Tisch saßen.

»Sieh an, sieh an! Da haben wir ja alle beieinander«, schreckte Leopold die in ihr Gespräch vertiefte Runde auf.

Inga schaute ihn verunsichert an. »Gratuliere! Du hast uns gefunden«, rief ihm Kastner nach einer Schrecksekunde entgegen.

Korber war zunächst sprachlos. »Hallo«, war das Einzige, was er herausbrachte.

»Inga ist völlig fertig«, schilderte Kastner. »Sie hat mich am Nachmittag angerufen. Sie braucht mich jetzt. Darum sind wir auf einen Sprung hergegangen.« Es klang wie der Versuch einer Rechtfertigung.

»Sie hätten sich auch im *Heller* treffen können«, befand Leopold. »Dort hat der Herr Literat doch jetzt sein Stammquartier.«

»Im *Heller* kann ich Inga nur schlecht trösten. Dort muss ich mich ständig auf die Atmosphäre und meine Eindrücke konzentrieren«, gab Kastner an.

»Hier ist dazu wirklich ein viel besseres Platzerl«, stellte Leopold fest. »Sie kommen ja öfters zusammen her, wie ich soeben vernommen habe.«

»Gelegentlich«, korrigierte Kastner ihn. »Was ist so schlimm dran? Ich war mit Erwin befreundet, und Inga war seine Freundin. Da ist es nur logisch, dass Inga und ich uns mittlerweile gut kennen und hin und wieder ein Schwätzchen halten. Aus Gewohnheit treffen wir uns dabei hier.«

»Dann weiß ich ja, wo ich Sie finde, wenn Sie gerade nicht im *Heller* sind«, bemerkte Leopold, dann wandte er sich vorwurfsvoll an Thomas Korber: »Und was tust du da? Weit bist du jedenfalls bei deinem Spaziergang nicht gekommen.«

Korbers Augen zuckten nervös zwischen Leopold und Sabine hin und her. »Eigentlich bist du schuld«, warf er seinem Freund vor. »Hättest du dich bei Klaus über Simon Jung informiert, hätte ich heute kein Gespräch darüber mit ihm begonnen. Daraus ist eine lebhafte, fruchtbringende Unterhaltung geworden. Schließlich hat sich Inga bei ihm gemeldet. Ich wollte aber noch ein bisschen weiterplaudern, und so ...«

»Das Wort *Prinzipien* kennst du wohl nicht«, unterbrach Leopold sein Geschwafel. »Das zweite Vokabel, das dir fehlt, ist *Loyalität*. Du machst es dir zu einfach.«

Damit wandte er sich zum Gehen. Korber warf noch einen Hilfe suchenden Blick in Richtung Sabine. Die zuckte aber nur kurz mit den Achseln und sagte: »Ruf mich an.«

»Auf den Kerl ist einfach kein Verlass«, bemerkte Leopold draußen auf der Straße zu seiner Tochter. »Wenigstens scheint er sich beim Trinken zurückgehalten zu haben.«

»Das glaube ich weniger«, widersprach sie ihm. »Thomas hatte ein Glas Wein vor sich stehen. Er trinkt beinahe ausschließlich Veltliner, also hatte er den gleichen Sauerampfer wie ich. Er hat ihn in sich hineingeleert, ohne dabei mit der Wimper zu zucken. Ich halte das für ein klares Zeichen fortgeschrittener Alkoholisierung.«

»Bist du ihm böse?«, rutschte es Leopold heraus.

»Warum?«, versuchte Sabine, locker zu wirken. »Du bist es, den er offenbar versetzt hat, nicht ich.«

»Er hat sich auf höchst fadenscheinige Art herausgeredet, als ich seine Hilfe benötigt hätte«, brummte Leopold. »Das verlangt nach einer Wiedergutmachung.«

»Sei nicht so streng«, redete Sabine auf ihn ein. »Du kennst ihn ja! Er hat wahrscheinlich gute Vorsätze gehabt, und dann ist ihm etwas dazwischengekommen. Aber das ist eine Sache zwischen euch beiden. Nur um eines bitte ich dich: Erzähl ihm nichts von Felix.«

Leopold horchte auf. »Aha! Warum?«

»Einfach so, Papilein«, schärfte Sabine ihm ein. »Ich will nicht, dass hinter meinem Rücken Halbwahrheiten und Gerüchte, an denen nichts dran ist, verbreitet werden. Bleib lieber bei deinem Mordfall!«

Sie erreichten den Hoßplatz, wo gerade eine Straßenbahn in die Station einfuhr. Sabine verabschiedete sich von ihrem Vater mit einem Kuss auf die Wange und stieg ein. Leopold wollte die Strecke zu Erikas Buchhandlung lieber zu Fuß zurücklegen und dabei seinen Gedanken nachhängen.

Aufgrund der letzten Ereignisse hatten sich wieder neue Fragen ergeben:

- Waren Inga Badura und Klaus Kastner ein Liebespaar, wie es der Wirt vom *Weinglaserl* angedeutet hatte? Sie hatten auf Leopold zumindest vertrauter als noch am Vortag gewirkt. Daraus ließ sich ein Mordmotiv konstruieren.

- Hatten sie jedoch die Möglichkeit gehabt, Lamprecht umzubringen? Klaus Kastner schied hier aus, er hatte den gesamten Abend im *Heller* verbracht. Aber Inga hätte ihn rein theoretisch zuerst am Kinzerplatz erwürgen, dann Kastner anrufen und schließlich scheinbar verzweifelt ins *Heller* kommen können.

- Wäre dieser Mord vorbereitet gewesen? Ziemlich sicher ja! Kastners Informationen über eine angebliche SMS von Lamprecht und sein Vorhaben, noch mit jemandem etwas trinken zu gehen, wären dann bewusste Täuschung und Teil des Planes gewesen.

Trotzdem hatte diese Theorie noch viele Ungereimtheiten. Vor allem war völlig unklar, wo sich Lamprecht zwischen seinem Besuch in *Rüdigers Beisl* und seiner Ermordung herumgetrieben hatte. In Ingas Wohnung? In einem Lokal, das Leopold noch nicht aufgesucht hatte? Und wie passte das alles mit seinen Vermutungen bezüglich Elvira Achleitner zusammen?

Leopold hatte beinahe die *Buchhandlung Lederer* erreicht, und beinahe stand auch seinem gemütlichen Abend mit Erika Haller nichts mehr im Wege. Da läutete sein Handy. Es war Oberinspektor Juricek, der ihn bat, umgehend ins *Café Heller* zu kommen. Seine Stimme klang dabei kühl und schroff.

*

Erika Haller war klarerweise über diese Neuigkeit nicht erfreut. Sie beschloss, mit Leopold mitzugehen, um seinen Besuch im Kaffeehaus möglichst kurz zu halten. Während ihr Schnucki etwas mit dem Oberinspektor zu besprechen hatte, konnte sie sich ja ein Gläschen mit Frau Heller genehmigen.

Juricek war bereits in eine lebhafte Debatte mit Frau Heller an der Theke verwickelt. Seinen Sombrero hatte er dabei nach alter Gewohnheit tief ins Gesicht gezogen. Der große Braune neben ihm war zur Hälfte ausgetrunken und musste bereits lauwarm sein. Er ließ sich durch das Eintreten von Leopold und Erika zunächst nicht in seiner Unterhaltung stören. Erst nach einem Weilchen wandte er sich den beiden zu.

»Servus, Leopold«, grüßte er seinen Freund. »Schön, dass du dir die Zeit genommen hast.«

»Es ist gerade ein wenig unpassend. Wir sind auf dem Heimweg zu einem gemütlichen Abend«, informierte Leopold ihn.

»Es wird nicht lange dauern, Frau Erika«, versicherte Juricek seiner Begleiterin. »Schön, dass Sie mitgekommen sind und Ihren Freund dadurch abhalten, weitere Dummheiten zu begehen.«

»Welche Dummheiten?«, fragte Leopold unschuldig.

»Du weißt genau, was ich meine! Anstatt zu tun, was man dir sagt, versuchst du es wieder einmal auf eigene Faust und klapperst alle Wirtshäuser der Umgebung ab«, warf ihm Juricek vor.

»Man wird doch nach der Arbeit noch etwas trinken gehen dürfen«, versetzte Leopold.

»Trinken ja, schnüffeln nein«, erinnerte ihn Juricek. »Gerade vorhin habe ich den Anruf eines Wirts erhalten. Demnach hat sich eine junge Frau in deiner Begleitung bei ihm als Freundin des Verstorbenen ausgegeben. Klingt ganz nach deiner Tochter. Dein Pech, dass die Freundin anwesend war. Solche Aktionen sind pietätlos und gegen unsere Abmachungen.«

Wurde Leopold jetzt schon überall beobachtet und bei der Polizei verpfiffen? »Vielleicht ist diese angebliche Freundin gar nicht seine Freundin, sondern seine Mörderin«, konterte er verärgert.

»Auch dann ist das unsere Sache und nicht deine«, trichterte ihm Juricek ein.

»Ich weiß nicht, was du hast! In jeder Kneipe lässt du Fotos von mir kursieren wie von einem Schwerverbrecher«, ließ Leopold seiner Empörung freien Lauf. »Es fehlt nicht mehr viel, und ich bekomme überall Lokalverbot.«

»Selber schuld«, befand Juricek mit breitem Grinsen. »Ich würde dir vielleicht das eine oder andere durchgehen lassen, wenn du meine Anweisungen befolgen würdest. Aber offenbar hast du dich um die Liste mit Lamprechts Kontaktpersonen, um die ich dich gebeten habe, bis jetzt überhaupt nicht gekümmert.«

»Komm, Richard! Du weißt, dass das seine Zeit braucht«, versuchte Leopold, sich herauszureden. »Erstens geht immer noch die Arbeit vor, wenn ich hier bin. Zweitens muss ich die Gäste einzeln und sehr diskret zu der Sache befragen. Sonst glauben sie, sie sind allesamt des Mordes verdächtig, und erzählen gar nichts. Drittens tue ich mir schwer, das Ganze als Dokument auf einem Computer zu erstellen, das weißt du!«

Juricek nahm ein zusammengefaltetes DIN A4-Blatt aus seiner Manteltasche. »Was ist das deiner Meinung nach?«, wollte er von Leopold wissen.

Noch ehe dieser jedoch den Mund aufbrachte, schleuderte ihm die aufgebrachte Frau Heller die Antwort entgegen: »Es ist die Liste, von der Sie behauptet haben, dass *ich* sie für die Polizei anfertigen solle, obwohl das eigentlich *Ihre* Aufgabe gewesen wäre. Mitten im stärksten Geschäftsgang habe ich mich deshalb zusätzlich mit diesen Dingen herumgeschlagen.«

»Früher haben Sie es immer gern gemacht«, wand sich Leopold. »Und, wie ich heute schon erwähnt habe, würde eine elektronische Gästeerfassung …«

»*Dich* habe ich um den Gefallen gebeten und niemanden sonst«, schnitt Juricek ihm das Wort ab. »Was für dich jedoch angeblich beinahe undurchführbar war, hat Frau

Heller in wenigen Stunden zuwege gebracht. Die Liste ist zwar handgeschrieben und wahrscheinlich unvollständig, aber eine solide Grundlage für unsere Ermittlungen. Mein Kompliment! An Ihnen ist eine Detektivin verlorengegangen, Frau Heller.«

»Ich muss zugeben, dass ich Hilfe hatte«, schwächte Frau Heller ihre Leistung geschmeichelt ab. »Herr Kastner hat sich an einige Kontaktpersonen seines Freundes erinnert und diese so beschrieben, dass ich gleich wusste, um wen es sich handelte. Herr Korber, der bei ihm gesessen ist, konnte ebenfalls aus dem Gedächtnis Leute aufzählen, mit denen er Lamprecht im Gespräch gesehen hatte. So haben wir das gemeinsam hingekriegt.«

Leopold fühlte sich immer weniger wohl in seiner Haut. Er hatte von seinem Freund Oberinspektor Juricek, dem er bereits in zahlreichen Fällen geholfen und den Täter präsentiert hatte, eine seiner Meinung nach unberechtigte Abreibung bekommen. Hingegen wurde seine Chefin von ihm über den grünen Klee gelobt, obwohl sie sich für den Fall gar nicht interessierte. Und als Gipfel musste er nun erfahren, dass sich Thomas Korber, anstatt ihn bei seinem Rundgang zu unterstützen, quasi der Gegenseite angebiedert hatte. Es schien sich alles gegen ihn zu verschwören.

Juricek zahlte inzwischen bei dem zweiten Oberkellner des *Café Heller*, Waldemar »Waldi« Waldbauer, der schadenfroh in Leopolds Richtung grinste. Dann verließ der Oberinspektor das Kaffeehaus und tippte zum Abschied an seine Hutkrempe. Frau Heller genehmigte sich einen gemeinsamen Prosecco mit Erika Haller. Beide prosteten Leopold zu. »Nimm's nicht so schwer, Schnucki«, versuchte Erika, ihn aufzumuntern. »Gleich gehen wir nach Hause. Dort machen wir es uns dann richtig gemütlich.«

Da kam Thomas Korber mit Klaus Kastner zur Tür herein. Das verdrängte den Wunsch nach Gemütlichkeit sofort wieder aus Leopolds Hirn. »Du siehst nicht so aus, als würdest du heute noch etwas für die Schule verbessern«, sprach er seinen Freund sofort an.

Korber zuckte nur mit den Achseln und meinte: »In meinem Job muss man eben flexibel sein.«

»Dann hast du sicher fünf Minuten Zeit für ein Gespräch unter vier Augen.«

Leopold lotste Korber in den hinteren Teil des *Café Heller*, wo normalerweise etliche Karten- und Schachpartien im Gange waren. Heute spielte dort einstweilen nur die legendäre Tarockrunde (der Herr Kammersänger, der pensionierte Herr Kanzleirat, der Herr Hofbauer und der Herr Adi), sodass sich die beiden problemlos in ein stilles Eck setzen konnten.

»Die Freundschaft ist ein wertvolles Gut, das du nicht aufs Spiel setzen solltest«, begann Leopold mit seinen Vorwürfen. »Dass du dich lieber deiner Gesundheit und den kleinen Dingen des Lebens widmen wolltest, als mich bei meinen Ermittlungen zu unterstützen, hätte ich ja noch hingenommen. Aber dass du dich, kaum dass ich weg war, wieder volllaufen hast lassen und so nebenbei deine Kraft in den Dienst der Gegenpartei gestellt hast, schlägt dem Fass den Boden aus.«

»Was willst du eigentlich?«, startete Korber den Gegenangriff. »Es ist deine Schuld, dass ich mit Klaus Kastner hängen geblieben bin, das habe ich bereits erwähnt. Und darüber, dass wir uns um die Liste bemüht haben, die eigentlich du zusammenstellen müsstest, solltest du froh sein. Also lass mich in Frieden!«

»Du hast dich schmählich davor gedrückt, deinem besten Freund in der Not beizustehen«, sagte ihm Leopold auf den Kopf zu.

»Du hattest ohnehin Sabine an deiner Seite. Da wäre ich komplett überflüssig gewesen«, ließ Korber das nicht gelten.

»Das war Zufall!«

»Na und? Was ich getan habe, hat sich auch zufällig ergeben.«

»Eine kleine Wiedergutmachung ist trotzdem angebracht«, setzte ihm Leopold auseinander. »Im entscheidenden Moment hat mich Sabine nämlich im Stich gelassen. Hör zu: Silvana Rusek, Elvira Achleitners Betreuerin, die ich dringend sprechen muss, ist eine Studienkollegin von ihr. Ich habe deshalb von Sabine auch ihre Adresse, Telefonnummer und so weiter erhalten. Sie will ihre Freundin allerdings nicht auf meinen Besuch vorbereiten.«

»Warum sollte sie auch? Das kannst du doch gut selbst machen«, gab Korber zurück.

»Ich stehe unter Zeitdruck«, bearbeitete Leopold ihn. »Erika möchte heute einen schönen Abend zu zweit mit mir verbringen. Da bleibt mir keine Möglichkeit mehr, mich um die Sache zu kümmern. Und morgen Vormittag möchte ich mit der Dame reden, verstehst du? Sie ist angeblich eher zurückhaltend und schweigsam. Also braucht es etwas Feingefühl im Vorfeld. Du müsstest deshalb Sabine mit deinem Charme dazu bringen ...«

»Ich denke, du überschätzt meine Möglichkeiten«, bremste ihn Korber gleich ein.

»Bemühe dich ehrlich darum, dann wirst du auch Erfolg haben«, befand Leopold. »Ich lasse diesmal keine Ausreden gelten. Du bist es mir schuldig!«

Korber schrieb Silvanas Kontaktdaten in sein Notizheft. »Im schlimmsten Fall schreibe ich der Dame eine E-Mail«, teilte er Leopold dann mit. »So macht man das heutzutage nämlich, wenn man etwas avisieren möchte.«

Leopold schaute auf die Uhr. Es war ein paar Minuten nach 19 Uhr. »Beeil dich aber«, ersuchte er Korber. »Um Mitternacht ist es wahrscheinlich zu spät. Kennst du übrigens das G'schichtl vom Brenner Willi? Der wollte an einem Samstag im Herbst in seinen Garten fahren, um die Pflanzen einzuwintern. Seine Frau ist nicht mit ihm mit, weil sie sich angeblich nicht gut fühlte. Er sollte aber etwas für sie aus der Apotheke holen und ihr am Abend mitbringen. Es war kalt an diesem Tag, da ist der Willi vorher noch auf einen Sprung zu uns ins Kaffeehaus gekommen. Er hat ein bisserl geplaudert und bei den Kartenspielern gekiebitzt, schon war es Mittag. Der Willi ist wie der Teufel zur nächsten Apotheke, aber es war zu spät, sie war bereits zu. Es gab nun damals kein Handy …«

»… keinen Computer und kein Internet«, ergänzte Korber, der die Leier schon kannte, automatisch.

»Genau!«, fuhr Leopold ungerührt fort. »Der Willi wollte seiner Frau aber sein Missgeschick noch schnell beichten, damit sich das Gewitter nicht am Abend über ihm entlud. Also ist er kurz zur Wohnung gefahren. Dort fand er seine Frau im Bett, allerdings nicht kränkelnd, sondern mit einem anderen Mann. Bei ihrem Stöhnen handelte es sich keineswegs um Schmerzenslaute. Du kannst dir denken, dass es dann mit Willis Ehe aus war. So kann's einem gehen, wenn man bei etwas den richtigen Zeitpunkt versäumt.«

»Ja, ja, ja«, reagierte Korber genervt. »Ich kümmere mich darum, okay?«

»Gut«, nickte Leopold vorerst einmal zufrieden. Er konnte nur hoffen, dass Korber die Sache ernst nehmen würde. Ganz sicher war er sich freilich nicht.

KAPITEL 7

Mittwoch, 16. März, Abend

Korber trank noch ein Bier am Tisch von Klaus Kastner. Der war mittlerweile wieder mit seinen Aufzeichnungen und der Suche nach geeigneten Gesprächspartnern beschäftigt. Also hatte Korber Ruhe zum Nachdenken.

Die Überlegung, Sabine anzurufen, gefiel ihm nicht. Wenn er auf ihren Vorschlag einging, sich telefonisch bei ihr zu melden, wollte er mit ihr über private Dinge reden. Sie zu überreden, etwas für Leopold zu erledigen, das sie ihm bereits abgeschlagen hatte, würde nur zu weiteren Schwierigkeiten in ihrer auf Eis gelegten Beziehung führen.

Ohne persönliche Probleme auf Leopolds Wunsch eingehen konnte er also nur, indem er direkten Kontakt mit Silvana Rusek aufnahm. Ein Telefongespräch erschien ihm dabei aufgrund der zeitlichen Voraussetzungen am sinnvollsten. Er würde sich als Freund ihrer Studienkollegin Sabine Patzak vorstellen und schauen, wie sie darauf reagierte. Hatte er Glück, so würde sie Verständnis dafür aufbringen, dass ein Bekannter von ihm mit ihr über Elvira Achleitner reden wollte, und so nebenbei ein paar Worte mit ihm über Sabine wechseln. Hatte er Pech, nun, so war das nicht sein Pech, sondern dasjenige Leopolds, der wieder einmal Unmögliches von ihm verlangte. Eigentlich konnte nichts schiefgehen.

Korber trank aus, zahlte, trat aus dem *Heller* auf die Straße und wählte Silvana Ruseks Nummer. Vom anderen Ende der Leitung kam ein verhaltenes »Hallo?«.

Er räusperte sich. »Korber mein Name, Thomas Korber. Ich bin der ... bin ein Freund von Sabine Patzak, einer Studienkollegin von Ihnen ... dir.« Er war verlegen, wusste nicht so recht, wie er die junge Frau ansprechen sollte.

»Ah, Sabine«, hörte er Silvana sagen. »Die ist ja jetzt mit Felix liiert.« Es klang zynisch.

»Mit Felix?«, fragte Korber ungläubig.

»Felix Hirsch, ja! Wusstest du das nicht?«

»Doch! Das heißt, nein«, wand sich Korber. »Nicht, dass es etwas Fixes ist.«

»Ist es! Sie hat ihn mir ja ausgespannt«, behauptete Silvana kühl. »Rufst du etwa deswegen an?«

»Nein, das heißt, auch. Sabine hat mir deine Nummer gegeben. Du hast doch bei Elvira Achleitner gearbeitet.«

»Ja. Und?«

»Ich weiß, dass sie gestern Nacht gestorben ist. Es geht um einen Freund, der sie vorher möglicherweise noch besucht hat. Ich muss wissen, ob das stimmt. Es ist ein echter Notfall. Er ist jetzt nämlich auch tot.«

»Aha!« Silvana schien zu überlegen. »Thomas heißt du? Du bist älter als Sabine, nicht wahr? Sie hat dich einmal erwähnt«, sagte sie, als wolle sie sich vergewissern, mit wem sie sprach, bevor sie etwas preisgab.

»Wir kennen uns schon eine ganze Weile«, deutete Korber an, weil ihm nichts Besseres einfiel.

»Und dann hat sie dich verlassen und mir meinen Felix weggenommen«, schloss Silvana lapidar. »Hat dein Freund etwa Lamprecht geheißen?«

»Erwin Lamprecht, genau«, bestätigte Korber. »War er bei Frau Achleitner?«

»Das weiß ich nicht«, bekannte Silvana. Nach einer Pause, die Korber ewig schien, fügte sie hinzu: »Sie hat ihn ein paarmal erwähnt.«

»In welchem Zusammenhang?«, fragte Korber.

»Was meinst du?«, kam die Gegenfrage.

Korber erkannte allmählich, dass er bei diesem Gespräch auf keinen grünen Zweig kommen würde. Andererseits stieg sein Interesse an Silvana von Minute zu Minute. Er war nicht gewillt, sie Leopold so mir nichts, dir nichts und auf Nimmerwiedersehen zu überlassen. »Die Sache ist vielleicht zu kompliziert für ein Telefongespräch«, befand er. »Du wohnst in Jedlersdorf, wie mir Sabine aufgeschrieben hat. Da kenne ich einen netten Heurigen, *Zum Fuhrmann*. Ich bin gerade auf dem Weg dorthin. Würdest du eventuell …?«

Es folgte eine beunruhigend lange Pause.

»Wir haben doch ein gemeinsames Problem, Felix und Sabine betreffend«, köderte er sie. »Das wäre eine gute Gelegenheit, uns darüber auszusprechen.«

»Na gut«, stimmte Silvana nach ein paar Sekunden zu. »Eine halbe Stunde. Dann muss ich weiterlernen.«

»Dann bis gleich!

Mittlerweile war Korber am Floridsdorfer Bahnhof angelangt und wartete auf eine Straßenbahn der Linie 31. Mit ihr würde er sein Ziel in wenigen Minuten erreichen. In der Zwischenzeit suchte er nach Fotos von Silvana Rusek im Internet und wurde fündig. Auf den ersten Blick wirkte sie so unscheinbar wie gerade eben am Telefon. Aber das konnte täuschen.

Auf jeden Fall benötigte er dringend eine Aufheiterung. Die Information, dass Sabine einen fixen Freund hatte, lastete schwer auf seiner Seele.

*

Der *Fuhrmann* war einer der wenigen übrig gebliebenen Heurigen im Floridsdorfer Bezirksteil Groß Jedlersdorf. Immer mehr Weinbauern schlossen ihre Lokale. Schwarze Zahlen zu schreiben, wurde von Jahr zu Jahr schwieriger, und statt ständig vom Ersparten aus besseren Tagen zuzuschießen, sperrte man lieber gleich zu. Auch beim *Fuhrmann* jammerte man seit geraumer Zeit. Noch hing aber regelmäßig der Buschen zum Zeichen, dass offen war, draußen.

Sehr zur Freude von Thomas Korber, der die Unterhaltung mit den Stammgästen hier noch intensiver als im *Heller* pflegte. Der Wein machte die Zungen locker, und man kannte sich untereinander so gut wie in einem Dorfwirtshaus. In seiner Wohnung gleich um die Ecke verbrachte Korber nur wenig Zeit. Man merkte es an seinem Kühlschrank, der bis auf ein paar Bier- und Weinflaschen, eine Packung H-Milch und ein paar Eier zumeist leer war. Er brauchte nicht viel, denn er war kaum da. Als er Sabine bei sich während ihrer Suche nach einer Bleibe in Wien aufgenommen hatte, war es anders gewesen. Sie hatte die Räume plötzlich mit Leben erfüllt, und ihre Nähe hatte bei ihm mindestens ebenso schöne Gefühle hervorgerufen wie der gemeinsame Sex. Aber jetzt herrschte dort wieder jene Stille, die er nicht ertrug und die sich nur mit einem Druck auf den Knopf des Fernsehers oder der Musikanlage vertreiben ließ. Deshalb saß Korber zu später Stunde lieber ein paar Meter weiter beim *Fuhrmann*.

Er erkannte Silvana gleich, die vor dem Lokal noch schnell eine Zigarette rauchte. Sie war kleiner, als er sie sich vorgestellt hatte, und pummeliger, als es das Foto im Internet erwarten ließ. Dafür wirkten ihre Gesichtszüge in natura weicher, angenehmer.

»Hallo! Wartest du schon lang?«, begrüßte er sie.

Sie antwortete: »Es geht«, dämpfte ihre Zigarette aus und öffnete die Eingangstür.

Es geschah keineswegs selten, dass Korber in junger weiblicher Begleitung im *Fuhrmann* auftauchte. Sein Ruf als Filou war legendär. Der »narrische Professor«, wie man ihn gern nannte, hatte dann eben wieder einmal ein weibliches Geschöpf zu einem pädagogischen Gespräch zitiert, das in der Waagrechten enden würde. Darüber war man moralisch geteilter Meinung. »Wenn ich nicht blöder-weis g'heiratet hätt, machert ich's genauso«, urteilten die einen. »Irgendwann geht oben kein Tröpferl mehr rein, und unten kommt keins mehr raus«, sagten die anderen.

Korber kümmerte das wenig. Dass getratscht wurde, wusste er. Ihm gegenüber waren die Leute freundlich, das zählte. Er grüßte einige von ihnen, dann zog er sich mit Sil-vana an einen etwas abseits stehenden freien Tisch zurück. Beide bestellten einen weißen Spritzer.

Silvana erzählte, dass sie schon ein paarmal hier gewe-sen sei, aber nur in der schönen Jahreszeit im Garten. Kor-ber wunderte sich, dass sie einander nie begegnet waren, aber Silvana meinte, es hätte eben keiner auf den anderen geachtet. Dann ging man allmählich vom Small Talk zum eigentlichen Grund des Zusammenseins über.

»Erwin Lamprecht war ein guter Bekannter, der ges-tern Nacht ohne ersichtlichen Grund ermordet wurde. Das macht einen doch stutzig und man überlegt, was gewesen sein könnte«, knüpfte Korber an das Telefongespräch an.

»Ermordet? Oje, oje!« Silvana verzog betreten das Gesicht. »Und wieso soll er da vorher bei Elvira Achleitner gewesen sein?«

»Die beiden haben sich im *Café Heller* kennengelernt«, führte Korber aus. »Lamprecht hat dort mit vielen Gästen geplaudert und wollte später Geschichten darüber schreiben. Er war ein charmanter Typ, und ich denke, Frau Achleitner hat ihn ein wenig lieb gewonnen.«

»Sie hat ihn als netten jungen Mann beschrieben«, bestätigte Silvana. »Und dann hat sie etwas Eigenartiges angesprochen. Sie hat gemeint, er wäre der geeignete Mann, um ihr Problem loszuwerden. Aber gehabt hat sie sicher nichts mit ihm. Sie hat auch nie mehr darüber geredet.«

»Was, wenn sie ihn eingeladen hat, gestern zu ihr zu kommen?«

»Möglich«, entgegnete Silvana. »Aber warum gerade gestern? Da war sie gesundheitlich überhaupt nicht auf der Höhe. Sie ist ja auch leider in der Nacht von uns gegangen.«

»Und du warst nicht bei ihr«, erwähnte Korber leichthin.

»Willst du mir Vorwürfe machen? Dann gehe ich gleich wieder«, reagierte Silvana trotzig.

»Um Gottes willen, nein«, bemühte sich Korber um Begrenzung des Schadens. »Aber nicht ich, sondern andere Leute könnten es dir negativ auslegen.«

»Dann sollen sie das ruhig! Ich war nicht für Elviras Gesundheit verantwortlich«, rechtfertigte Silvana sich. »Ich habe ihr ein wenig unter die Arme gegriffen – Wege und Einkäufe für sie erledigt, die Wohnung in Schuss gehalten. Ich bin auch mit ihr spazieren gegangen, damit sie fit bleibt. Dabei haben wir uns über dies und jenes unterhalten. Sie hatte keine Angehörigen mehr, zumindest weiß ich von niemandem. Einmal in der Woche hat sie sich mit drei anderen Frauen im *Heller* getroffen, sonst hatte sie keine Kontakte.«

Für jemanden wie Silvana Rusek war das ein ungewohnter Redeschwall. »Wie bist du zu diesem Job gekommen?«, erkundigte sich Korber.

»Über Felix«, gab Silvana Auskunft. »Der hatte irgendwo aufgeschnappt, dass Elvira jemanden suchte, und gedacht, das wäre was für mich. Und dann habe ich es eben gemacht. Ich habe es nicht bereut. Sie war immer sehr großzügig.«

Schon wieder dieser Felix. Der Mann wurde Korber immer unsympathischer. »Und ob Erwin Lamprecht gestern noch bei ihr war, weißt du also nicht«, kam er wieder auf das ursprüngliche Thema zurück.

»Nein«, wiederholte Silvana. »Ich bin gestern Abend etwas früher fort als sonst, weil sie schon schlafen wollte. Alles schien in Ordnung zu sein, sie konnte mich auch jederzeit anrufen. Natürlich war es ein Schock, als ich sie heute früh tot im Bett liegen sah. Ich habe mir schreckliche Vorwürfe gemacht. Aber was hätte ich tun sollen?«

»In so einer Situation ist es sicher nicht leicht«, gab Korber zu. »Ist eigentlich bezüglich ihres Gesundheitszustandes nie ein Arzt zurate gezogen worden?«

Silvana verneinte. »Elvira hat das abgelehnt. In dieser Hinsicht war sie schwierig. Kein Arzt, kein Spital. Sie hätte schon umfallen und das Bewusstsein verlieren müssen, damit man die Rettung verständigen hätte können.

Sonst war sie überhaupt nicht kompliziert. Wenn man das tat, worum sie einen bat, lief alles bestens.«

Korber zweifelte schön langsam daran, dass er hier noch mehr über Erwin Lamprecht in Erfahrung bringen konnte. Entweder wusste Silvana Rusek diesbezüglich nichts, oder sie gab vor, nichts zu wissen. Beides bedeutete für ihn, dass es nicht viel Sinn hatte, weiter in sie zu dringen. Und Elvira Achleitner war offensichtlich eines natürlichen Todes gestorben. Er hielt es deshalb für das Beste, das Thema zu wechseln und die Sache anzusprechen, die ihn am meisten beschäftigte. »Mit Felix ist wohl nicht alles bestens gelaufen«, bemerkte er.

»Wegen Sabine. Eiskalt hat sie ihn mir ausgespannt. Du hast gar nichts davon gewusst, nicht wahr?«, vergewisserte sich Silvana.

»Sie muss mir so etwas nicht sagen. Wir haben uns beide eine Auszeit voneinander genommen«, äußerte Korber. In seiner Stimme lag ein Hauch von Bitterkeit.

»Aber weh tut's schon, oder?«

»Kann durchaus sein, aber das steht auf einem anderen Blatt.«

»Drück dich nicht so gewählt aus«, forderte ihn Silvana auf. »Sabine hat sich uns beiden gegenüber ganz schön mies verhalten, das musst du doch zugeben. Ich wette, dass sie schon was mit Felix hatte, als es bei euch noch gut gelaufen ist.«

Korber versuchte, sich zu beherrschen. Jetzt war keine Zeit für Emotionen. Es würde ihm nicht erspart bleiben, mit Sabine zu reden. Dann würde sich hoffentlich alles aufklären. Er durfte nicht vorschnell urteilen. »Mag sein«, entgegnete er. »Was ist Felix eigentlich für ein Typ?«

»Oh, er kann sehr nett, einschmeichelnd und romantisch sein. Und natürlich auch sexy«, beschrieb Silvana ihren Ex-Freund. »Aber im Grunde ist er ein Schwächling. Er möchte immer auf die Butterseite fallen. Das hat Sabine schamlos ausgenützt.«

»Vielleicht sollten wir beide einsehen, dass es vorbei ist«, gab Korber gedankenverloren von sich. Das Gespräch über Sabine und ihre neue Beziehung nahm ihn mehr mit, als er sich eingestehen wollte. In dieser Situation erinnerte er sich wieder an Leopold und seine eigentliche Aufgabe. »Da ist noch etwas wegen Elvira Achleitner«, erwähnte er. »Ein guter Freund von mir, den das Ganze ziemlich mitgenommen hat, möchte auch mit dir darüber sprechen. Er hat Lamprechts Leiche nämlich gefunden und ist ebenfalls daran interessiert …«

»Bin ich vielleicht ein Auskunftsbüro?«, schnitt Silvana ihm das Wort ab. »Wenn du so von mir denkst, brauchst du dich nicht weiter zu bemühen. Ich muss ohnehin gehen.«

Sie stand auf, drehte Korber den Rücken zu und wandte sich zum Ausgang. »So warte doch«, rief er ihr nach, aber sie war schon bei der Tür draußen. Missmutig zahlte er die beiden Spritzer und verließ das Lokal ebenfalls.

Draußen stand Silvana mit einer Zigarette im Mund und wartete auf ihn. »Das war heute alles ein bisschen viel«, entschuldigte sie sich bei Korber. »Nimmst du mich noch auf einen Sprung zu dir? Irgendwie sind wir jetzt ja Leidensgenossen.«

Sie neigte ihr Gesicht leicht zu seinem, und sie küssten sich. Dabei merkte Korber an ihrem Atem, dass sie schon vorher das eine oder andere Glas getrunken haben musste. »Ich wohne gleich da vorne«, ließ er sie wissen und legte dabei seinen Arm um ihre Schulter. So gingen sie miteinander die kurze Strecke bis zu Korbers Wohnung.

*

Leopold lag mit Erika Haller im gemeinsamen Doppelbett und hielt sie fest im Arm. Die letzten Stunden hatten ihm gut getan. Erika hatte ihm eine seiner Leibspeisen, gefüllte Paprika, gekocht, und sie hatten dazu eine Flasche Rotwein getrunken. Anschließend hatten sie sich noch ein paar *Bummerl* ausgeschnapst. Leopold ließ Erika dabei meist gewinnen, weil sie ihn dann beim darauffolgenden Sex besonders zärtlich behandelte. So war es auch diesmal gewesen. Nun umfing ihn eine angenehme Müdigkeit, was ihn aber nicht daran hinderte, vor dem Einschlafen noch einmal die letzten Entwicklungen im Mordfall Erwin Lamprecht in Gedanken Revue passieren zu lassen.

»Es war äußerst unfair, wie mich Richard heute vor dir und meiner Chefin heruntergemacht hat«, beschwerte er sich bei Erika, die schon beinahe eingeschlummert war.

»Du bist doch selbst schuld, Schnucki«, murmelte sie im Halbschlaf. »Hättest du einfach getan, worum er dich gebeten hat. Dir wären schon ein paar Namen eingefallen. Die hättest du ihm aufgeschrieben, und er wäre zufrieden gewesen.«

»Richard ist nie zufrieden! Immer muss es nach seinem Kopf gehen. Und Thomas ist mir auch in den Rücken gefallen, wie du bemerkt hast«, grantelte Leopold weiter.

»Er wird sich schon um dein Anliegen kümmern«, redete Erika leise auf ihn ein. »Komm, schlaf jetzt! Morgen ist auch noch ein Tag.«

»Das ist es ja«, ärgerte sich Leopold. »Wie geht es weiter? Thomas hätte Sabine bitten sollen, ein gutes Wort für mich bei der Betreuerin von Elvira Achleitner, die ebenfalls vorige Nacht verstorben ist, einzulegen. Er hat es natürlich nicht getan. Zumindest hat er sich noch nicht bei mir gemeldet. Wahrscheinlich ist es ihm völlig egal, wie ich bei meinen Ermittlungen vorankomme.«

»Unter Umständen ist es gar nicht so einfach für ihn. Wer weiß, wie es im Augenblick zwischen ihm und Sabine steht. Du wirst eben alt, Schnucki! Früher hättest du das auch ohne fremde Hilfe hingekriegt«, warf Erika ein, der Leopolds Selbstmitleid zu nachtschlafender Zeit auf die Nerven ging.

»Wozu hat man Freunde?«, murrte Leopold. »Die junge Frau scheint heikel zu sein, und da täte ein wenig Unterstützung gut. Ich knöpfe mir Thomas einfach morgen vor der Schule vor. Wenn er mir dann nichts Brauchbares liefern kann, ist es endgültig aus zwischen uns.«

»Sei nicht so hart! Und vor allem: Schlaf jetzt endlich«, bearbeitete Erika ihn.

Sie bekam darauf keine Antwort mehr. Ein leises Schnarchen zeigte an, dass Leopold sanft entschlummert war.

KAPITEL 8

Thomas Korbers große, schlaksige Gestalt näherte sich zügigen Schrittes dem Floridsdorfer Gymnasium. Er wirkte ausgeschlafen und heiter. Doch als er seinen Freund Leopold ein wenig abseits der herumstehenden Schülergruppen erblickte, verfinsterte sich sein Gesicht. Leopold ging nun direkt auf ihn zu, während Korber versuchte, ihm in einem großen Bogen auszuweichen. Es gelang ihm nicht. Leopold erkannte seine Absicht und schnitt ihm den Weg ab.

»Lass mich bitte in Ruhe«, flehte Korber ihn an. »Ich muss in den Unterricht. Gerade vorhin habe ich dir eine E-Mail geschrieben. Dort findest du alle wichtigen Informationen.«

»Zu spät«, ließ Leopold das nicht gelten. »Du wirst mir hier und jetzt Rede und Antwort stehen.«

»Sei nicht so nervös«, ersuchte Korber ihn. »Alles ist gut! Ich war persönlich bei dieser Silvana und habe dich avisiert. Sie könnte heute Nachmittag ins Kaffeehaus kommen.«

Zumindest eine geringfügige Geste der Anerkennung hatte sich Korber für diese Auskunft erhofft. Doch Leopold zeigte sich alles andere als erfreut. »Weshalb hast du eigenmächtig gehandelt und nicht Sabine herangezogen?«, bemängelte er. »Ich muss noch vor meinem Dienstbeginn mit Silvana Rusek sprechen und dabei versuchen, mit ihr in Elvira Achleitners Wohnung zu gelangen. Sie sollte einen Schlüssel besitzen.«

»Warum willst du jetzt auf einmal in die Wohnung der alten Frau?«, wollte Korber verdutzt wissen.

»Du sollst nicht fragen, sondern tun, worum man dich bittet«, schärfte ihm Leopold ein. Ihm fiel zwar auf, dass er schon genauso daherredete, wie er es von Oberinspektor Juricek als unfair empfunden hatte, doch es war ihm egal.

Beide waren mit ihrer heftigen Diskussion beim Schultor angelangt. Auf die Schüler musste es wirken, als ob ein erboster Vater Streit mit dem Deutschlehrer suchte. »Du wirst in der Wohnung nichts finden, weil Elvira Achleitner nichts mit dem Tod an Erwin Lamprecht zu tun hatte. Und umgebracht worden ist sie erst recht nicht. Das weiß ich von Silvana«, erwiderte Korber aufmüpfig.

Leopold drängte ihn zur Tür hinein, wo sie von einer Schülertraube weitergeschubst wurden. »Hast du dir etwa angemaßt, mit dieser Frau über den Mord zu sprechen, ohne dass ich es dir erlaubt habe?«, fragte er unwirsch.

»Nur ganz kurz«, berichtete Korber. »Silvana hat angedeutet, dass Lamprechts Name einmal von Frau Achleitner fallen gelassen worden ist. Sie hätte gemeint, er sei der geeignete Mann, um ihr Problem loszuwerden. Das war alles.«

Leopold überlegte. »Nicht unwichtig«, konstatierte er. »Sonst habt ihr über nichts mehr geredet?«

»Wir haben uns noch über deine Tochter Sabine und ihren neuen Freund unterhalten«, deutete Korber sarkastisch an. »Sabine hat ihn Silvana weggeschnappt. Das musste besprochen werden.«

»Aha, ihr seid dann bei intimeren Themen gelandet. Ich hoffe, du bist dabei nicht zu weit gegangen«, äußerte Leopold ahnungsvoll.

»Willst du mir vorwerfen, ich sei Sabine untreu geworden? Das Gegenteil ist der Fall! Deine feine Tochter hat sich hinter meinem Rücken an einen anderen Mann herangemacht, der noch dazu vergeben war«, schleuderte Korber ihm entgegen.

Sie waren mittlerweile vor dem Lehrerzimmer angelangt, wo Frau Pohanka, die Schulsekretärin, sich gerade auf ihren Kontrollgang um Punkt 8 Uhr vorbereitete, indem sie streng auf ihre Uhr blickte. »Endlich gibst du zu, dass du etwas mit Sabine hast«, rief Leopold aus. Er freute sich so, seinem Freund endlich dieses Geheimnis entlockt zu haben, dass er Frau Pohanka auf die Schulter klopfte. Die wusste im ersten Moment nicht, ob sie sich aufregen oder lächelnd darüber hinwegsehen sollte. »Ist denn schon wieder ein Schüler unseres Gymnasiums in einen Mordfall verwickelt?«, erkundigte sie sich schließlich mit einem verkrampften Augenzwinkern.

»Vorerst nicht«, antwortete Leopold und wandte sich wieder Korber zu. »Ihre Beziehung zu Felix ist wahrscheinlich ganz harmlos«, ließ er ihn wissen. »Ich schreibe dir auch nicht vor, wie du dich Sabine gegenüber zu verhalten hast, und mit wie vielen Frauen du es nebenher treiben darfst. Solltest du dich jedoch mit Silvana auf etwas eingelassen haben, erschwert das mein weiteres Vorgehen empfindlich. Sie ist eine Verdächtige wie alle anderen.«

»Verdächtige?«, wunderte Korber sich. Da bedeutete ihm Frau Pohanka mit unbarmherzigem Blick auch schon, dass es höchste Zeit war, sich für den Unterricht fertigzumachen. »Ich muss«, äußerte er achselzuckend.

»Dann bis später. Und komm auf jeden Fall zu mir, bevor du den nächsten Unsinn machst«, verabschiedete sich Leopold von ihm.

Als er die Treppe wieder hinunterging, läutete die Schulglocke. Dennoch standen vor dem Tor immer noch Schüler beisammen. Einige Meter weiter weg in Richtung des Floridsdorfer Bades nahm Leopold eine einzelne Schülerin wahr, die soeben ihr Gespräch mit Simon Jung beendete. Sie war weder besonders hübsch noch besonders schlank, hatte im Gegenteil üppige Formen. Konnte es sein, dass sich Jung deshalb für sie als Aktmodell interessierte?

*

»Einen Augenblick, Herr Jung!« Leopold beschleunigte seinen Schritt.

»Ach, der Herr Oberkellner«, wurde Jung auf ihn aufmerksam. »Hat etwa einer von den jungen Leuten hier die Zeche geprellt?«

»Keineswegs«, versicherte Leopold. »Ich mache nur eine kleine Morgenrunde. Ist das Mädchen, das Sie gerade verlassen hat, eine Bekannte von Ihnen?«

Jung zog hastig an einer Zigarette. »Stellen Sie sich nicht dumm, Leopold! Sie wissen genau, dass ich mich nach Modellen für meine Aktbilder umsehe«, antwortete er. »Ich tue dabei nichts Verbotenes. Ich halte den vorgeschriebenen Abstand zum Schulgebäude ein, und Gerti ist 19.«

»Da ist sie ja schon mindestens einmal sitzen geblieben«, rechnete Leopold nach.

»Ist das von Bedeutung? Auch Thomas Mann und Franz Grillparzer waren schlechte Schüler. Um bei mir erfolgreich Modell zu sitzen, braucht man keine hervorragenden Noten, sondern Inspiration. Und einen interessanten Durchschnittskörper, der sich vom langweiligen Einerlei der Schönheitsköniginnen unterscheidet.«

»Sind Sie nicht auch einer von denen, die das, was vor ihnen sitzt, gnadenlos verfremden, bis man es nicht wiedererkennt?«, fragte Leopold provokant.

»Kunst besteht nicht aus bloßer Abbildung und Imitation«, versetzte Jung.

»Wenn ich ein modernes Bild betrachte, denke ich mir, eigentlich ist es schade um die Vorlage«, ließ sich Leopold dadurch nicht irritieren. »Da hat ein sogenannter Künstler ein entblößtes Mädchen vor sich, und statt ihrem Körper die notwendige Ehre zu erweisen, malt er in infantiler Darstellung ein naives Gesicht, das keine Ähnlichkeit mit dem Original aufweist, Arme, Beine und Brüste picken irgendwo auf der Leinwand herum, als hätte es das arme Geschöpf zerrissen, und ein schwarz ausgemaltes Dreieck für den Intimbereich dient als Beweis, dass sie vollständig nackt war.«

Jung zwang sich zu einem Lächeln. »Ich möchte nicht mit Ihnen über Kunst streiten«, teilte er Leopold mit. »Aber deswegen haben Sie mich ja auch nicht angesprochen, oder?«

»Nein! Ich mache mir nur meine Gedanken, auf welche Ideen die Leute kommen könnten, wenn sie einen älteren Mann wie Sie ständig mit Schulmädchen zusammen sehen«, ließ ihn Leopold wissen.

»Das kann Ihnen egal sein«, betonte Jung. »Sagen Sie endlich, was Sie von mir möchten.«

»Das ist nicht schwer zu erraten. Es geht um den ermordeten Erwin Lamprecht«, erläuterte Leopold. »Sie sind in letzter Zeit oft mit ihm und Klaus Kastner beisammengesessen. Wollten Sie sich an ihrer Kaffeehausschreiberei beteiligen?«

Simon Jung legte seine Stirn in Falten. »Wie banal Sie sich ausdrücken, Leopold«, bemängelte er. »Es ging um die beinahe in Vergessenheit geratene Wiener Kaffeehausliteratur, also Literatur im Stil großer Vorbilder wie Peter Altenberg, Egon Friedell, Anton Kuh oder Felix Salten. Ich wollte die beiden Herren, die das Ganze meiner Ansicht nach falsch angingen, ein wenig künstlerisch beraten.«

»Etwa, wie man im Stil Felix Saltens einen Roman wie *Josefine Mutzenbacher* schreibt? Mit authentischen Beispielen aus eigener Erfahrung?«, lästerte Leopold.

»Sie versuchen krampfhaft, mir einen Strick aus meiner schöpferischen Tätigkeit zu drehen, aber es wird Ihnen nicht gelingen«, wehrte Jung diese Provokation emotionslos ab. »Ich bin nicht fürs Ordinäre, im Gegenteil. Darum hat mich das, was Klaus und vor allem Erwin machten, gestört. Es war so furchtbar gewöhnlich. Keine Feinheiten, kein Esprit, gar nichts! Sie haben sich aufgeführt wie Reporter eines Lokalblattes aus dem Ressort *Klatsch und Tratsch*.«

»Sie mochten Lamprecht also nicht besonders«, stellte Leopold fest.

»Bevor Sie am nächsten Strick drehen, präzisiere ich: Ich habe nicht geschätzt, was er als sogenannter Literat getan hat und wie er sich dabei vorgekommen ist«, verbesserte Jung. »Seine Art zu fragen driftete sehr ins Persönliche ab. Dadurch wusste er Dinge über die Menschen, die ihnen einmal herausgerutscht sind und ihnen später unangenehm waren. Hie und da könnte er versucht gewesen sein, diesen Umstand für sich auszunützen.«

»Sie meinen, er hat gewisse Leute erpresst«, stellte Leopold klar.

»Ich überlasse es Ihnen, Ihre Schlüsse zu ziehen«, wich Jung aus. »Er ist nicht immer galant vorgegangen. Er hatte den Charme, der die Menschen dazu brachte, sich ihm zu öffnen. Aber wenn er erreicht hatte, was er wollte, bekamen sie seine andere Seite zu spüren.«

»Ältere Leute wie Elvira Achleitner?«, forschte Leopold.

Jung suchte kurz ein Bild zu dem Namen. »Ich glaube, ich weiß, wen Sie meinen«, sagte er dann. »Nun, er hatte bei den älteren Semestern in eurem Kaffeehaus gewisse Erfolge. Aber er hat es auch bei jungen Mädchen außerhalb des *Heller* probiert. Teilweise hat er ihr Inneres ausgesaugt wie ein Vampir. Klar, er war nett, sah gut aus, hatte einen Schmäh, und die ahnungslosen Dinger haben ihn vergöttert. Viele waren ihm gegenüber viel zu offen. Wenn er dann genug über sie gewusst hat, hat er sich daran geweidet, wie sie sich vor ihm geniert haben, und sie fallen gelassen. Er kannte nun so manches Geheimnis und konnte mit ihnen spielen: Verrate ich dich oder doch nicht? Das hat ihm mehr gegeben als Sex, denke ich.«

»Woher wissen Sie das alles eigentlich?«

»Von Mädchen wie Gerti«, bekannte Jung. »Die Kleine war eines seiner typischen Opfer. Kein Freund, eher durchschnittliches Aussehen, bei Männern in der Warteschleife. Die war bereit, viel zu tun, damit sich einer in sie verliebt. So ist sie bei Erwin gelandet und war dann furchtbar enttäuscht. Ich musste sie trösten und wieder aufheitern. Sie sehen, Leopold, ein Künstler ist auch so etwas wie ein kleiner Seelendoktor.«

Leopold interessierte sich vorerst nicht für Details dieser Aufmunterungen. »Wieso sind eigentlich so viele Mädchen auf ihn hereingefallen?«, wollte er wissen.

»Erwin hatte da eine eigene Masche«, erläuterte Jung. »Angeblich hatte er einmal vorgehabt, Priester zu werden und unverheiratet zu bleiben. Dann studierte er immerhin zwei oder drei Semester Theologie, ehe er sich der Betriebswissenschaft zuwandte. Das erzählte er den jungen Frauen, warf mit ein paar Bibelzitaten um sich und hatte ihre Herzen schon gewonnen. Ein bisschen Theologe und ein bisschen Beinahe-Geistlicher machten aus ihm den idealen Beichtvater.«

»Er hatte eine Freundin namens Inga«, wandte Leopold ein. »Ob die wohl mit allem einverstanden war?«

»Ich bin kein Doktor Allwissend«, bekundete Jung. »Aber zwei Dinge sind mir bekannt: Die Beziehung mit Inga existierte noch nicht allzu lange, und sie stand auch schon wieder vor dem Aus. Klaus Kastner hat sich in letzter Zeit sehr um sie bemüht.«

Wenn das alles stimmte, hatte es Erwin Lamprecht faustdick hinter den Ohren gehabt, und der Kreis jener Menschen, die ihm den Tod gewünscht haben mochten, erweiterte sich. »Werden Sie jetzt versuchen, das Projekt ›Kaffeehausliteratur‹ zusammen mit Klaus Kastner weiterzuführen?«, erkundigte sich Leopold noch.

»Ich habe es Klaus gestern vorgeschlagen«, antwortete Jung. »Schauen wir, wie er reagiert.« Dann warf er einen vielsagenden Blick in Richtung Leopold und bekniete ihn: »Sie erzählen doch nichts von unserem kleinen Gespräch, oder?«

»Nicht, wenn ich es vermeiden kann«, versprach Leopold. »Aber da ist auch noch die Polizei, und ich fürchte, sie wird sich bald bei Ihnen melden.«

»Das lassen Sie meine Sorge sein«, sagte Jung. »Mir liegt ja auch daran, dass der Mord an Erwin aufgeklärt wird. Aber müssen deswegen ein paar unschuldige Mädchen, die absolut nichts damit zu tun hatten, in den Blickpunkt der Öffentlichkeit geraten? Sie wissen doch, wie spießig die Leute sind.«

»Wenn Ihr künstlerisches Beisammensein mit manchem Modell doch nicht so züchtig abgelaufen ist, wird es sich nicht mehr lange verheimlichen lassen«, gab Leopold zu bedenken. »Und dass Sie zum erweiterten Kreis der Verdächtigen zählen, muss Ihnen auch klar sein.«

*

Erwin Lamprecht als herzensbrechender Beichtvater, der Schülerinnen und anderen jungen Frauen ihre intimen Geheimnisse entlockt, um ihnen dann aus Sadismus damit das Leben zur Qual zu machen. Klaus Kastner als Erwins Rivale um Inga, also Zwietracht statt Harmonie zwischen den beiden. Simon Jung als undurchsichtiger Mädchenversteher im Hintergrund. War er eifersüchtig auf Lamprecht gewesen? Hatte er sich zum Beschützer seiner Modelle aufgespielt? Oder hatte es einen künstlerischen Konflikt um die Auffassung von Kaffeehausliteratur gegeben, der eine zerstörerische Welle der Eitelkeit begründet hatte?

Das waren Leopolds Gedanken, während er um 10 Uhr bei der Schleifgasse auf Silvana Rusek wartete, um mit ihr einen Blick in Elvira Achleitners Wohnung zu werfen. Am Telefon war sie gar nicht so distanziert gewesen, wie er befürchtet hatte. Sie hatte nur gebeten, dass es schnell gehe, sie müsse in eine Vorlesung. Vielleicht hätte sie sich weniger kooperativ gezeigt, wenn sie gewusst hätte, dass Leopold der Vater jener Sabine war, der sie zurzeit beträchtliche Vorwürfe machte.

Silvanas kleine, rundliche Gestalt kam auf ihn zu. »Sie sind der Freund von Thomas?«, redete sie ihn an. »Dann kommen Sie!«

Der Freund von Thomas. Die beiden waren tatsächlich schon sehr vertraut miteinander. »Ganz richtig! Leopold mein Name, wir haben telefoniert ...«, setzte Leopold zu einer umständlichen Begrüßung an, doch Silvana unterbrach ihn sofort.

»Folgen Sie mir bitte! Ich habe nicht viel Zeit«, forderte sie ihn auf. »Außerdem möchte ich es rasch hinter mich bringen. Ich habe kein gutes Gefühl in Elviras Wohnung. Ich habe sie gestern tot in ihrem Bett liegend aufgefunden. Dieses Bild habe ich nun ständig vor mir. Was suchen Sie dort eigentlich?«

»Nichts Besonderes«, äußerte Leopold vorsichtig. »Wie ich Ihnen schon sagte, vermute ich, dass Erwin Lamprecht in deren Todesnacht noch bei ihr war. Vielleicht gibt es diesbezüglich einen Hinweis. Ist Ihnen nichts aufgefallen? Benutzte Gläser etwa? Oder etwas, das deutlich anders war als sonst?«

»Ich habe mich doch nicht auf so etwas konzentriert«, entgegnete Silvana. »Sie hat diesen Lamprecht genau einmal erwähnt. Ein einziges Mal! Sie hat kurz von ihm geschwärmt wie von einem Serienhelden im Fernsehen und von einem Problem gesprochen, bei dem er ihr helfen könnte. Sie ist nicht näher darauf eingegangen. Das ist mir zwar etwas seltsam vorgekommen, aber warum sollte er hier gewesen sein? Elvira ging es in den letzten Tagen nicht gut. Sie war bettlägerig und stand nur auf, wenn sie aufs WC musste. Zur Sicherheit trug sie eine Einlage.«

Sie standen mittlerweile vor Elviras Wohnungstür. Als Silvana den Schlüssel ins Schloss steckte und umdrehte, merkte sie, dass sie nicht abgesperrt war. Leopold sah sofort, dass etwas nicht stimmte. Im Wohn- und im Schlafzimmer herrschte ein ziemliches Durcheinander. Laden waren herausgezogen, die Kästen standen offen, Gewand, Papier und anderer Kleinkram lagen auf dem Boden.

»Da hat jemand etwas gesucht«, diagnostizierte Leopold. »Etwa Geld?«

»Sie hatte kaum eines in der Wohnung. Vielleicht das Testament«, rätselte Silvana.

»Gibt es denn etwas in der Art?«

»Ich denke schon. Elvira hat einmal erwähnt, dass sie eines geschrieben hatte. Und ein bisschen Geld wird sie sicher auf der Seite gehabt haben. Sie war stolz auf ihre Ersparnisse.«

»Es wäre besser gewesen, sie hätte in ein vernünftiges Schloss investiert«, meinte Leopold nachdenklich. »Da hereinzukommen war nicht schwer, auch wenn man kein geübter Einbrecher ist.«

»Oft lag ein Schlüssel unter dem Blumentopf vor der Wohnungstür«, berichtete Silvana. »Elvira hatte weniger Angst vor einem Einbruch als davor, dass niemand in die Wohnung konnte, wenn es ihr schlecht ging.«

Jeder hätte also problemlos hier eindringen können, der sich vorher mittels Gegensprechanlage hatte die Tür öffnen lassen. Und vielleicht war auch Erwin Lamprechts Besuch so vorbereitet worden. »Wer sollte denn Ihrer Meinung nach der oder die Begünstigte eines Testaments sein?«, fragte Leopold. »Hatte sie Kinder?«

Silvana verneinte. »Und von ihrem Mann hat sie sich vor Jahren getrennt«, führte sie an. »Ich kenne keine Verwandten von ihr. Sie hatte nur mehr wenige Leute um sich.«

Leopold hatte eine Idee. Oft geschah es, dass alleinstehende Menschen wie Elvira Achleitner ihr Geld für einen wohltätigen Zweck spendeten – oder den Menschen zukommen ließen, die sich vor ihrem Tod am meisten um sie gekümmert hatten. »Wie schaut es denn mit Ihnen aus?«, fragte er frei heraus. »Könnte es sein, dass Sie als Erbin von ihr eingesetzt worden sind?«

Silvana tat Leopolds Ansicht nach zu überrascht. »Ich?«, fragte sie geziert. »Das würde mich jetzt sehr wundern. Ich glaube eher, dass ihre Freundinnen dafür infrage kommen.«

Also Ruth Klett, Sieglinde Hollaus und Claudia Safranek. »Ach so? Warum denn das?«, wollte Leopold wissen.

»Sie hat sich mit ihnen regelmäßig getroffen und ausgetauscht. Außerdem hat sie sie viel länger gekannt als mich«, gab Silvana Rusek an.

»Es wäre doch möglich, dass Frau Achleitner Sie für Ihre Dienste belohnen wollte«, ließ Leopold nicht locker.

»Ich habe mich mit solchen Eventualitäten nicht befasst«, erwiderte Silvana nervös. »Ist das überhaupt wichtig? Bitte machen Sie schnell, ich muss in die Vorlesung!«

»Schnell geht im Augenblick leider gar nichts«, machte Leopold sie aufmerksam. »Wir haben hier beide einen Einbruch festgestellt. Das heißt, wir müssen die Polizei verständigen, auf ihr Eintreffen warten und anschließend einige Fragen beantworten. Es gibt sicher jemanden, der in der Zwischenzeit für Sie mitschreibt.«

»Ich kann meine Aussage auch zu einem späteren Zeitpunkt machen«, zeigte sich Silvana widerspenstig.

»Nichts da! Sie wissen gar nicht, in welcher Situation Sie sich befinden«, redete Leopold auf sie ein. »Durch diesen Einbruch erscheint Frau Achleitners Tod nun in einem völlig anderen Licht. Wahrscheinlich ist sie sogar ermordet worden. Und wenn das stimmt, hängen Sie in der Geschichte mit drin.«

»Ich? Das ist ja unerhört«, protestierte Silvana.

»Ganz im Gegenteil«, belehrte Leopold sie. »Sie waren die letzte Person, von der wir wissen, dass sie mit Frau Achleitner vor ihrem Tod beisammen war. Am Morgen haben Sie dann ihre Leiche gefunden. Das wird der Polizei doch verdächtig vorkommen, oder?«

»Welchen Grund hätte ich gehabt, die alte Frau umzubringen?«

»Einen Grund gibt es immer«, versetzte Leopold. »Das ist im Augenblick aber nicht so wichtig. Die Frage ist vielmehr: Wenn Sie es nicht waren, wer dann? Und da kommt Erwin Lamprecht ins Spiel. Ich glaube nicht an Zufälle. Die beiden Todesfälle hängen zusammen, und Sie wissen mehr darüber, als Sie mir weismachen wollen.«

»Ich habe Ihnen alles gesagt«, behauptete Silvana.

»Das glaube ich Ihnen nicht«, insistierte Leopold. »Sie waren gerade in der letzten Zeit viel mit der alten Frau beisammen. Sie muss Ihnen mehr über sich und Lamprecht erzählt haben, als Sie zugeben. Sie hat doch nicht dort abgebrochen, wo es interessant geworden ist.«

»Wenn es aber so war?«, blieb Silvana verschlossen.

»Machen Sie es mir und sich selbst nicht zu schwer«, warnte Leopold sie. »Begreifen Sie denn nicht? Erwin Lamprecht ermordet, Frau Achleitner wahrscheinlich auch, jetzt noch dieser Einbruch in deren Wohnung. Man kann Ihnen da leicht was anhängen, und im Nu zählen

Sie zu den Hauptverdächtigen, überhaupt wenn Sie so beharrlich schweigen. Die Polizei wird nicht viel Geduld mit Ihnen haben. Darum sollten Sie von vornherein ehrlich sein, das macht immer einen guten Eindruck.«

Silvana zögerte. Schließlich gab sie sich einen Ruck. »Dieser Lamprecht wollte am Abend tatsächlich vorbeischauen«, eröffnete sie Leopold. »Elvira wollte mich bei ihrer Unterredung mit ihm allerdings nicht dabeihaben. Deswegen habe ich sie früher verlassen als geplant. Sie werden verstehen, dass ich dabei kein gutes Gefühl hatte. Darum war ich schon so früh am Morgen da. Davon, was zwischen den beiden gelaufen ist, habe ich keine Ahnung. Das müssen Sie mir glauben!«

»Schon besser«, befand Leopold. »Dann rufe ich jetzt einmal Oberinspektor Juricek an. Wir gehen inzwischen wieder hinaus, damit wir keine Spuren hinterlassen oder verwischen.«

Bevor er sich bei Juricek meldete, warf er allerdings doch noch einen schnellen Kontrollblick auf das Chaos. Dazu nahm er die Einweghandschuhe aus seiner Jackentasche. Der Mülleimer war praktisch leer. Die Dinge, die auf dem Wohnzimmerboden wahllos verstreut herumlagen, gaben zunächst ebenfalls keinen Hinweis darauf, was der Einbrecher gesucht hatte. Es handelte sich neben einigen Kleidungsstücken zum großen Teil um Ansichtskarten, Fotos, Prospekte, Theaterprogramme und andere persönliche Erinnerungsstücke. Es war jedenfalls nichts dabei, was Elvira Achleitner mit eigenen Händen geschrieben hatte. Wenn sie ein Testament verfasst hatte, war es bereits weg oder sehr gut versteckt. Aber war es wirklich das Ziel dieser Suche gewesen? Und wenn ja, wie hing das mit Erwin Lamprecht zusammen?

Leopold steckte einige der vielen Fotografien ein. Eine davon zeigte die junge Elvira mit einem ebenso jungen Mann. »Elvira und Arnold, 13.5.1978« stand auf der Rückseite geschrieben. Arnold war also vermutlich der geschiedene Ehemann. Ob er noch lebte? Und wenn ja, wo hielt er sich auf?

In der Ecke beim Fenster lag ein ganzer Haufen alter Zeitungen und Zeitschriften, die jemand durchwühlt und teilweise zerrissen hatte. »Hat Frau Achleitner Zeitungen gesammelt?«, wollte Leopold wissen.

»Sie hatte Stöße davon«, bejahte Silvana. »Sie interessierte sich für die großen Ereignisse in der Welt, aber auch für die englische Königsfamilie und die Olympischen Spiele im Sport.«

Auf einer der zerrissenen Titelseiten erkannte Leopold das Foto des Prostituiertenmörders Jack Unterweger samt der Schlagzeile über seine Verurteilung. Elvira Achleitner hatte sich also auch für Verbrecher interessiert. Das passte zu ihrer Teilnahme an den Diskussionen über Kriminalliteratur im *Dienstagabendbuchklub*.

*

»Es hat überhaupt keinen Sinn, dich um etwas zu bitten. In deinem grenzenlosen Egoismus tust du, was dir gerade beliebt. Und dann rufst du mich in einem Fall wie hier an, der gar nicht in meinen Zuständigkeitsbereich fällt«, ging Juricek mit Leopold wieder einmal hart ins Gericht.

»Da sieht man, wie blind du manchmal den Tatsachen gegenüber bist«, wehrte sich Leopold. »Erwin Lamprecht war mit beinahe 100-prozentiger Sicherheit unmittelbar vor seiner Ermordung bei dieser alten Frau. Sie stirbt unter mysteriösen Umständen, wenig später stellt jemand ihre Wohnung auf den Kopf. Da müsste es bei dir doch klingeln wie bei der Vollbremsung einer Straßenbahn!«

Juricek nahm seinen Sombrero ab und fuhr sich mit der Hand durch sein nach hinten gekämmtes, glattes Haar. »Wir werden alles genau prüfen, auch in dieser Hinsicht«, versprach er Leopold. »Zufrieden?«

»Heißt das, dass Elvira Achleitners Tod nun vom Pathologen untersucht wird?«, frohlockte Leopold.

»Man kann diesbezüglich mit der Testamentsgeschichte argumentieren«, seufzte Juricek. »Ich denke, ich werde das tun, schon allein, damit du mich in Ruhe lässt.«

»Danke, Richard! Obwohl ich mir gar nicht so sicher bin, dass es um ein Testament geht.

»Die Frage ist, wem das Verschwinden eines Testaments nutzt. Wenn Frau Achleitner tatsächlich ohne Verwandte gestorben ist, geht das, was sie sich zusammengespart hat, an den Staat.«

»Außer sie war immer noch mit ihrem Mann, einem gewissen Arnold Achleitner, verheiratet«, gab Leopold zu bedenken.

»Du versuchst, mich in diese Richtung zu lenken, weil du dir erhoffst, dann etwas von unseren Ergebnissen mitzukriegen«, ahnte Juricek.

»Ich komm schon selbst auf das drauf, was wichtig ist«, entgegnete Leopold.

»Indem du Konrad Otto aushorchst oder Thomas Korber auf meinen Inspektor Bollek ansetzt, wie?«, redete Juricek Klartext. »Nimm bitte zur Kenntnis, dass mich dieser Einbruch nichts angeht, solang es keinen Hinweis darauf gibt, dass Frau Achleitner ermordet wurde oder die Sache mit Erwin Lamprechts Tod zusammenhängt.«

»Das ist sicher der Fall! Er war kurz vor seinem Ableben hier«, beharrte Leopold.

Juricek amüsierte es, wie sein Freund immer wieder versuchte, ihn aus der Reserve zu locken. Seine Augen funkelten. »Ich werde einfach mit meiner Arbeit ganz normal weitermachen«, ließ er ihn wissen. »Das solltest du jetzt auch tun. Ich verbiete dir nicht, deine Ohren dabei aufzusperren. Aber lass deine Extratouren!«

Beide Männer wussten nach dieser Belehrung, dass alles so ablaufen würde wie sonst auch immer. Man hatte einander seine Meinung gesagt und ging nun zwar nicht im besten Einvernehmen, aber ohne Groll auseinander. Mehr konnte keiner vom anderen erwarten.

Leopold hatte gehofft, sich noch ein wenig an Silvana Ruseks Fersen heften zu können, um zu prüfen, ob sie ihr Weg tatsächlich in die Vorlesung führte. Aber sie war bereits auf und davon. So blieb ihm nichts anderes übrig, als seine Schritte in Richtung *Café Heller* zu lenken, um dort seinen nachmittäglichen Dienst anzutreten.

KAPITEL 9

Donnerstag, 17. März, Nachmittag

Klaus Kastner saß diesmal nicht auf seinem üblichen Platz.
Er war mit seinem Laptop zu den Billardtischen gewandert und verfolgte eine Partie Karambol zwischen Raimund Flach und einem jugendlichen Kaffeehausbesucher.
Der sich bereits im Ruhestand befindliche Flach wärmte sich am Nachmittag gern gegen talentierte Anfänger auf, ehe er am Abend gegen seine sonstigen Spielpartner antrat. Das hatte für beide einen Vorteil. Der Anfänger bekam von Flach einige Stöße erklärt und brauchte für die Lehrstunde nichts zu bezahlen. Und für Flach war auch eine Partie gegen einen deutlich schwächeren Gegner motivierender, als allein zu üben.

Kastner bemühte sich, das Prinzip des Spiels zu erfassen, und wollte nachher mit Flach ein entspanntes Gespräch darüber führen. Für den Einzelgänger Flach bedeutete das eine willkommene Abwechslung. Kastner wiederum wagte damit den Sprung vom interviewenden Berichterstatter zum plaudernden Chronisten der Ereignisse im Kaffeehaus.

Auch Leopold verfolgte den Verlauf der Partie interessiert. Er war ein relativ guter Karambol-Spieler, obwohl er kaum mehr dazukam, diesen Sport zu betreiben. Wenn er sah, wie sich zwei ungeübte Spieler mit den Bällen herumplagten, gab er ihnen manchmal im Vorübergehen einen Tipp: »Linke Fälschung und ganz fein treffen«, oder »Zart spielen, Bürscherl, der Ball soll ja keine Erdumrundung machen«. Jetzt erklärte Flach seinem Gegner gerade einen Zugball. Da kam Thomas Korber zur Tür herein, setzte sich neben Klaus Kastner und raunte ihm ins Ohr: »Weißt du schon das Neueste? In die Wohnung von Elvira Achleitner ist eingebrochen worden.«

»Was? Das ist ja unglaublich«, entfuhr es Kastner.

Trotz Korbers Bemühungen hatte Leopold jedes Wort gehört. Dass er diese Nachricht so ohne Weiteres herumerzählte, passte ihm gar nicht. Er warf seinem Freund einen strafenden Blick zu und beorderte ihn sofort zu sich an die Theke. »Was ist in dich gefahren?«, rügte er ihn. »Das sind vertrauliche Informationen, die kannst du nicht so mir nichts, dir nichts weitergeben. Woher hast du es überhaupt erfahren?«

Korber lächelte süffisant. »Dreimal darfst du raten.«

»Verstehe! Von Silvana, deinem neuen Schwarm. Das ging aber schnell«, befand Leopold.

»Mit den Mitteln der heutigen Kommunikationstechnik, die dir leider immer noch fremd ist, ein Kinderspiel«, klärte Korber ihn auf. »Innerhalb von Sekunden ist man informiert. Ein Segen!«

»Eine Frechheit ist das«, polterte Leopold drauflos, wurde aber sofort wieder leiser. »Wie kannst du es wagen, eine Person aus dem Kreis der Verdächtigen über derart heikle Dinge zu informieren!«

»Jetzt mach aber einen Punkt und gib mir ein Bier«, forderte Korber. »Wenn es nach dir geht, darf man überhaupt niemandem mehr etwas sagen.«

»Einen Kamillentee kannst du haben«, entgegnete Leopold verärgert. »Du bist nämlich gerade wieder dabei, dir die Birne weich zu saufen.«

»Du bist nur grantig, weil es zwischen deiner Tochter und mir nichts zu werden scheint«, gab Korber provokant zurück.

»Welches Verhältnis ihr beide zueinander habt, interessiert mich nicht«, schwindelte Leopold. »Das müsst ihr euch untereinander ausmachen. Aber ich spüre, wie du geradewegs in dein nächstes Unglück hineinläufst.«

Korber lachte. »Silvana ist ein netter Kerl. Wir tauschen uns über Sabine und diesen Felix Hirsch aus. Deine Tochter hat uns beide enttäuscht«, verteidigte er sich. Als Leopold keinerlei Reaktion auf den letzten Satz zeigte, fuhr er fort: »Eigentlich bin ich davon ausgegangen, dass dir unsere gegenseitige Sympathie gefällt. Ich habe damit gerechnet, du würdest sie ausnützen, damit ich Silvana aushorche.«

Leopold stellte ungerührt den Kamillentee vor Korber hin. »Achtung, heiß! Fünf Minuten ziehen lassen«, instruierte er ihn. »Natürlich wäre das der einfache Weg, aber leider kann ich dein Pantscherl nicht ausnützen«, erklärte er dann. »Du würdest in deiner alkoholisierten Blindheit mehr über unsere Fortschritte ausplaudern, als du von ihr in Erfahrung bringst. Die hat dich im Nu um den Finger gewickelt.«

Korber verzog sein Gesicht. »Du glaubst doch nicht wirklich, dass ich das Zeug trinke«, ließ er verlauten. »Ich möchte ein Bier!«

»Dann ist es Zeit, dass du vernünftig wirst«, setzte Leopold ihm auseinander. »Also keine unbedachten Äußerungen, kein Nahverhältnis zu einer verdächtigen Person. Schritt eins in dieser Richtung: Du reduzierst deinen Kontakt zu Silvana Rusek auf das Notwendige.«

»Abgelehnt«, protestierte Korber.

»Das heißt nicht, dass du sie gar nicht mehr sehen sollst«, beeilte Leopold sich zu sagen. »Vielleicht lockst du ihr ja was heraus. Aber lass dich keinesfalls von deinen Emotionen leiten. Dasselbe gilt für deinen neuen Freund Klaus Kastner. Höre ihm mehr zu, als du mit ihm redest, und hake dort nach, wo er eine interessante Bemerkung über Erwin Lamprecht oder Inga Badura macht.«

»Da wird ohne Bier nicht viel gehen«, behauptete Korber.

»In Maßen«, ermahnte Leopold ihn. »Du musst einsatzfähig bleiben. Und dann deine wichtigste Aufgabe: Bei euch in der Schule gibt es eine 19-jährige junge Dame mit Vornamen Gerti. Kennst du sie?«

»Da fällt mir nur Gertraud Bienert ein. Was ist mit ihr?«, fragte Korber.

»Sie wirft sich hin und wieder für Simon Jung in Pose«, teilte ihm Leopold mit. »Sie kannte Erwin aber auch. Und der hat ihr zugesetzt. Er war nämlich nicht so harmlos, wie man vermuten könnte. Er hat sich das Zutrauen von manchem Mädchen erschlichen, und dann …«

Korber machte eine eindeutige Handbewegung.

»Nicht, was du denkst«, berichtigte Leopold ihn kopfschüttelnd. »Er hat versucht, hinter ihre Geheimnisse zu kommen, Dinge, die ihnen im Nachhinein sehr peinlich waren, und dann hat er sie mit seinem Wissen darüber gequält.«

»Und jetzt willst du, dass ich mit ihr rede«, folgerte Korber.

»Das wäre hilfreich«, ermutigte Leopold ihn.

»Ich unterrichte die Schülerin nicht, kann also höchstens versuchen, sie in der Pause anzusprechen«, überlegte Korber.

»Dann tu das und bring sie morgen nach dem Unterricht in bewährter Manier hierher ins Kaffeehaus«, trug Leopold ihm auf. »Du weißt schon: Du machst zuerst auf verständnisvoller Pädagoge, und ich nehme sie anschließend ein wenig härter dran.«

»Na schön, ich kann's probieren«, ließ sich Korber überreden. »Vielleicht erfahre ich dabei etwas, das man gegen Jung verwenden kann. Obwohl es nicht gerade für seinen Geschmack spricht, dass er sich mit Gerti vergnügt.«

»Ihre Formen sind für ein Aktmodell durchaus nicht ungewöhnlich«, belehrte Leopold ihn. »Und dass zwischen den beiden mehr läuft, wollen wir zunächst einmal nicht annehmen. So, jetzt hast du dir dein Bier verdient. Aber es bleibt bei dem einen, verstanden?«

»Ich muss ohnehin gleich weiter«, gab ihm Korber mit unruhigem Blick auf seine Uhr zu verstehen. Tatsächlich verabschiedete er sich schon bald von Leopold und dem immer noch in sein Gespräch mit Flach vertieften Kastner und ging seiner Wege.

Für Leopold war es nicht schwer zu erahnen, wohin es ihn dabei verschlagen würde. Natürlich zu Silvana Rusek. Daran war nichts auszusetzen, wenn sich Korber an die Spielregeln hielt. Er durfte nur nicht wieder in eine Stimmung verfallen, die ihn zu unüberlegten Handlungen verleitete.

Sobald er fort war, rief Leopold seine Tochter Sabine an. »Ach, du bist's, Papa«, meldete sie sich leicht genervt. »Was gibt's denn schon wieder? Für deinen Mordfall habe ich heute leider keine Zeit.«

»Es ist nur eine klitzekleine Sache ohne Aufwand«, hauchte Leopold beinahe zärtlich ins Telefon. »Schau nach, ob du im Internet etwas über einen Arnold Achleitner findest. Er war mit Elvira Achleitner verheiratet, ist aber offenbar bald seine eigenen Wege gegangen. Falls er noch lebt, würde ich gern wissen, wo er sich befindet.«

*

Nach seinem Gespräch mit Raimund Flach setzte sich Klaus Kastner wieder auf seinen üblichen Platz und bestellte ein Seidel Bier. Als Leopold damit zu ihm kam, fragte er neugierig: »Was hat es denn nun mit dem Einbruch auf sich?«

»Wollen Sie das unbedingt wissen?«, gab Leopold zurück.

»Natürlich«, beharrte Kastner. »Dabei handelt es sich um ein außergewöhnliches Ereignis, das mich literarisch inspirieren könnte.«

»Gar so außergewöhnlich sind solche Dinge nicht«, korrigierte Leopold ihn in der Absicht, ihn ein wenig zappeln zu lassen. »Kennen Sie das G'schichtl vom Diwald Xandl? Der hat auch einmal eingebrochen, und zwar in seiner eigenen Wohnung. Er war nämlich der Meinung, seine Frau Rosi sei nicht zu Hause. Das war eine lebenslustige, fesche Gretl und oft unterwegs. Das war auch der Grund, warum der Xandl regelmäßig einen über den Durst getrunken hat. Eines Nachts ist er vor seiner Wohnungstür gestanden und konnte den Schlüssel nicht finden. Statt zu läuten, hat er gleich einen Anlauf genommen und die Tür mit Karacho aufgebrochen, weil er dachte, die Rosi würde sich ohnehin irgendwo vergnügen. Der Xandl war ja ein Riesenbaby, der auf dem Heumarkt als Freistilringer gute Figur gemacht hätte. Mit dieser Aktion hat er die ausnahmsweise zu Hause schlafende Rosi geweckt, und die hat gleich vor lauter Angst die Polizei angerufen. Erst danach hat sie den Xandl jammern gehört und im Vorzimmer auf dem Boden liegen gesehen. Natürlich hat es einen Riesenauflauf gegeben, und die Aktion hat ihn auch einiges gekostet. Trotzdem war der Xandl in erster Linie froh, dass er seine Frau daheim angetroffen hat. ›Wenigstens brauche ich mir keine Sorgen um dich zu machen‹, hat er nur gesagt. Und bis die neue Tür da war, hat er keine Schwierigkeiten gehabt, bei sich ein und aus zu gehen.«

»Das war doch ein bisschen etwas anderes«, stellte Kastner nüchtern fest. »Warum aber sollte jemand bei einer toten Frau einbrechen?«

»Was denken denn Sie?«, drehte Leopold den Spieß um.

»Das weiß ich doch nicht«, gab sich Kastner bedeckt. »Würde ich sonst fragen?«

»Also an Ihrer Stelle hätte ich sofort den Verdacht, dass jemand etwas gesucht hat, das mit dem Mord an Ihrem Freund Erwin zu tun hat«, wunderte sich Leopold.

»Von dieser Seite habe ich es noch nicht betrachtet«, räumte Kastner ein.

»Und doch sind Sie ganz begierig, etwas darüber zu erfahren«, sagte ihm Leopold auf den Kopf zu. »Wirklich nur aus poetischen Gründen? Das kann ich mir nicht vorstellen. Sie haben sich doch soeben ausführlich mit Herrn Flach über das Billardspiel unterhalten. Da muss es genügend Dinge geben, die Ihnen gerade als Anregung für eine schöne Geschichte im Kopf herumschwirren.«

»Du begehst schon wieder deinen alten Fehler, Klaus«, mischte sich Simon Jung, der kurz vorher hereingekommen war und sich zu Kastner gesetzt hatte, in das Gespräch ein. »Du vernachlässigst Esprit und Ambiente und wendest dich schnurstracks dem Sensationellen zu. Welch wunderbare Vielfalt hast du aus dem Mund eines Billardspielers ausgeschüttet bekommen, welch tiefen Blick in seine Seele durftest du werfen. Die Anzahl der Möglichkeiten, so etwas literarisch auszuwerten, ist nahezu unbegrenzt. Wie plump und simpel stellt sich demgegenüber ein Einbruch dar. Nicht einmal einen Absatz könnte ich dazu schreiben. Es wird höchste Zeit, dass ich dir künstlerisch ein wenig unter die Arme greife.«

»Ich komme schon zurecht«, machte ihm Kastner klar, als Leopold sich entfernte, um eine Melange für Jung zu machen. »Vielleicht hilft mir sogar Inga.«

»Inga? Wie schön!« Jung verzog seinen Mund zu einem breiten Grinsen.

»Du wirst mir keinen Strick daraus drehen«, dämpfte Kastner sofort seine Freude. »Mittlerweile weiß ich auch ein paar Sachen über dich und junge Mädchen. Inga hat es mir erzählt. Sie hat's von Erwin.«

»Was für Sachen?« Jung grinste nicht mehr, tat aber immer noch amüsiert.

»Stell dich nicht dumm«, bat sich Kastner aus. »Hier ist jetzt nicht der Ort, darüber zu sprechen, aber du weißt genau, was ich meine. Du warst so gescheit, keine Mädchen vom Gymnasium dafür auszuwählen, aber Erwin ist dir trotzdem auf die Schliche gekommen. Kein Wunder, dass du ihn nicht leiden konntest.«

»Wie schade, dass der Herr Sensationsreporter das nicht mehr beweisen kann«, entgegnete Jung.

»Vielleicht warst es ja du, der dafür gesorgt hat, dass er nicht mehr redet«, warf ihm Kastner vor und schaute gleichzeitig auf sein Handy. »Ich brauche dringend etwas frische Luft, aber ich komme wieder«, versprach er, packte seine Sachen zusammen und ging hinaus.

»Wo ist er denn hin?«, wunderte Leopold sich und stellte das Tablett mit der Melange und dem dazugehörigen Glas Wasser vor Jung ab.

»Keine Ahnung! Ich denke, er läuft gerade vor seiner eigenen Courage davon«, behauptete Jung.

»Oder ihm fehlt das nötige Kleingeld«, fürchtete Leopold. »Der Wasner Heinz ist immer davongelaufen, wenn's ans Zahlen gegangen ist. Daraufhin hat er sich tagelang nicht blicken lassen. Wenn ich ihn dann zufällig in der Trafik getroffen habe oder beim Heurigen, hat er mir den Betrag ohne mit der Wimper zu zucken gegeben und ein saftiges Trinkgeld noch dazu. Beim nächsten Mal ist die Sache aber wieder von vorn losgegangen …«

Er wurde bei diesem Gschichtl unsanft von Ruth Klett, Sieglinde Hollaus, Claudia Safranek und dem kleinen, glatzköpfigen Harald Kraft unterbrochen, die ins *Heller* gestürmt kamen. »Wissen Sie schon das Neueste?«, rief Ruth in seine Richtung. »In Elviras Wohnung ist eingebrochen worden!«

Jetzt wusste es wohl bald der ganze Bezirk. Die Nachricht verbreitete sich wie ein Lauffeuer. Silvana Rusek leistete offenbar ganze Arbeit. »Ist das so?«, stellte sich Leopold ahnungslos

Ruth Klett holte tief Luft. »Sie waren doch selbst dabei, als Silvana es entdeckt hat«, posaunte sie dann hinaus, sodass es jeder friedliche, in seine Zeitung vertiefte Gast hören musste.

»Warum erzählen Sie es mir dann?«, fragte Leopold befremdet.

»Weil Sie uns helfen müssen«, redete Ruth Klett auf ihn

ein. »Verzeihen Sie bitte meine gestrige Unbeherrschtheit, da war ich noch ganz mitgenommen von Elviras Tod. Aber jetzt geht es um das Testament. Der Einbrecher hat es offenbar gesucht.«

»Elvira hat Ruth, Sieglinde und Claudia als Erbinnen ihrer Ersparnisse eingesetzt«, erklärte Harald Kraft. »Ich kann es bezeugen. Ich habe sogar meine Unterschrift unter das Dokument gesetzt.«

»Jetzt ist es sicher fort!« Ruth Klett rang vor Aufregung nach Luft. »Wir sollen um unsere bescheidenen Anteile betrogen werden. Das muss man doch noch irgendwie verhindern können.«

»Bitte beruhigen Sie sich, und setzen Sie sich zu den Kartentischen. Dort ist im Augenblick nichts los. Ich komme gleich«, ordnete Leopold an. Wenig später eilte er mit den Getränken herbei. Ruth Klett und Sieglinde Hollaus hatten Tee bestellt, Claudia Safranek ein Glas Apfelsaft gespritzt und Harald Kraft sein obligates Stamperl Schnaps.

»Ich kann Ihnen leider nicht ganz folgen. Sie müssen mir das genauer erklären«, wandte sich Leopold wieder an Ruth Klett. »Sie sind sich also sicher, dass Sie von Elvira Achleitner als Erbinnen eingesetzt wurden. Wie hoch ist denn die Summe, um die es geht, beiläufig?«

Ruth wollte etwas sagen, aber Sieglinde Hollaus fuhr dazwischen. »Das würden wir selbst gern wissen«, warf sie ein.

»Sie sollten immerhin eine Ahnung davon haben«, befand Leopold.

»Sie hat stets bescheiden gelebt und sich einiges zusammengespart«, ergriff wieder Ruth Klett das Wort. »Sie hat uns darüber im Dunkeln gelassen, nur angedeutet, dass es um eine größere Summe geht.«

»Einen sechsstelligen Betrag, glaube ich«, entfuhr es Kraft. Er erntete dafür sofort böse Blicke von seinen Begleiterinnen.

»Sie haben mir bis jetzt immer erzählt, Sie hätten kein nahes Verhältnis zu Elvira Achleitner gehabt«, merkte Leopold an. »Sie wüssten kaum etwas über ihr Privatleben, hätten hauptsächlich über Bücher geplaudert. Wie passt das damit zusammen, dass Sie auf einmal so viel Geld von ihr erben sollen?«

Für einige Augenblicke herrschte betroffenes Schweigen. »Wir waren eben die einzigen Menschen, mit denen sie noch regelmäßig Kontakt hatte«, behauptete Claudia Safranek dann.

»Das nehme ich Ihnen nicht ab«, entgegnete Leopold schroff.

»Wenn man sich über einen längeren Zeitraum jede Woche trifft, dann kennt man sich einfach«, wandte Sieglinde Hollaus ein. »Da ist es nicht nötig, einander mit persönlichen Dingen zu langweilen.«

»Kann ich kurz mit Ihnen allein reden?«, raunte Ruth Klett Leopold ins Ohr. Er nickte, und sie begleitete ihn nach vorn zur Theke. »Wir sind unter allen Umständen daran interessiert, dass dieses Dokument auftaucht«, eröffnete sie ihm dort. »Mit Ihrer Hilfe schaffen wir das!«

»Es gibt zwei Möglichkeiten«, analysierte Leopold die Situation rasch. »Entweder der Einbrecher hat das Testament entdeckt. Dann hat er es wahrscheinlich bereits vernichtet, wenn er nicht selbst der Begünstigte ist. Oder aber es liegt noch irgendwo in der Wohnung herum. Dann findet es die Polizei, und alles wird sich rasch aufklären.«

»Es gibt noch eine dritte Möglichkeit«, machte Ruth Klett ihn aufmerksam. »Angeblich hat Elvira so etwas geahnt, eine Abschrift gemacht und diese wirklich gut versteckt.«

»Es geht hier immerhin auch um den Mord an Erwin Lamprecht«, erinnerte Leopold sie. »Sie sollten also langsam damit beginnen, ehrlich zu sein, wenn Sie wollen, dass ich Ihnen gewogen bin. Seit wann kennen Sie Elvira Achleitner?«

»Seit etwa 15 Jahren.«

»Wie haben Sie sich kennengelernt?«

»Wir haben uns öfters in einem Café in der Innenstadt getroffen, als wir noch gearbeitet haben. Später sind wir draufgekommen, dass wir beide in Floridsdorf leben. Wir waren dann manchmal mit meinen Freundinnen Claudia und Sieglinde beim Heurigen oder in einem gestandenen Wirtshaus. Schließlich haben wir das *Café Heller* für uns entdeckt.«

»War sie damals schon allein?«

»Ja! Ihr Mann hatte sie verlassen und war mit einer anderen durchgebrannt.«

»Hieß er vielleicht mit Vornamen Arnold?«

Kurz blitzte es in Ruth Kletts Augen. »Es könnte sein. Wie kommen Sie auf den Namen?«, fragte sie.

»Ach, man hat so seine Quellen«, sagte Leopold leichthin. »Lebt er noch?«

»Das wissen wir nicht«, seufzte Ruth. »Natürlich könnte er hinter alledem stecken und versuchen, uns Schwierigkeiten zu machen. Andererseits hat mir Elvira versichert, dass sie von ihm geschieden worden ist.«

Leopold kratzte sich am Kopf. »Da ist ein bisschen viel Spekulation dabei«, gab er zu bedenken. »Die Sache wird immer mysteriöser. Noch dazu, wo es durchaus möglich erscheint, dass auch Elvira umgebracht wurde.«

»Nein«, lächelte Ruth beinahe hilflos. »Sie ist friedlich entschlafen.«

»Wer vermag das zu sagen?«, nährte Leopold ihre Verunsicherung. »Wir wissen nichts über den Verlauf ihrer letzten Stunden. Möglich, dass ihr jemand aus Medikamenten einen tödlichen Cocktail gemischt hat. Möglich auch, dass man ihr im Schlaf sanft ein Kissen aufs Gesicht gedrückt hat. Und wenn stets ein Schlüssel unter dem Blumentopf vor ihrer Tür gelegen ist, war es leicht, ihr einen Besuch abzustatten.«

»Was wollen Sie damit andeuten?«, äußerte Ruth Klett irritiert.

»Dass die Sache in allen Belangen komplizierter ist, als man vielleicht annimmt«, ließ sie Leopold wissen. »Vielleicht wurde Frau Achleitner sogar wegen des Testaments umgebracht.«

»Bitte lassen Sie diese ständigen Verdächtigungen«, protestierte Ruth. »Helfen Sie mir jetzt, ja oder nein?«

»Mit Vorbehalt«, setzte Leopold ihr auseinander. »Ich muss mich mit dem gesamten Fall noch ausführlich auseinandersetzen. Und da wird es nötig sein, noch mehr über die Dame zu erfahren. Lebt ihr Ex-Mann noch, und wenn ja, wo? Welche möglichen Verstecke für ein Testament oder andere Dinge könnte es geben? Meine bisherigen Informationen sind äußerst dünn. Was können Sie mir eigentlich über Silvana Rusek sagen?«

»Sie bringen mich in eine schwierige Lage«, klagte Ruth. »Ich sage nur ungern etwas Unschönes über andere Menschen. Aber bei Silvana bin ich mir nicht sicher. Sie hat sich reizend um Elvira gekümmert, keine Frage. Doch gleichzeitig hat sie versucht, sie immer mehr von der Umwelt abzuschotten und zu vereinnahmen. Denken Sie sich jetzt, was Sie wollen. Man hört viel von jungen Dingern, die auf diese Art versuchen, von alten Menschen als Erben eingesetzt zu werden. Deshalb haben wir Elvira gebeten, ihren Willen schriftlich niederzulegen.«

Sie machte sich daran, wieder zu ihren Freundinnen zu gehen. »Einen Augenblick noch«, hielt Leopold sie zurück. »Was war Ihre Meinung über den armen Erwin Lamprecht?«

Ruth Klett hüstelte wie eine Theaterbesucherin vor der Pause. »Jetzt sage ich besser nichts«, bemerkte sie dann. »Man soll nicht schlecht über einen Toten reden.«

»Also hatten auch Sie Schwierigkeiten mit seiner Art?«

»Er war Gift für Elvira«, rutschte es Ruth heraus. »Seine Komplimente haben bewirkt, dass sie sich völlig überschätzt hat. Ich denke, das war es, was zu ihrem Zusammenbruch geführt hat. Wenn Sie schon einen Mord vermuten, dann war er es.«

Nun drehte sie sich endgültig um und bewegte sich zurück zu den anderen. Leopold dachte über ihre letzten Worte nach. Sie brachten ihn auf eine Idee.

Ruth Klett hatte einen Prozess angedeutet, durch den Elvira Achleitner rasch ihre Kräfte verloren hatte. Was, wenn sie die regelmäßige Zufuhr einer Überdosis von medizinischen Substanzen geschwächt hatte? Und wenn Erwin Lamprecht dahintergekommen wäre? Dann hätte er wohl seine Mordgeschichte gehabt.

*

Silvana Rusek lag wie schon am Abend vorher neben Thomas Korber im Bett. Sie war gleich nach ihrer Vorlesung wieder zu ihm in die Wohnung gefahren.

»Du hängst immer noch an Sabine, stimmt's?«, stellte sie ihn auf die Probe.

»Ein kleines bisschen«, murmelte er. »Aber es ist fast schon vorbei.«

»Beweise es mir«, forderte Silvana ihn auf. »Zeig, dass du ihr keine Träne mehr nachweinst.«

»Und wie?«

Silvana zuckte mit den Achseln. »Schreib ihr einfach«, schlug sie vor. »Sie soll ruhig erfahren, dass du über sie und Felix Bescheid weißt.«

Korber zögerte. »Meinst du wirklich, dass das der richtige Weg ist?«, hielt er dagegen.

»Du bist viel zu rücksichtsvoll«, bearbeitete Silvana ihn. »Hat Sabine dir gegenüber irgendwann einmal erwähnt, dass sie mit Felix rummacht? Hat sie dir gegenüber mit offenen Karten gespielt?«

»Nein, aber ich erzähle ihr auch nichts von meinen kleinen Abenteuern«, wandte Korber ein. »Außerdem ist es bei uns im Augenblick nichts Fixes.«

»Das ist kein Abenteuer, keine schnelle Nummer. Sie und Felix haben eine Beziehung, und sie lässt dich trotzdem in dem Glauben, dass du wieder bei ihr landen kannst«, behauptete Silvana. »Sie verhält sich dir gegenüber doch genauso fies wie zu mir.«

Korber war unschlüssig, was er tun sollte. Gerade noch hatte er sich mit Silvana im Bett vergnügt und dabei alles um ihn herum vergessen. Kaum hatte er jedoch begonnen, die Entspannung danach zu genießen, war ihm von Silvana alles wieder in Erinnerung gerufen worden: der Zorn, die Verwunderung und die Enttäuschung über Sabines Verhalten. Natürlich hatte sie das Recht, es mit einem anderen Mann zu versuchen. Er durfte ihr deswegen nicht böse sein, hatte er sich ihr gegenüber doch stets viele Freiheiten genommen.

Und dennoch …

Korber hatte nicht erwartet, auf diese Art von Sabines neuer Liaison zu erfahren. Er war ein Freund des offenen Wortes, der ehrlichen Aussprache. Stattdessen hatte Sabine ihm gegenüber alles geheim gehalten. War er für sie nur mehr ein lästiges Relikt aus früheren Tagen, das man in einer finsteren Ecke ablegte, ehe man es irgendwann ganz wegwarf? Das hatte er sich nicht verdient. Es erschien ihm also durchaus berechtigt, ihr eine kurze Mail zur Klärung der Lage zu schreiben.

Korber schenkte sich ein Glas aus der halb vollen Rotweinflasche auf dem Wohnzimmertisch ein und setzte sich an seinen Computer. In seinem Hirn kreisten die Gedanken wie wild. Welchen Betreff sollte er wählen? Er machte ein paar Schlucke, dann schrieb er: *Unsere derzeitige Situation, Stand der Dinge*. Das passte schon einmal. Neutraler konnte man es nicht ausdrücken. Zufrieden fuhr er fort:

Liebe Sabine,
gestern haben wir uns kurz im ›Weinglaserl‹ gesehen, hatten aber leider keine Gelegenheit, miteinander zu sprechen. Deshalb melde ich mich jetzt bei dir. Wir wollten uns ja nach langer Zeit wieder einmal treffen. Dem steht allerdings, wie ich gehört habe, ein kleines Hindernis im Weg.

Er trank in seiner momentanen Gefühlsmischung aus Seligkeit und Erbitterung hastig weiter und las sich dabei die Zeilen nochmals durch. Plötzlich gefielen ihm seine

Worte nicht mehr. Alles klang so umständlich und nebulos. Er musste präziser und schärfer formulieren. Also löschte er den gesamten Text und begann von vorn:

Hallo Sabine,
ich bin mehr als enttäuscht. Du hast einen neuen Freund, Felix Hirsch, und findest es nicht der Mühe wert, mich davon in Kenntnis zu setzen. Jeder von uns darf tun und lassen, was er will. Aber wir soll-ten zumindest ehrlich zueinander sein.

Nein, das war auch nicht das Wahre. Korber machte ein paar große Schlucke Wein, löschte den Entwurf und schrieb:

Hi!
Wenn du glaubst, du kannst mich provozieren, indem du dich mit deinem neuen Liebhaber Felix vergnügst, während ich der Letzte bin, der davon erfährt, hast du dich geirrt. Mich lässt das kalt. Tu aber bitte in Zukunft nicht so, als könnte sich bei uns alles wieder einrenken. Bei Felix bist du sicher besser aufgehoben.
Thomas

So musste es lauten und nicht anders. Korber klickte auf »Senden«, bevor er es sich noch einmal anders überlegte, und leerte sein Glas. »Zufrieden?«, fragte er Silvana.

»Ich habe es mir gar nicht durchgelesen. Es ist schließ-lich deine Angelegenheit«, teilte sie ihm mit, während sie sich anzog.

»Kommst du morgen wieder?«, wollte Korber wissen.

Silvana nickte. »Ich möchte dich ohnedies um einen Gefallen bitten«, eröffnete sie ihm. »Kann ich ein paar Tage bei dir wohnen?«

Korber hatte nichts dagegen, fand dieses Anliegen wegen ihrer erst kurzen Bekanntschaft aber dennoch ungewöhnlich. »Warum?« erkundigte er sich deshalb genauer

»Ich fühle mich derzeit nicht wohl in meiner Wohnung«, führte Silvana aus. »Vielleicht ist es nur Einbildung, aber manchmal höre ich Geräusche an Tür oder Fenster. Seit der Bescherung in Elviras Wohnung bin ich total verunsichert.«

»Dann hol deine Sachen und komm«, sagte Korber.

KAPITEL 10

Donnerstag, 17. März, Abend

Leopold erkannte den »Vickerl vom Grund«, Viktor Reiter, der sich an der Theke breitmachte, erst auf den zweiten Blick. »Welch hoher Besuch«, säuselte er im Vorbeigehen. »Was verschafft uns denn die Ehre?«

»Bringen Sie mir ein Achtel Weißwein vom billigsten, den Sie haben«, ordnete Reiter an. »Der Vickerl, der macht diese Reise heute zum Vergleich der Preise.«

»Sie werden sich's leisten können«, versprach Leopold ihm.

»Ich kann es mir überall leisten«, versicherte Reiter. Er stand offenbar am Beginn seiner abendlichen Lokalwanderung, denn er wirkte relativ frisch. »Die Frage ist, ob man dieses Drumherum, das die Getränke teurer macht, wirklich braucht. Ob der Wein besser schmeckt, wenn die Leute neben einem Billard spielen. Ob man die Zeitung nicht zu Hause lesen kann. Ob Sie aufmerksamer bedienen, nur weil Sie mit einem Mascherl herumlaufen.«

»Wenn Sie stänkern wollen, können Sie gleich wieder gehen«, machte Leopold ihn aufmerksam. Er hatte nicht vor, sich auf lange Diskussionen über Preisgestaltung einzulassen.

»Im Gegenteil«, entgegnete Reiter. »Ihnen zu Ehren habe ich heute mein ganzes Programm durcheinandergebracht und bin hierhergekommen. Normalerweise bin ich zu einer bestimmten Zeit in einem bestimmten Lokal, eine lieb gewordene Gewohnheit von mir.«

Leopold wollte ihn schon darauf hinweisen, dass es ihn nicht gestört hätte, hätte Reiter mit seinen Gewohnheiten nicht gebrochen, aber er unterließ es und stellte den Wein kommentarlos vor ihn hin.

»Wissen Sie, warum ich mich spontan zu dieser Änderung entschlossen habe?«, fuhr Reiter fort. »Natürlich wollte ich mir die Bude hier einmal ansehen, aber das ist nicht der eigentliche Grund. Ich habe zu meiner Überraschung gehört, dass Sie gestern in mein tägliches Umfeld eingedrungen sind und Fragen gestellt haben, zuerst allein und dann zusammen mit einer hübschen jungen Frau.«

»Und? Was passt Ihnen daran nicht?«, fragte Leopold gereizt.

»Kein Grund zur Aufregung«, beschwichtigte Reiter ihn, während er trank, ohne auf die Qualität des Weins zu achten. »Ich habe es nur ungewöhnlich und amüsant gefunden.«

»Wenn jemand umgebracht wird, den man gut kennt, möchte man mehr darüber wissen und nicht warten, bis die Polizei etwas herausfindet«, gab Leopold mürrisch zurück.

»Das ist ja alles schön und gut. Aber war Ihnen nicht klar, dass das leere Kilometer sein würden? Sie haben dabei so gut wie nichts herausgefunden, stimmt's?«, fragte Reiter provokant.

»Das lassen Sie einmal meine Sorge sein«, bemerkte Leopold, der sich dem Tiefpunkt seiner Laune näherte. Warum war dieser Mann nur so arrogant überheblich?

»Ich will Ihnen doch nur helfen«, redete Reiter auf ihn ein. »Hätte ich gewusst, dass Sie auf solche Abenteuer aus sind, hätte ich Sie schon vor zwei Tagen eines Besseren belehrt. Meine Stammwirte plaudern nicht gerne etwas aus. Schon gar nicht, wenn sie ein bisschen Geld für ihr Schweigen bekommen.«

Jetzt wurde Leopold hellhörig. »Wie meinen Sie das?«, erkundigte er sich.

»So, wie ich es sage«, äußerte Reiter. »Entweder, das Mordopfer hat sich nach seinem Besuch beim Rüden in Luft aufgelöst, oder dafür gesorgt, dass seine weiteren Stationen ein Geheimnis bleiben.«

»Weshalb hätte er das tun sollen?«, fragte Leopold misstrauisch.

»Bei der jungen Frau, die am Kinzerplatz dabei war, handelte es sich um seine Freundin, nicht wahr?«, erwähnte Reiter mit wissender Miene.

»Ja, zum Teufel«, wurde Leopold ungeduldig.

»Sie war hie und da beim Rüden«, schwafelte Reiter munter drauflos. »Und knapp vor seinem Tod müssen sie einmal gemeinsam dort gewesen sein. Oder es war eine andere. Auf jeden Fall – aber das habe ich nur über drei Ecken gehört – soll es einen wilden Streit zwischen ihm und einer jungen Frau gegeben haben. Er hat ihr dabei eine geknallt.«

»Warten Sie, warten Sie«, unterbrach Leopold ihn. »Nur zum geistigen Mitschreiben: Der ermordete Erwin Lamprecht war mit seiner Freundin Inga Badura in *Rüdigers Beisl*. Es kam zu einer Auseinandersetzung, in deren Verlauf Lamprecht handgreiflich wurde.«

Reiter hob seinen Zeigefinger nach oben. »Es kann, wie gesagt, auch eine andere gewesen sein«, machte er Leopold aufmerksam. »Dann wollte er seinen Ausrutscher offensichtlich vertuschen. Ein bisschen Geld fürs Personal wirkt da Wunder. Und wer kann sagen, wie es am Dienstag weitergegangen ist? Er war beim Rüden, aber dann? Plötzlich haben alle ein schlechtes Gedächtnis. Als man hört, dass er ermordet wurde, will man erst recht nichts mit der Sache zu tun haben. In Floridsdorf halten bei so was für gewöhnlich alle das Maul.«

Wenn es sich bei der jungen Frau um Inga Badura gehandelt hatte, war wohl Klaus Kastner Thema des Streits gewesen. War es die Schülerin Gertraud Bienert gewesen, so hatte sie Lamprecht wahrscheinlich wegen seines Umgangs mit ihren vertraulichen Mitteilungen zur Rede gestellt. Und Silvana Rusek? Leopold hatte zuletzt nicht ausgeschlossen, dass eine fortgesetzte Überdosierung von Medikamenten für Elvira Achleitners Tod verantwortlich war. Silvana hatte zu allem, was die alte Frau einnahm, uneingeschränkten Zugang gehabt.

»Man sieht an Ihrem Mienenspiel, wie Ihre kleinen grauen Zellen arbeiten«, amüsierte sich Viktor Reiter. »Da habe ich Ihnen vorläufig genug Stoff zum Nachdenken gegeben. Aber sicher verfolgen Sie auch noch andere Spuren.«

Leopold wusste nicht, was er von dem Kerl vor ihm halten sollte. Er wirkte eingebildet und geschwätzig. Hatte er etwa weitere Informationen, die er für sich behielt, und wollte ihn nur neugierig machen?

»Zerbrechen Sie sich nicht zu viel den Kopf, das schadet nur der Gesundheit«, legte Reiter, der sein Glas mittlerweile ausgetrunken hatte, ihm nahe. »Was zahle ich für diese Perle von Wein?«

»Drei Euro 20«, näselte Leopold von oben herab.

»Naja, wenn's sein muss!« Reiter kramte in seinem Hosensäckel nach dem nötigen Kleingeld und legte es dann abgezählt auf die Theke. »Wenn ich meine Route ein klein wenig ändere, komme ich bei einem Tschocherl vorbei, wo das Achtel so billig ist, dass sich das wieder ausgleicht. Manchmal muss man gewisse Opfer bringen.«

»Sie wollen also andeuten, dass Lamprecht unmittelbar vor seinem Tod in *Rüdigers Beisl* Streit mit einer Frau hatte«, vergewisserte sich Leopold noch rasch.

»Falsch«, widersprach Reiter ihm. »Ich wollte andeuten, dass außer beim Rüden, wo ich ihn noch gesehen habe, kein Mensch mehr etwas von ihm weiß beziehungsweise wissen will. Wie heißt es so schön? Alle Lippen sind versiegelt. So, das war's, beschwingt und heiter zieht Vickerl jetzt ein Häuserl weiter.«

Als er zur Tür hinausging, überlegte Leopold, ob er diesen Mann schon einmal gesehen haben könnte. Der erste Eindruck in der Dunkelheit am Kinzerplatz war viel zu flüchtig gewesen. Aber jetzt war da etwas Unbestimmtes, das Leopold zu kennen vermeinte.

Er kam nicht dazu, weiter nachzudenken. Klaus Kastner kehrte mit Inga Badura ins *Heller* zurück.

*

»Gott sei Dank ist Simon weg! Er hätte es darauf angelegt, mich den ganzen restlichen Abend zu provozieren«, zeigte sich Kastner zufrieden.

»Reg dich nicht über ihn auf! Ihr beide wärt ein gutes Team«, hielt Inga dagegen.

»Ich mag ihn nicht«, versetzte Kastner. »Er möchte jetzt sogar bestimmen, wie es weitergeht. Und dann ist da noch die Sache mit seinen Modellen – seinen Mädchen, genauer gesagt.«

»Du solltest das entspannter sehen«, redete Inga ihm zu. »Er ist Künstler. Da handelt man sich schnell einen schlechten Ruf ein, auch wenn alles noch so harmlos ist.«

»Ich denke, wenn sie so nackt bei ihm sitzen und er ihnen dann noch zu trinken gibt, ist es doch logisch, dass außer der Kunst auch etwas anderes abgeht«, versteifte Kastner sich.

»Bist du neidisch auf ihn?«, fragte Inga schelmisch. »He, hast du etwa immer noch die Gedanken eines verklemmten pubertären Jungen? Jetzt gestehe mir einmal: Wie schaut es mit deinen Erfahrungen mit dem weiblichen Geschlecht überhaupt aus?«

Kastner bekam einen knallroten Kopf. »Darüber möchte ich nicht mit dir reden«, brummte er kaum hörbar.

»Ich glaube, ich bin dir da auf etwas Schlimmes draufgekommen«, lächelte Inga ihn an. »Etwas, das aber gar nicht so schlimm ist, wie du meinst. Die einen beginnen früher, sich für so etwas zu interessieren, die anderen eben später. Willst du dir nicht einen knalligeren Look zulegen? Einen, auf den die Mädels so richtig abfahren?« Sie strich ihm mit der Hand durch sein strähniges Haar.

»Bitte lass das! Du machst dich lustig über mich«, fuhr Kastner sie an.

»Nur nicht zornig werden. Das geht gar nicht«, ließ sich Inga dadurch nicht beirren. Sie streichelte ihm jetzt sanft über Gesicht und Wange. »Ich glaube, ich muss dir deinen Mund schließen, damit du keine unbedachten Äußerungen mehr machst.«

Sie beugte sich zu ihm hinüber. Ihre Lippen berührten sich, und im Nu lag Kastner in ihren Armen wie ein kleines, wehrloses Kind.

»Ein bisschen mehr Anstand bitte! Wir sind schließlich kein Vorstadtlokal«, ermahnte Leopold das Pärchen auch schon von der Theke aus.

Frau Heller, die gerade aus ihrer kleinen Küche kam, um ein wenig nach dem Rechten zu sehen, gab ihm mit dem Ellenbogen einen leichten Stoß zwischen die Rippen. »Seien Sie nicht so streng, Leopold«, ersuchte sie ihn augenzwinkernd. »Sie waren doch auch einmal jung!«

»Vielleicht! Trotzdem gehört sich so etwas nicht, vor allem, wenn der Freund gerade erst umgebracht wurde«, beharrte Leopold.

Frau Heller bewegte schelmisch lächelnd ihren Zeigefinger als Aufforderung, nun aufzuhören, hin und her. Klaus Kastner und Inga Badura ließen einander daraufhin wieder los. »Sehen Sie, so einfach geht das«, machte sie ihrem Oberkellner klar. »So ein frisch verliebtes Pärchen darf man nicht vergrämen. Wer weiß, wie die Sache mit dem anderen überhaupt gestanden ist. Mein Gott, wenn ich so an die Zeit zurückdenke, wo ich meinen Heinrich kennengelernt habe. Als er mir damals tief in die Augen geschaut hat und ich gewusst habe, dass gleich der Blitz bei mir einschlagen wird, hätte uns auch niemand stören dürfen.«

»Sie sind heute ein bisserl sentimental«, befand Leopold.

»Das sind die Momente, wo man im Gemüt schwach wird und nicht weiß, warum«, musste Frau Heller zugeben. »Die beiden bringen mir auf einmal die Erinnerung an schöne Zeiten zurück.«

»Vorhin war ein Herr Viktor Reiter da, bekannt als Vickerl vom Grund«, unterbrach Leopold unbarmherzig ihre Schwärmerei. »Können Sie sich an einen Mann dieses Namens erinnern? War er vielleicht in letzter Zeit hier und hat mit Erwin Lamprecht gesprochen? Das wäre im Augenblick viel wichtiger.«

»Natürlich nicht«, antwortete Frau Heller ungehalten. »Sie wollen mich schon wieder ablenken. Aber die romantische Geschichte von mir und meinem Heinrich wird Ihnen trotzdem nicht erspart bleiben, das verspreche ich Ihnen! Nun gehen Sie schleunigst wieder an Ihre Arbeit und bedienen Sie die jungen Leute!« Damit trippelte sie wieder durch ihre kleine Küche aus dem Kaffeehaus hinaus.

Sie wird wohl auf die Aufregung hinauf ein, zwei Zigaretten rauchen und gleich wiederkommen, dachte Leopold. Er wandte seine Schritte in Richtung Klaus Kastner und Inga Badura. Beide bestellten bei ihm eine Flasche Bier. »Ich bitte vielmals um Entschuldigung«, äußerte er sein Bedauern, als er die Getränke brachte. »Es kommt leider bei den anderen Gästen nicht gut an, wenn hier herumgeschmust wird.«

»Es wird nicht wieder vorkommen«, versicherte Kastner. »Es war halt so ein momentanes Gefühl …«

»Natürlich«, täuschte Leopold Verständnis vor. »Das Trösten ist ja eine sehr gefühlsintensive Angelegenheit. Da kommt man einander schnell näher, wenn man sich nicht schon vorher nähergekommen ist. Und genau das wird man vermuten, wenn man Sie bei so etwas beobachtet: dass Sie Ihre Zuneigung zueinander endlich ausleben können, jetzt, wo der Rivale tot ist.«

Inga schwieg und mied Leopolds Blick. »Glaubst du das wirklich?«, fragte Kastner.

»Was bleibt mir anderes übrig? Gestern waren Sie nicht zum ersten Mal zusammen im *Weinglaserl*. Und in Ihrer Beziehung zu Erwin Lamprecht hat es in letzter

Zeit bereits deutliche Risse gegeben, wie ich vernommen habe«, erwähnte Leopold mitleidlos.

»Von wem?«, erkundigte sich Inga mit kaum hörbarer Stimme.

»Das tut nichts zur Sache«, gab sich Leopold bedeckt. »Von einem Streit war da die Rede, sogar von körperlicher Misshandlung.«

»Es handelt sich hier um private Dinge. Sehr private Dinge«, kam Kastner Inga zu Hilfe.

»Im Umfeld eines Mordes, wo man fleißig mit dem Nächsten herumknutscht, kaum dass der eigene Freund umgebracht wird, ist leider nichts mehr privat«, machte Leopold ihn aufmerksam.

»Ich habe dir schon gesagt, dass uns die Gefühle momentan überwältigt haben. Versteh das doch«, bat Kastner Leopold um Einsicht. »Verdächtigst du uns etwa? Ich war, wie du weißt, die ganze Zeit hier im *Heller*.«

»*Sie* schon«, bemerkte Leopold. »Die Freundin, Gefährtin, Bekannte, Trauernde, oder wie immer ich sie bezeichnen darf, jedoch nicht.«

»Sie ...«, begann Kastner.

»Lass nur«, unterbrach Inga ihn sofort. »Ich kann das alles erklären. Es stimmt, Erwin und ich haben uns nicht mehr gut vertragen. Er war ein exzellenter Liebhaber, aber wir hatten nicht viel gemeinsam. Er redete auch nicht viel über sich und ließ mich darüber, was er trieb, weitgehend im Dunkeln. Vor allem gab er mir nie das Gefühl, dass ich mich bei ihm anlehnen konnte, und das sucht man als Frau doch bei einem Mann. Klaus kannte ich damals schon von einigen Begegnungen. Er war mir gleich sympathisch. Da kam ich auf die Idee, Erwin mit ihm eifersüchtig zu machen.«

Kastner schaute ihr irritiert ins Gesicht.

»Du wirst das gleich verstehen«, tröstete sie ihn. »Ich sage ja, ich habe dich von Anfang an gemocht. Und als wir ab und zu ein Glas miteinander tranken, wurde das stärker. Zunächst konzentrierte ich mich aber noch auf Erwin. Er reagierte nicht so, wie ich es erhofft hatte. Am Montag hatte ich einen kleinen Schwips und provozierte ihn. Dafür kassierte ich eine Ohrfeige. Vielleicht war sie gar nicht so unberechtigt.«

»Wo war das?«

»In einem kleinen Lokal am Schlingermarkt, wo er ab und zu hinging. *Rüdigers Beisl* heißt es oder so ähnlich.«

»Es stimmt also«, sagte Leopold nachdenklich.

Inga umklammerte Kastners Hand. »Ich wusste, dass ich ihn nicht mehr lieben konnte«, erzählte sie weiter. »Ich war froh, dass Klaus langsam auftaute, auch wenn er sich noch nicht so recht traute. Am Dienstagabend rief mich Erwin dann an. Er entschuldigte sich, behauptete, er könne mir etwas Interessantes berichten, und bat mich, ihn später zu mir in die Wohnung zu lassen, er hätte nur noch einen kleinen Weg. Ich gestattete es ihm nach kurzer Debatte, aber er kam nicht und reagierte auch am Handy nicht mehr. Deshalb bat ich Klaus um Hilfe. Den Rest kennen Sie.«

»Er hat Ihnen aber nicht gesagt, was er in der Zwischenzeit machen wollte«, forschte Leopold.

»Nein«, antwortete Inga. »Darum nahm ich auch an, dass es nicht lange dauern würde.«

»Wie hat er am Telefon geklungen? Angeheitert oder nüchtern?«

»Wie sonst auch immer. Ich habe nichts Außergewöhnliches bemerkt.«

»Leopold, bitte lass diese Fragen. Du siehst doch, wie sie leidet«, mischte sich Kastner wieder in das Gespräch ein. »Sie kann es außerdem unmöglich getan haben. Deine Verdächtigungen sind völlig aus der Luft gegriffen.«

»Unmöglich ist gar nichts«, entgegnete Leopold achselzuckend. »Deswegen möchte ich mir ein genaues Bild von der Lage machen, komme jedoch nicht so recht vom Fleck.« Er wechselte noch rasch das Thema: »Wie schaut es mit Ihrem Literaturprojekt aus?«, bat er Kastner um Aufklärung. »Machen Sie weiter?«

»Ich werde es versuchen«, eröffnete Kastner ihm. »Vielleicht hilft mir Inga dabei.«

Sie drückte noch einmal fest seine Hand. »Gern«, versicherte sie. »Das tue ich nicht nur für dich, sondern auch im Andenken an Erwin. Vorausgesetzt, du möchtest nicht doch, dass Simon …«

Kastner schüttelte den Kopf. »Ausgeschlossen«, bemerkte er. »Der wird ein Fall für dich, Leopold. Er war nämlich der Mörder!«

*

Fuchsteufelswild und zitternd vor Wut stand Sabine Patzak plötzlich vor ihrem überraschten Vater. Er begriff zuerst gar nicht, dass sie auf ihn böse war. »Hast du etwas zu Arnold Achleitner gefunden?«, fragte er sie routinemäßig, als er mit zwei leeren Tabletts zur Theke zurückkam.

Sie verneinte. »Warum hast du es ihm gesagt?«, fauchte sie dann. »Ich habe dich gebeten, ihm nichts zu erzählen.«

»Wer? Was? Wann? Wem?«, bombardierte Leopold sie mit Gegenfragen, weil er sich nicht auskannte.

»Du hast mich gestern mit Felix Hirsch gesehen«, erinnerte ihn seine Tochter. »Trotz meiner Bitte hast du Thomas darüber informiert.«

»Gar nichts habe ich«, widersprach Leopold. »Wie kommst du auf so etwas? Hast du mit Thomas gestritten?«

»Viel schlimmer«, ärgerte sich Sabine. »Da! Schau!«
Sie hielt Leopold ihr Handy mit Korbers Mail vor die Nase. Ihm wurde ganz schwummrig beim Betrachten der kleinen Schrift auf dem Bildschirm. »Ich kann das nicht entziffern«, bedauerte er. »Hast du es auch in Papierform?«

Sabine schüttelte den Kopf. »Papilein, Papilein«, murmelte sie vorwurfsvoll. »Wann wirst du dich endlich an die heute üblichen Formen der Kommunikation gewöhnen?« Dann ging sie ganz nahe an ihn heran und hauchte ihm den Inhalt der Mail ins Ohr. »Ist das nicht schauderhaft?«, fragte sie zum Abschluss.

»Thomas war sicher betrunken, als er das geschrieben hat«, stellte Leopold fest.

»Du suchst schon wieder nach einer Ausrede, um ihm zu helfen«, ließ Sabine das nicht gelten. »Woher willst du das wissen? Er hat das nicht spät in der Nacht geschrieben, sondern vorhin. Es klingt recht selbstsicher, überzeugt und – beleidigend.«

»Eben deswegen! Im nüchternen Zustand würde sich Thomas gar nicht trauen, sich dir gegenüber so auszudrücken.«

»Aber woher hat er es erfahren, wenn du es nicht warst?«

»Von Silvana Rusek«, setzte Leopold seiner Tochter auseinander. »Am Nachmittag ist er sicher zu ihr gegangen. Sie nützt seine Sentimentalität derzeit weidlich aus. Also hat sie ihn gegen dich aufgebracht, um ihn für sich zu gewinnen. So einfach ist das!«

»Dieses Biest! Ich kratze ihr die Augen aus«, ließ Sabine ihrem Zorn freien Lauf.

»Langsam, langsam«, versuchte Leopold, sie wieder auf Normaltemperatur zu bringen. »Sie kommt schon noch in meine Gasse. Leider ist mein Vorhaben, meinen Besuch bei dieser Dame mit eurer Hilfe vorzubereiten, kläglich gescheitert. Du wolltest nicht, und Thomas hat sich wieder einmal verführen lassen.«

»Der Depp«, rutschte es Sabine heraus.

»Vernehme ich etwa das aus deinem Munde, was ich mir schon länger denke, nämlich dass du Gefühle für ihn hegst?«, stellte Leopold sie zur Rede.

»Wir sind Freunde«, antwortete Sabine knapp.

»Wie gute Freunde?«, ließ Leopold nicht locker.

»Wir haben nichts miteinander.«

»Aber?«

»Kein Aber.« Als ihr Vater sie daraufhin unbarmherzig mit seinen Augen fixierte, ergänzte Sabine dann doch: »Es ist natürlich anders als bei einer Jungen- oder Mädchenfreundschaft. Man fühlt sich vielleicht manchmal … also spontan … in Ausnahmesituationen … auch körperlich angezogen. Aber es ist nicht so, wie du denkst.«

»Also zumindest zeitweise recht intensiv«, versuchte Leopold, es für sich in Worte zu fassen.

Sabine seufzte, bevor sie ihrem Bedürfnis nachgab, ihre Seele ein wenig zu erleichtern. »Ich habe Thomas falsch eingeschätzt«, räumte sie ein. »Anfangs war er für mich eine Stütze. Ich möchte ja Lehrerin werden, und da hatte ich in ihm ein großes Vorbild. An den Altersunterschied dachte ich zunächst gar nicht. Dann merkte ich, dass er keinen großen Plan für sein weiteres Leben hat und oft nicht weiß, was er will. Das hat uns ebenfalls verbunden, denn mir geht's genauso. Nach und nach kam ich hinter seine Schwächen, den Alkohol, sein Selbstmitleid und seine haarsträubenden Weibergeschichten. Richtig kindisch ist er da manchmal. Gleichzeitig wirkt er dadurch wieder jünger, anstrengend und zugleich … ach, was weiß denn ich!«

»Eine Beziehung bahnt sich also eher zwischen dir und Felix an«, tastete Leopold sich weiter vor.

»Das ist noch lange nicht heraußen«, ließ sich Sabine nicht festlegen. »Felix ist schrecklich um mich bemüht, so sehr, dass ich mich einerseits frage, ob es mir auf Dauer nicht gewaltig auf den Nerv gehen würde. Andererseits ist es genau das, was ich an Thomas vermisse. Wenn er einen Blödsinn macht, sieht er es zwar nachher ein, versteht, dass ich böse bin und meine eigenen Wege gehe. Aber er bemüht sich nicht, irgendetwas auszubessern oder wiedergutzumachen.«

»Wenn die Sache so steht, verstehe ich nicht, warum du so mit Silvana Rusek übers Kreuz bist«, wandte Leopold ein.

»Es geht nicht nur um Thomas«, beeilte sich Sabine zu sagen. »Sie macht mich dafür verantwortlich, dass es zwischen ihr und Felix aus ist, und verbreitet böse Dinge über mich. Dabei ist sie selbst an allem schuld. Für sie war immer selbstverständlich, was Felix für sie getan hat, sogar, dass er ihr die Arbeit bei Elvira Achleitner verschafft hat. Dabei hätte sie sich keinen besseren Job neben ihrem Studium wünschen können. Die alte Frau war angeblich sehr großzügig und …«

»Moment einmal«, fuhr Leopold ihr ins Wort. »Willst du etwa behaupten, Silvana hat ihre Tätigkeit dort von Felix Hirsch vermittelt bekommen?«

»Klar! Ich dachte, du weißt das schon«, antwortete Sabine.

»Woher denn? Offenbar erfahre ich die interessantesten Dinge nur durch Zufall«, beschwerte Leopold sich. »Wie hat er das denn gemacht? Über eine Vermittlung?«

»Aber nein! Er hat diese Frau doch gekannt«, teilte Sabine ihm mit. »Besser gesagt, seine Eltern haben sie gekannt. Besser gesagt, sein Vater. Seine Mutter ist schon tot.«

Leopold war sofort Feuer und Flamme. »Ich muss mit ihm und seinem Vater sprechen, am besten gleich morgen Nachmittag oder Abend. Bitte arrangiere das! Es ist wichtig«, drängte er.

»Das ist eine blöde Situation für mich«, entgegnete Sabine. »Wenn er das für mich tut, habe ich das Gefühl, ich bin ihm etwas schuldig. Das passt mir zum jetzigen Zeitpunkt gar nicht.«

»Eine schöne Tochter habe ich da in die Welt gesetzt«, ärgerte sich Leopold. »Sie kennt zwar lauter Leute, die der Schlüssel zur Lösung des Falles sein könnten, verweigert mir aber jede noch so kleine Unterstützung. Ist es wegen Thomas?«

»Nein! Ich möchte mir bloß sämtliche Möglichkeiten offen lassen«, behauptete Sabine.

»Er hat die Mail an dich unter dem schlechten Einfluss des Alkohols und einer rachsüchtigen Frau geschrieben.«

»Gerade dann sollte ich mich zurückhalten und es nicht tun.«

»Hier geht es um zwei Morde, das ist jetzt vorrangig«, gab ihr Leopold zu verstehen. »Später helfe ich dir schon, alles in Ordnung zu bringen.«

»Du mischst dich da überhaupt nicht ein«, kam sofort Sabines Veto. »Du hast keine Ahnung, was ich überhaupt will.«

Du weißt es auch nicht, dachte Leopold bei sich. In dieser Hinsicht hast du wirklich meine Gene. In deinem Alter hatte ich jeden Tag eine andere Vorstellung vom Leben. Dann bekam ich Gott sei Dank meine Anstellung im *Café Heller*. Und Jahre später Erika. Schön langsam ist mir bewusst, wo ich hingehöre.

»Erledige das bitte trotzdem«, ersuchte er Sabine.

»Ich kann ja einmal schauen, ob es leicht geht«, lenkte sie ein.

Die Gäste riefen nach Leopold. Sabine verabschiedete sich von ihm mit einem flüchtigen Wangenkuss.

Sie würde sich darum kümmern, dessen war sich Leopold sicher. Auch in dieser Hinsicht hatte Sabine seine Gene. Sie maunzte, protestierte und tat es dann trotzdem. Ihr Liebesleben würde dadurch nicht allzu sehr betroffen sein. Sie hatte zwar gesagt, sie wolle sich alles offen lassen, aber ein wenig vorher war sie fest entschlossen gewesen, Silvana Rusek die Augen auszukratzen. Damit hatte sie unbewusst die Richtung angezeigt, in die es gehen sollte. Wenn er sich nicht zu dumm anstellte, hatte Thomas Korber also durchaus noch eine Chance.

KAPITEL 11

Claudia Safraneks Wohnung war die kleinste und unge-
mütlichste der drei Freundinnen. Trotzdem trafen Ruth
Klett und Sieglinde Hollaus sich dort mit ihr, wenn sie
kurzfristig etwas besprechen wollten. Warum das so war,
wusste keine von den Dreien zu sagen. Die Luft im um
diese Jahreszeit überheizten Wohnzimmer war stickig, die
Auswahl an Getränken gering und Claudias Kochkünste
derart mangelhaft, dass Ruth oder Sieglinde Kuchen, Stru-
del oder Salat mitbrachten. Aber wenn eine Versammlung
ausstand, ging es automatisch zu Claudia in die Schenkendorfgasse.

Auch jetzt saßen sie um den runden Tisch, auf den von
der Decke ein schwaches Licht hinunterstrahlte. Claudia
machte ein paar Bissen von Sieglindes Apfelkuchen, um
zu testen, ob sie so etwas jemals zusammenbringen würde.
Sie nickte anerkennend, woraufhin Sieglinde sie auffor-
derte, noch ein Stück zu nehmen. Ruth Klett schaute den
beiden eine Weile zu. Dann klopfte sie dreimal auf die
Tischplatte, was bedeutete, dass jetzt Schluss mit allen
Nebensächlichkeiten war.

»Wir wollen nicht ewig hier rumsitzen«, rief sie die
anderen zur Ordnung. »Kommen wir zur Sache! Es gibt
Kritik an meiner Vorgehensweise?«

»Nun ja, ich meinte nur, es könnte doch riskant sein,
diesen Ober ...«, kam es zögernd von Claudia Safranek.

»Was ich tue, ist wohlüberlegt«, fuhr Ruth Klett gleich

dazwischen. »Das solltet ihr wissen. Außerdem halte ich es für äußerst bedenklich, wenn die Einwände erst kommen, nachdem man etwas in die Wege geleitet hat.«

»Ihr wart so überzeugend, Harald und du«, verteidigte Claudia sich. »Trotzdem mache ich mir Sorgen.«

»Ich denke, wir können uns auf Ruth verlassen«, warf Sieglinde Hollaus ein und wischte sich dabei ein paar Kuchenbrösel vom Mund.

»Ich beschäftige mich schon lange genug mit Kriminalliteratur, um in solchen Dingen die richtige Entscheidung zu treffen«, versicherte Ruth Klett. »Der Oberkellner wird uns auf dem Laufenden halten, das ist wichtig. Wir brauchen die Informationen. Alles, was hinter unserem Rücken geschieht, ist gefährlich für uns.«

»Gibt es das Testament eigentlich wirklich?« Claudia Safranek stellte diese Frage beinahe piepsend.

»Wenn du schon nicht aufgepasst hast, dann denk wenigstens nach«, herrschte Ruth Klett sie an. »Es war schon immer Elviras Wille, uns Anteil an ihren bescheidenen Ersparnissen haben zu lassen, wenn sie einmal nicht mehr ist. Wir waren die einzigen Gefährtinnen, die sie noch hatte. Leider haben ihr in letzter Zeit einige Leute den Kopf verdreht – ihre Betreuerin Silvana und ganz zum Schluss auch noch dieser aufdringliche Student. Deshalb müssen wir erst einmal sichergehen, dass es keine unerfreulichen Wendungen gibt.«

»Ich fürchte nur, dass etwas herauskommt, das uns ins Unglück stürzt«, klagte Claudia.

»Ich habe dir gesagt, Claudia ist unsere Schwachstelle«, wandte sich Sieglinde Hollaus besorgt an Ruth Klett.

»Lass nur! Ihr bleibt nichts anderes übrig, als mit uns mitzumachen«, versetzte Ruth. »Sie will doch das Geld genauso wie wir. Und allein wird sie zu nichts kommen. Wir sind ihre einzige Chance. Also wird sie jammern, aber jeden Schritt gemeinsam mit uns gehen.«

Claudia Safranek schwieg nun zum Zeichen, dass sie vorerst keine weiteren Einwände hatte.

»Es ist noch lange nicht durchgestanden«, kämpfte Ruth Klett darum, ihre Mitstreiterinnen zu überzeugen. »Der gefährliche junge Mann, von dem man schon beinahe befürchten musste, Elvira würde sich in ihn verlieben, ist zwar aus dem Weg geräumt, aber wir sollten Silvana nicht vergessen. Elvira wurde von ihr täglich bearbeitet. Wer sagt, dass sie sich nicht doch in letzter Minute für sie entschieden hat? Der Oberkellner wird die Sache deshalb für uns prüfen. Ich bin sicher, wir bekommen dadurch rasch konkrete Ergebnisse und können unsere weitere Vorgangsweise rechtzeitig festlegen.«

»Bravo!«, applaudierte Sieglinde Hollaus. Claudia sagte weiterhin kein Wort.

»Die Sache hat einen weiteren Vorteil«, fuhr Ruth fort. »Wir können ihn durch gezielte Informationshäppchen ablenken, ehe er für uns gefährlich wird.«

»Wir haben kein Geld, um ihn zu ködern. Wie ernst wird er unsere Angelegenheit nehmen?«, sorgte sich Sieglinde Hollaus plötzlich.

»Darüber mach dir keine Gedanken«, beruhigte Ruth sie. »Er ist neugierig, das nützen wir aus. Wenn wir so tun, als hätten wir etwas Wichtiges für ihn, ist ihm das viel lieber. Natürlich müssen wir dranbleiben. Aber glaubt mir, es wird alles gutgehen.«

»Und wenn Arnold, Elviras Ehemann, noch lebt und zurückkommt? Wer weiß, ob er tatsächlich von ihr geschieden wurde«, meldete sich Claudia noch einmal zaghaft zu Wort.

»Wir sollten nicht unnötig theoretisieren, sondern den Dingen ins Auge sehen, wenn sie für uns relevant werden«, schärfte Ruth Klett ihr ein. »Ich bin davon überzeugt, dass man uns von anderer Seite übers Ohr hauen will oder sogar schon übervorteilt hat. Aber wenn wir uns zusammenreißen, werden wir auch diese Hürde nehmen. Drei Dinge sind wichtig: Zusammenhalt, Vertrauen und Entschlossenheit. Um die bitte ich euch jetzt.«

Claudia und Sieglinde deuteten mit einem Nicken ihr Einverständnis an. Damit war das Treffen beendet.

*

Es war einer jener Abende, an denen sich das *Café Heller* schneller leerte als sonst. Die Karten- und Billardspieler hatten ihre Partien pünktlich beendet. Die übrigen Gäste zeigten sich nicht in Sitzenbleiberlaune, und es gab auch keine durstigen Besucher, die einem mitunter das Leben schwer machten.

»Wir machen Sperrstunde, Leopold«, sagte Frau Heller deshalb um 20 Minuten vor 24 Uhr zu ihrem Oberkellner.

»Sehr wohl, Frau Sidonie«, zeigte sich Leopold zufrieden. Er war froh, nach diesem ereignisreichen Tag ein wenig früher nach Hause und ins Bett zu kommen. Er kassierte fertig ab, reinigte den Überzug der Billardtische mit einem kleinen Handsauger und ging sich dann umziehen.

Als er zurückkam, um sich zu verabschieden, stellte sich ihm Frau Heller jedoch in den Weg. »Hiergeblieben«, befahl sie ihm schroff.

»Aber Frau Sidonie! Wir haben doch gerade zugesperrt. Ich möchte nach Hause«, bemerkte Leopold irritiert.

»Nichts da«, schleuderte ihm Frau Heller ins Gesicht. »Sie haben sich vorhin geweigert, sich auch nur ein klitzekleines bisschen von dem anzuhören, was ich Ihnen über die ersten romantischen Begegnungen mit meinem Heinrich erzählen wollte. Stattdessen haben Sie mir unnötige Fragen zu dem Mordfall gestellt. Nicht einmal sooo viel Interesse haben Sie gezeigt.« Sie deutete mit einem winzigen Zwischenraum zwischen der Spitze ihres Daumens und Zeigefingers an, was sie meinte.

»Ich wollte doch nur, dass …«, setzte Leopold zu seiner Verteidigung an. Aber er kam nicht weit.

»Nichts da«, fauchte Frau Heller erneut. »Für eine Entschuldigung für dieses anmaßende Verhalten ist es zu spät. Sie werden sich eben jetzt die Zeit nehmen müssen.«

»Vielleicht ein andermal. Erika wartet zu Hause auf mich«, versuchte Leopold, sie umzustimmen.

Doch unbarmherzig fuhr Frau Heller fort: »Erika? Dass ich nicht lache! Wie oft verspüren Sie denn den Drang, rechtzeitig bei ihr zu Hause zu sein? So gut wie nie! Da gehen Sie lieber noch eine Runde auf Tätersuche. Erst gestern hat sie mir ihr Leid geklagt. Also faseln Sie bitte nichts von lauschigen Stunden daheim. Sie haben Zeit en masse! Und die widmen Sie heute mir und meinen Erinnerungen!«

Leopold registrierte die Entschlossenheit in Frau Hellers Blick. An ein Entkommen war im Augenblick nicht zu denken. Also schien es ihm das Vernünftigste zu sein, nachzugeben und zuzuhören. Wenn er sich ruhig verhielt und interessiert zeigte, würde es vielleicht nicht allzu lange dauern.

»Nehmen Sie sich ein Bier, und mir schenken Sie ein Achtel vom Weißwein ein«, ordnete Frau Heller an. »Wir machen es uns gemütlich.«

Während Leopold die Getränke einschenkte, knipste sie die kleine Lampe über dem Haustisch an und drehte die übrige Lokalbeleuchtung ab. Dann zündete sie sich eine Zigarette an. »Schauen Sie mich nicht so an, wir sind jetzt privat. Da kann ich rauchen, so viel ich will«, teilte sie Leopold mit und gebot ihm, sich zu ihr zu setzen. »Glauben Sie an Liebe auf den ersten Blick?«, fragte sie ihn dann.

»Diese Phrase wird häufig zu Unrecht strapaziert«, wandte Leopold ein. »Was mich und Erika betrifft: Bei unserer ersten Begegnung benötigte sie meine Hilfe. Sie war mir gleich sympathisch, aber gefunkt hat es erst später.«

»Weil Sie ein völlig unromantischer Mensch sind«, hielt Frau Heller ihm vor. »In Ihrem Innersten sind Sie dem großen Gefühl ausgewichen. Sie haben es nicht über sich ergehen lassen. Aber gerade das ist das Schöne: den Boden unter den Füßen zu verlieren und zu vergessen, welcher Tag gerade ist.«

»Unsere erste Begegnung war an einem 3. November. Das feiern wir heute noch«, vermeldete Leopold stolz.

»Zahlen, Daten, Firlefanz«, tat Frau Heller seine Bemerkung mit einer geringschätzigen Handbewegung ab und blies ihren Zigarettenrauch in die seit Jahren zwangsweise von ihm gesäuberte Kaffeehausluft. »Um etwas zu empfinden, muss man das Hirn ausschalten. Das haben Sie sich offenbar nicht getraut. Hören Sie mir genau zu, damit Sie wenigstens eine kleine Vorstellung davon bekommen, was sich in einem abspielt, wenn man sich einfach nur hingibt.«

Sie begann zu erzählen, wie es zum ersten Rendezvous

mit ihrem Heinrich gekommen war, nachdem sie schon seit geraumer Zeit ein Auge auf ihn geworfen hatte. Dabei verlor sie sich in zahlreichen Nebensächlichkeiten, sodass sich Leopold schon bald langweilte und seinen eigenen Gedanken nachhing. Dass er nicht zu den romantischen Menschen zählte, war ihm bewusst. Er hatte es nicht mit dem Schweben, lieber stand er mit beiden Beinen fest auf der Erde. Aber war das so schlecht? Vielleicht hatte er dadurch manch Abenteuer versäumt, andererseits hatte es ihm geholfen, stets einen klaren Blick auf die wichtigen Dinge zu bewahren.

Seine Chefin, Frau Heller, idealisierte im Augenblick die sich anbahnende Beziehung zwischen Klaus Kastner und Inga Badura. Sie sah in den beiden ein verliebtes Pärchen, das zaghaft aufeinander zuging, nachdem es bisher durch das Schicksal in Gestalt von Erwin Lamprecht daran gehindert worden war. Dass sich die Situation für die beiden nur deshalb so darstellte, weil Lamprecht ins Gras gebissen hatte, entging ihren träumerischen Vorstellungen. Genau da musste man aber als vernünftiger Mensch einhaken. Denn da war von großer Liebe keine Spur. Vielmehr handelte es sich um das Ergreifen einer günstigen Gelegenheit durch Inga. Wahrscheinlich waren sie und Lamprecht einander schon einige Zeit auf die Nerven gegangen. Dann war Klaus Kastner gekommen, und Inga hatte Gefühle für ihn entwickelt, aber nicht aus irgendwelchen Sentimentalitäten heraus, sondern weil sie aus ihrer verfahrenen Situation herauswollte. Der frühere Partner stellte nur mehr ein Hindernis dar, das beseitigt werden musste – notfalls mit Gewalt.

Es galt, bei Beziehungen auf solche Dinge zu achten, anstatt sich platten Gefühlsduseleien hinzugeben. Natürlich konnte man auch dem Liebesverhältnis zwischen Silvana Rusek und Felix Hirsch und seinem vermeintlich tragischen Ende romantische Aspekte abgewinnen. Aber hatte da wirklich noch einer für den anderen etwas übrig gehabt? Waren nicht Silvanas Zorn und Hass vielmehr eine Fixierung auf etwas, das sie haben wollte, eben weil sie es nicht mehr haben konnte? Sollte sie Felix jemals wieder in ihren Armen halten, dann würde es wohl nur einen Augenblick dauern, bis sie merkte, dass er ihr nichts mehr bedeutete. Und aus welchem Grund hatte er ihr den Job bei Elvira Achleitner verschafft? Um ihr eine Freude zu bereiten und sich einen Platz in ihrem Herzen zu sichern? Wohl nicht. Eher handelte es sich um eine Art erbrachte Leistung, die er später anführen konnte, um ohne schlechtes Gewissen von ihr wegzukommen. Oder steckte etwas ganz anderes dahinter, etwas, das sogar in Verbindung mit Elviras Tod stand? Das waren die wichtigen Zusammenhänge, die man nicht übersehen durfte.

»Sie hören mir nicht zu«, riss ihn Frau Heller unsanft aus seinen Kombinationen.

»Doch, doch«, versicherte Leopold.

»Dann sagen Sie mir, wo mein Heinrich und ich nach dem Kino waren«, forschte Frau Heller streng.

»Gerade das habe ich vorhin nicht verstanden. Sie haben so genuschelt«, gab Leopold an.

»Ich habe laut und deutlich geredet wie immer«, stellte Frau Heller klar. »Spitzen Sie gefälligst Ihre Ohren! Wir wollten, wie gesagt, an diesem lauschigen Maiabend noch einen kleinen Spaziergang im nahe gelegenen Wasserpark machen. Was konnte es Schöneres geben, als eingehängt Seite an Seite neben der Alten Donau zu lustwandeln und über den Film und andere Dinge zu plaudern. Die Grillen haben gezirpt und die Blätter in den Baumkronen leise geraschelt. Die Zeit ist wie im Flug vergangen. Plötzlich sind wir auf einem Bankerl gesessen, niemand war mehr um uns herum, und wir hatten das Gefühl, als gehöre uns die ganze Welt.«

Während sich Frau Heller, genüsslich in ihren Erinnerungen schwelgend, eine weitere Zigarette anzündete, kämpfte Leopold mit dem Schlaf. Bei diesem Erzähltempo würde es sicher bis 5 Uhr in der Früh dauern, bis er ins Bett kam. Dabei hatte er am Vormittag schon wieder Dienst. Er konzentrierte sich darauf, abwechselnd einmal das linke, dann wieder das rechte Auge offenzuhalten. Langsam wurde auch sein rechter Fuß taub. Das Nächste, was er mitbekam, war, dass sich Herr Heller zu ihnen gesellt hatte. Er hatte sich offenbar Sorgen um seine Frau gemacht und war herunter nachschauen gekommen.

»Du hast mich nie mehr so leidenschaftlich geküsst wie damals«, schwärmte Frau Heller ihrem gähnenden Mann vor. »Mit deinen Händen bist du dabei zu allen möglichen Stellen vorgedrungen, wo es sich nicht schickt, aber ich war wie in Trance und habe vergessen, dir auf die Finger zu klopfen. Wir haben keine Worte gebraucht, nur Blicke, Berührungen und unseren gegenseitigen Atem.«

»Es war eine schöne Nacht«, befand Herr Heller.

»Diese Nacht war einzigartig und der Beginn unserer großen Liebe«, erinnerte sich Frau Heller verklärt an die alten Zeiten.

»Auch wenn sich Moritz Bäcker zwischendurch um dich bemüht hat«, erwähnte Herr Heller mit erhobenem Zeigefinger.

»Der hat doch nur jemanden für sein Kaffeehaus gesucht«, reagierte Frau Heller scharfzüngig auf diese

Bemerkung. »Nein, nein, als ich damals so hilflos in deinen Armen gelegen bin, habe ich intensiv gespürt, dass wir füreinander bestimmt sind. Und du doch auch, oder?«

»Natürlich! Sonst hätte ich doch nicht das Herz mit unseren beiden Namen in den Baum geritzt«, machte sie Herr Heller aufmerksam.

»Es hat damals ein Platzerl im Wasserpark gegeben, wo das viele verliebte Pärchen unterschiedlichen Alters gemacht haben, Leopold«, wandte sich Frau Heller nun wieder an ihren Oberkellner. »Sagen Sie, passen Sie überhaupt auf?«

»Selbstverständlich, Frau Sidonie«, beeilte Leopold sich zu sagen. »Das erinnert mich an das G'schichtl vom Rebernig Loisl. Der hat seine Herzerln auf Bäumen in ganz Floridsdorf und Umgebung verteilt. Und zu jedem Herzerl hat er eine andere Braut gehabt. Lois und Marie, Lois und Inge, Lois und Karin und so weiter. Er hat einmal gemeint, wenn es mit einer halbwegs ernst war, ist er beim Ritzen um einen halben Millimeter tiefer gegangen. Sonst hat das für ihn eher dokumentarischen Wert gehabt, so wie wenn man die Fotos von seinen Geliebten in ein Album einklebt und Hakerln daneben hinmacht. Zu der, die er geheiratet hat, gibt es übrigens kein Herz. Er hat nämlich nicht im Traum damit gerechnet, dass er mit dieser Frau jemals etwas haben würde, und als es die beiden einmal im Freien überkommen ist, hat er kein Messer dabei gehabt. Naja, und später war er dann abergläubisch und hat gemeint, mit einem Herzerl würde er sich nur alles kaputtmachen. Seine Frau, die Ulli, hat dafür zwei Kaffeehäferln mit groß aufgedruckten roten Herzen gekauft. Seither leben sie glücklich und zufrieden zusammen, wenn sie nicht gestorben sind.«

Frau Heller wurde es zu bunt. Sie schlug mit der flachen Hand auf den Tisch. »Hören Sie bloß mit Ihren G'schichtln auf, Leopold«, warnte sie ihn. »Mir ist nicht zum Spaßen zumute. Das ist doch alles erstunken und erlogen.«

»Fragen Sie den Loisl doch selbst«, wehrte sich Leopold gegen diese Anschuldigungen. »Ich gebe Ihnen gern seine Kontaktdaten. Er ist jetzt schon über 80, aber immer noch gut drauf. Und von den Kaffeehäferln gibt's ein schönes Foto im Internet.«

»Sagen Sie bloß, Sie hätten auf einmal das Internet für sich entdeckt«, lästerte Frau Heller. »Auf jeden Fall haben Sie es geschafft, mir meine gute Laune gründlich zu verderben. Ich bin müde und möchte in mein Bett. Komm, Heinrich!«

So leicht ihr vorher alles noch erschienen war, so schwerfällig erhob sich Frau Heller von ihrem Sitz. Noch einmal warf sie Leopold einen vernichtenden Blick zu. »Glauben Sie ja nicht, dass Sie mir so davonkommen«, drohte sie ihm. »Ich hatte gehofft, Ihnen mit meiner Schilderung zu einer etwas romantischeren Weltanschauung zu verhelfen, schon wegen Erika. Es ist mir leider nicht gelungen. Aber aufgeschoben ist nicht aufgehoben! Sie werden um eine weitere nächtliche Lektion nicht herumkommen. Diesmal werde ich Sie zu den Originalschauplätzen im Wasserpark führen. Für heute können Sie gehen. Vergessen Sie nicht, alles ordnungsgemäß abzuschließen!«

Mit diesen Worten ließ das Ehepaar Heller Leopold am Haustisch zurück. Ein letztes kleines Rauchwölkchen von Frau Hellers Zigarette stieg aus dem Aschenbecher und schlich sich in seine Nase, sodass er niesen musste. Im schwachen Licht der Tischlampe las er eine SMS von

Erika: *Hattest du so lange Dienst, oder jagst du schon wie-*
der einem Verbrecher hinterher, Schnucki? Kann mich
jedenfalls nicht länger wachhalten und lege mich nieder.
Teller mit kleinem Aufschnitt befindet sich im Kühlschrank.
Komm bald, aber weck mich bitte nicht auf! Bussi, Erika.

Somit war das bisschen Romantik, auf das Leopold im
Stillen noch für sich gehofft hatte, auch im Eimer.

KAPITEL 12

Freitag, 18. März, Vormittag

Erika schlummerte, als Leopold nach Hause kam, und sie schlummerte auch noch, als er in aller Eile wieder aufstand, um seinen Dienst im *Café Heller* anzutreten. Diesmal kam er nicht einmal dazu, frisches Gebäck für sie zu holen, weil er beinahe verschlafen hätte. Er musste noch früher im Kaffeehaus sein als sonst, um wegen Frau Hellers Zigarettenexzess ordentlich zu lüften. Dazu stand ihm nur ein Fenster zur Verfügung, und zwar ganz hinten bei den Kartentischen, wo ein Podium als kleine Bühne für Veranstaltungen diente. Zum Glück hatte sich über die Jahre eine gesunde Portion Rauch in den Tapeten und Vorhängen festgesetzt, sodass die Gäste an gewisse Irritationen der Atemwege gewöhnt waren. Wenn gleich ein paar Kaffeetrinker kamen und die Espressomaschine arbeitete, pendelte sich ohnehin alles wieder auf die gewohnte olfaktorische Note ein.

Von Herrn und Frau Heller war während Leopolds erster Arbeitsstunden nichts zu sehen. Wäre er ein klassenbewusster Mensch gewesen, hätte er das als Ausbeutung bezeichnet und sich kollektiven Maßnahmen zu ihrer Bekämpfung angeschlossen. So aber dachte er sich im Stillen: Chefleute sind auch nur Menschen. Menschen, die wieder einmal in meine Gasse kommen. Und dann geschieht alles so, wie ich es will.

Er ging seine Arbeit hurtig an, und die Zeit verging wie im Fluge. Bald war die Mitte des Vormittags erreicht, und plötzlich stand Gertraud Bienert vor ihm. »Herr Professor Korber hat mich zu Ihnen geschickt«, ließ sie ihn wissen.

»Sind Sie da nicht ein wenig früh dran? Sie haben doch noch Schule«, erkundigte sich Leopold.

»Wir haben jetzt Mathe, und das ist fad«, setzte Gerti ihm auseinander. »Drum habe ich einfach gesagt, dass ich wegen einer polizeilichen Auskunft zum Herrn Oberkellner Leopold ins *Café Heller* muss. Das geht immer. Sie haben in unserer Schule schon einen gewissen Ruf.«

Leopold fühlte sich geehrt, gab Gerti aber streng zu verstehen: »Das hätte später doch auch noch Zeit gehabt.«

»Ich habe mir halt gedacht, ich komme gleich«, erklärte sie. »Allerdings ist mir nicht klar, wie ich helfen kann. Den Toten habe ich kaum gekannt, und zu Simon Jung fällt mir auch nicht viel ein.«

»Langsam, langsam, Sie werden sofort alles verstehen! Sie sitzen für Herrn Jung Modell?«

»Ist das etwas Verwerfliches?«, reagierte Gerti mit gespielter Gereiztheit.

»Sie kennen ja die Leute«, merkte Leopold an. »Sobald sich eine junge Frau vor einem Mann auszieht, ist sie ihrer Meinung nach auch schon zu ihm ins Bett gehüpft. Und ihr guter Ruf ist schneller beim Teufel, als man glaubt.«

»Das ist mir wurscht«, betonte Gerti. »Ich habe sowieso keinen Einfluss darauf, was die Leute denken. Ein paar Eltern sind halt schockiert, wenn sie hören, dass ich nackt Modell sitze. Und einige meiner Mitschülerinnen sind bloß neidisch, weil Simon mich dafür ausgesucht hat und nicht sie.« Ihr Gesicht zeigte den Stolz einer jungen Frau, die auserwählt worden war, obwohl ihr einiges zur Idealfigur fehlte.

»Sind die bösen Hintergedanken tatsächlich unbegründet?«

»Natürlich! Dabei geht es doch nur darum, Simon schlechtzumachen.«

»Und wie verhält er sich bei anderen, vielleicht jüngeren Mädchen?«

»Ich weiß es natürlich nicht genau, aber ich nehme an, ebenso.«

Hier hakte Leopold ein. »Ich sage Ihnen jetzt einmal, was ich denke«, legte er los. »Meiner Meinung nach hatten Sie sehr wohl Informationen darüber, dass sich Herr Jung mit ihnen auf etwas einließ, und haben diese an Erwin Lamprecht weitergegeben. Und der hat Jung damit dann so gehörig unter Druck gesetzt, dass er von ihm umgebracht wurde.«

»Das ist nicht wahr«, protestierte Gerti. »Wie schon gesagt, kannte ich Erwin kaum. Wir haben nie über solche Dinge gesprochen.«

»Ach so? Über welche Dinge haben Sie dann mit ihm gesprochen? Über sehr persönliche, die Sie betrafen? Mit denen er Ihnen in den Rücken gefallen ist?«

Gertraud Bienert lief puterrot im Gesicht an. Es war klar ersichtlich, dass Leopold sie auf dem falschen Fuß erwischt hatte. »Dazu muss ich Ihnen nichts sagen«, antwortete sie mit zusammengebissenen Zähnen.

»Das klingt so, als hätte ich recht«, fühlte sich Leopold bestätigt. »Ich habe nämlich den Eindruck, dass es Lamprecht große Freude bereitete, jungen Frauen wie Ihnen etwas herauszulocken, das sie nachher bereut haben, und sie damit zu quälen. Was, wenn so eine Frau aus Wut über ihre Hilflosigkeit den Kopf verliert und ihn ermordet? Kurz vor seinem Tod hat er angeblich noch in *Rüdigers Beisl* mit einem weiblichen Wesen in Ihrem Alter heftig gestritten.«

»Was reden Sie da?«, platzte es aus Gerti heraus. »Ich dachte, Sie würden mir ein paar Fragen stellen, die Ihnen weiterhelfen sollten. Und jetzt verdächtigen Sie mich auf einmal des Mordes?«

»Das muss ich aufgrund meiner bisherigen Informationen leider tun«, bedauerte Leopold. »Wenn Sie mir mehr über Ihr Verhältnis zu Lamprecht und das, was Sie ihm über sich verraten haben, mitteilen würden, stünden Sie vielleicht in einem besseren Licht da.«

»Von mir erfahren Sie kein Wort«, blieb Gerti stur.

»Hören Sie einmal zu! Ich frage Sie als Privatperson«, drangsalierte Leopold sie. »Auch wenn es um etwas Vertrauliches geht, sollten Sie es mich deshalb wissen lassen. Da wir es hier mit einem Mord zu tun haben, wird es Ihnen wohl nicht erspart bleiben, früher oder später darüber zu reden. Und wenn einmal die Polizei kommt, wird es viel unangenehmer.«

Gerti zögerte. Im selben Augenblick kam Simon Jung zur Tür herein. Sie fiel ihm um den Hals und schluchzte: »Oh bitte, bitte, rette mich!«

»Was ist hier los? Eine peinliche Befragung?«, attackierte Jung, der die Situation gleich erfasste, Leopold kurzerhand. »Lassen Sie die Kleine in Ruhe!«

»Es wäre aber notwendig zu erfahren, was zwischen ihr und Lamprecht vorgefallen ist«, gab Leopold zu bedenken. »Je länger sie darüber schweigt, desto verdächtiger wird sie.«

»Ich habe doch bereits versucht, Ihnen die Sache klarzumachen«, reagierte Jung gereizt. »Lamprecht hat sich ihr gegenüber mies verhalten. Das muss genügen. Schauen Sie sich Gerti einmal genau an! Sie kann keiner Fliege etwas zuleide tun.«

»Ich fürchte, ich benötige detailliertere Angaben«, ließ Leopold nicht locker. »Bei diesen Dingen ist es immer so: je schwammiger die Information, desto mehr Möglichkeiten der Interpretation, wenn Sie verstehen, was ich meine.«

»Ist schon klar, jaja!« Jung kratzte sich am Kinn. Er grübelte. »Komm, sagen wir's ihm«, wandte er sich dann an Gerti. »Es ist doch nichts Schlimmes!«

Gertraud Bienert zuckte mit den Achseln, während sie sich in ein Taschentuch schnäuzte. Schließlich stimmte sie zu. Leopold warf einen Blick in die Runde, ob alle Gäste versorgt waren, dann setzte er sich mit ihr und Jung zu den noch leeren Billardtischen.

»Ich habe Ihnen schon gesagt, dass dieser Halunke wegen seines abgebrochenen Theologiestudiums gern die Rolle eines Beichtvaters eingenommen hat. Kleine Schwächen und Sünden, Träume und Hoffnungen, alles lockte er den Mädels mit dieser Masche heraus«, begann Jung. »Gerti hatte Angst vor einer Beziehung, weil sie Jungfrau war – und noch immer ist.«

Gertraud Bienert seufzte laut hörbar auf.

Jung erzählte weiter: »Sie empfand Sympathien für Lamprecht, und er schmeichelte sich bei ihr ein, ohne etwas von ihr zu wollen. Er tat die ganze Zeit irrsinnig gläubig und moralisch. Da nahm sie ihren Mut zusammen, beichtete, dass sie noch Jungfrau war und fragte ihn, ob ihm das etwas ausmache. Zunächst beruhigte er sie, dass das in ihrem Alter gar nicht so selten sei, und man nach christlicher Vorstellung ohnehin keinen Sex vor der Ehe haben sollte. Später, bei einer Party, plauderte er diese intimen Geständnisse dann zu fortgeschrittener Stunde mit Genuss aus. Die arme Gerti war der allgemeinen Lächerlichkeit preisgegeben. Einer der harmloseren Kommentare war noch, das einzig Straffe an ihrem Körper sei ihr Häutchen.«

»Der gemeine Hund ist sich noch gut dabei vorgekommen«, fauchte Gerti.

»Gott sei Dank hat sie sich mir anvertraut«, äußerte Jung. »Ich habe ihr wieder Mut gemacht. Sie war völlig fertig.«

»Hat sie sich seither von Lamprecht ferngehalten?«, brachte sich Leopold wieder in das Gespräch ein.

»Da eine Aussöhnung unmöglich erschien, war es wohl das Beste«, antwortete Jung.

»Sie weichen mir aus! Hat sie ihn nun noch einmal gesehen oder nicht?«, beharrte Leopold.

Simon Jung und Gertraud Bienert tauschten kurz ein paar Blicke miteinander aus. »Nein«, gab sie mit einiger Verzögerung an. »Natürlich nicht!«

»Auch nicht am Dienstagabend in *Rüdigers Beisl*? Wo waren Sie da überhaupt?«, forschte Leopold weiter.

»Zu Hause«, kam die reflexartige Antwort.

»Gibt es dafür Zeugen? Etwa Ihre Eltern?«

»Nein! Meine Eltern waren im Theater und sind erst spät heimgekommen«, schleuderte Gerti Leopold ins Gesicht. »Aber Sie würden mir auch nicht glauben, wenn sie daheim gewesen wären. Es macht Ihnen Spaß, mich zu verdächtigen, und private Geschichten über mich zu hören. Es reicht mir! Soll die Polizei doch kommen! Ich muss jetzt zurück in die Klasse, sonst versäume ich zu viel.« Und schon war sie fort.

»Sie machen einen großen Fehler, wenn Sie glauben, Gerti oder ich hätten etwas mit dem Mord zu tun«, hielt Jung Leopold vor.

»Einstweilen glaube ich gar nichts«, versicherte Leopold. »Ich sehe nur deutlich, dass zwischen Ihnen und Gertraud Bienert eine stärkere Bindung als die normale Beziehung zwischen Maler und Modell besteht.«

»Ich wüsste nicht, was Sie daran stören sollte«, entgegnete Jung schnippisch. »Wie wir gerade herausgefunden haben, ist bei Gerti noch alles intakt. Unser Verhältnis ist also rein platonisch. Bringen Sie mir bitte einen großen Braunen und lassen Sie mich dann in Frieden.« Er schnappte sich die *Salzburger Nachrichten* und setzte sich auf Kastners üblichen Platz.

Leopold brachte ihm seinen Kaffee und beobachtete ihn nachher noch ein wenig aus den Augenwinkeln. Im Gegensatz zu Gertraud Bienert wirkte er beherrscht, so als ob ihn nicht leicht etwas erschüttern könnte. Dennoch traute Leopold ihm einen Mord eher zu als ihr.

*

Konrad Otto kam schnurstracks zur Tür herein, eilte in Richtung Theke und rief: »Bier!« Leopold wieselte ebenso schnell herbei, füllte ein Krügelglas und stellte es mit einer schönen Schaumkrone vor Otto hin. »Sie beehren uns ja schon wieder, Herr Medizinalrat«, zwinkerte er ihm dabei zu.

»Falls nicht noch etwas Schlimmes passiert, habe ich den Rest des Tages frei«, verkündete Otto. »Trotzdem bitte keine Mitteilung an den Oberinspektor. Er nimmt unseren Beruf viel zu ernst.«

»Selbstverständlich«, versicherte Leopold. »Sie sind also außerdienstlich hier? Nur so zum Spaß?«

»Nicht ganz«, schränkte Otto ein. »Es gab leider zusätzliche Arbeit. Jemand regte an, Elvira Achleitners Leichnam bezüglich eines gewaltsamen Todes zu untersuchen. Ich denke mir immer, das sind Dinge, die nicht sein müssen. Naja, jetzt habe ich mir wenigstens mein Bier verdient.«

»Was ist dabei herausgekommen?«, wollte Leopold wissen.

»Sie müssen das ja fragen, denn Sie sind mehr oder minder für das Ganze verantwortlich.« Aus Konrad Ottos Mund mühte sich ein heiseres Lachen. »Ich bin müde. Vielleicht geht's nach einem Stamperl Schnaps aufs Haus besser.«

»Bitte sehr, bitte gleich!« Leopold schenkte ein wie der Blitz.

Otto legte beide Hände auf die Theke und streckte seinen Körper ein wenig. »Ich habe absolut nichts gefunden, das einen Verdacht erregen könnte«, sagte er langsam und bedeutungsschwer.

»Das gibt's nicht«, ließ Leopold das nicht gelten. »Ich schlage vor, Sie schauen sich die Tote gleich noch einmal an.«

»Halten Sie die Luft an«, wurde Otto ungeduldig. »Die Frau war in einem sehr schlechten körperlichen Zustand. Die Nieren waren angegriffen, in den Arterien lagerte mehr Kalk als in einer Tropfsteinhöhle, und sie hatte bereits zwei Herzinfarkte hinter sich, von denen sie vermutlich nichts mitbekommen hatte. Dazu kam eine schwere Erkältung in ihren letzten Tagen. Eine Hospitalisierung hätte sie unter Umständen noch einmal auf die Beine gebracht, aber sie wollte angeblich keinen Arzt.«

»Hören Sie, gerade medizinisch mehr oder weniger abgeschriebene Menschen erweisen sich oft als überaus zäh«, konterte Leopold. »Zu zäh für Leute, die nur darauf warten, ihre Ersparnisse zu erben. Jemand muss nachgeholfen haben.«

»Im Körper lässt sich jedenfalls nichts nachweisen. Steht alles in meinem Bericht und ist amtlich«, machte Otto kurzen Prozess.

Leopold klammerte sich an ein letztes Fünkchen Hoffnung. »Und wenn jemand … beispielsweise … die Schwäche der alten Frau ausgenützt hat, um sie … beispielsweise … mit einem Kissen ins Jenseits zu befördern? Ganz sanft und schnell?«, mutmaßte er.

Wieder lachte Otto kurz heiser auf. »Es herrscht die allgemeine Vorstellung, dass man jemanden, vor allem, wenn die Person schon alt und nicht mehr in Bestform ist, ohne viel Mühe auf diese Art und Weise aus der Welt schaffen könnte. Daran ist wohl das Fernsehen schuld. Ständig werden Krimiserien gezeigt, in denen jemand auf die Schnelle so ermordet wird. Polster drauf, ein paarmal fest gedrückt, das Opfer fuchtelt hilflos mit den Händen und bringt gerade noch einen erstickten Schrei zustande. Tod in zehn Sekunden. Aber warum ist das so? Weil in dem Film nicht mehr Zeit dafür bleibt. Normalerweise leisten auch schwächere Menschen noch eine hübsche Portion Gegenwehr. Es geht schließlich ums eigene Leben, oder? Und deshalb ist auch diese Art von Mord mit einer gewissen Anstrengung verbunden.«

»Heißt das, dass es eine Frau als Täterin schwerer hat, als man erwartet?«, fragte Leopold unschuldig. Otto stellte ihm das leere Stamperl hin. Er füllte es nach.

»Das heißt vor allem, es ist eine Mär, dass diese Form des Umbringens spurlos am Opfer vorübergeht«, belehrte Otto ihn. »Kratzer, Hämatome, geplatzte Adern in den Augen – irgendetwas davon ist in den meisten Fällen schon von außen zu erkennen. Außer das Opfer wurde vorher betäubt. Das ist hier aber nicht der Fall.«

»Und wenn – nur einmal angenommen – Frau Achleitner tief und fest geschlafen hat?«, gab Leopold nicht auf.

»Was glauben Sie, wie schnell Sie aufwachen, wenn Sie merken, jemand will Sie ins Jenseits befördern«, hielt Otto dem entgegen. »Aber ich will mich mit Ihnen nicht über Kleinigkeiten streiten. Spätestens, wenn Sie die Leiche aufmachen, merken Sie, ob ein von außen herbeigeführter Erstickungstod vorliegt. Das sagt uns – Überraschung! – unter anderem die Lunge.«

»Es besteht also gar keine Hoffnung, dass ...«, begann Leopold beinahe wehmütig.

Otto kippte seinen zweiten Schnaps hinunter. »Ein Rat: Klammern Sie sich nicht an Unmögliches«, gab er als Empfehlung zum Abschied. »Gleichzeitig eine Wiederholung meiner Bitte: Sollte der Oberinspektor fragen, ich war nicht hier!« Er schob seine schief sitzende Nickelbrille zurecht. »Was bin ich schuldig?«, erkundigte er sich.

Leopold biss sich auf die Lippen. »Es war mir eine Ehre«, säuselte er, und Otto ging, so gerade er konnte, wieder hinaus.

Seine Besuche hatten sich bisher für Leopold als Verlustgeschäft erwiesen. Doch war ein Informant aus dem

Umfeld von Oberinspektor Juricek, dessen Loyalität sich in Grenzen hielt, eigentlich unbezahlbar.

*

Freitag, 18. März, Mittag und Nachmittag

Gerade als Leopold mit dem Mittagsgericht – Spinatknödel – zwischen den kleinen Kaffeehaustischen hin und her balancierte, läutete sein Handy. Sabine rief an. »Was gibt's?«, fragte er, nachdem er die Teller blitzschnell an der richtigen Adresse abgestellt hatte. »Ich bin gerade im Stress!«

»Du hast mich um etwas gebeten«, erinnerte Sabine ihn. »Aber wenn es dich nicht interessiert, kann ich es auch bleiben lassen.«

»Nein, warte! Es geht um Felix beziehungsweise seinen Vater?« Leopolds Interesse war sofort geweckt.

»Es geht um beide. Und ich muss es mit dir besprechen, sonst hätte ich dir eine SMS geschickt«, seufzte Sabine. »Sie sind einverstanden, dich zu treffen. Allerdings sollen Erika und ich auch dabei sein.«

»Was heißt das? Wozu?«, wunderte sich Leopold. Er befand sich wieder hinter der Theke. Auf der Durchreiche zur kleinen Küche standen die nächsten Teller mit Spinatknödeln.

»Herr Hirsch will uns alle zum Essen einladen«, verkündete Sabine gar nicht glücklich. »Felix lässt ihn offenbar in dem Glauben, dass wir beide ein Paar sind. Deshalb möchte er bei der Gelegenheit die Familie der zukünftigen Braut seines Sohnes kennenlernen.«

Leopold schluckte. »Wie bitte?«

»Das ist gar nicht gut Papa, nicht wahr? Darum möchte ich das auch nicht«, wurde seine Tochter jetzt deutlich. »Es entsteht doch ein völlig falscher Eindruck, wenn wir uns unter diesen Voraussetzungen treffen. Ist es denn wirklich so wichtig?«

Die Spinatknödel dampften. »Da müssen wir durch. Sag mir nur eines: Liebst du diesen Felix, ja oder nein?«, schnarrte Leopold ins Telefon.

»Darüber haben wir doch schon gesprochen«, rief ihm Sabine ins Gedächtnis. »Er ist sehr fürsorglich, und ich glaube, er würde mich rundum verwöhnen. Andererseits habe ich das Gefühl, er will mich in einen goldenen Käfig drängen.«

»Ich brauche eine klare Antwort! Liebst du ihn?«

»Ein bisschen … vielleicht!«

Frau Hellers mahnender Blick fixierte Leopold aus der kleinen Küche. Sie bedeutete ihm, das Gespräch augenblicklich zu beenden. »Dann ist die Sache nicht so schlimm«, redete er mit vorgehaltener Hand ins Telefon. »Wir akzeptieren die Einladung selbstverständlich. Wann und wo soll die Zusammenkunft stattfinden?«

»Beim Italiener gleich bei euch ums Eck, um 20 Uhr«, erteilte Sabine Auskunft. »Zieht euch bitte ein bisschen was Schöneres an. Albert Hirsch, der Vater von Felix, legt auf solche Sachen Wert. Er ist Abteilungsleiter im Finanzministerium.«

»Mach dir keine Sorgen und überlass alles mir. Du wirst sehen, die Dinge werden sich zu deinem Besten entwickeln«, stellte Leopold in Aussicht.

»Versprich mir, dass du dich nicht in meine Angelegenheiten einmischst«, ersuchte ihn Sabine, bei der die Alarmglocken läuteten.

»Bis heute Abend. Ich muss jetzt Schluss machen«, brach Leopold die Unterhaltung ab. Ehe Frau Heller etwas sagen konnte, schnappte er sich zwei Teller Spinatknödel. Während er weitere Portionen an die hungrigen Stammgäste verteilte, machte er sich kurz Gedanken zur neuen Situation.

Die Tatsache, dass Elvira Achleitner offenbar eines natürlichen Todes gestorben war, machte ihm zu schaffen. Konnte er weiterhin davon ausgehen, dass eine Verbindung zwischen ihr und dem gewaltsamen Tod von Erwin Lamprecht bestand? Weshalb war Lamprecht bei ihr gewesen, und was war nachher geschehen? Hatten die beiden über die ominöse »Mordgeschichte« gesprochen oder über etwas anderes, das ihn nachher das Leben kostete?

Dazu musste man mehr über diese Frau in Erfahrung bringen, wer sie gewesen war und was sie so getrieben hatte. Und was war mit ihrem Mann? Lebte er noch und hatte er über ihren körperlichen Verfall Bescheid gewusst? War er der Erbberechtigte bei Nichtvorhandensein eines Testaments, oder gab es eine Scheidungsurkunde? War Elviras Wohnung etwa danach so gründlich durchsucht worden?

Fragen über Fragen. Wenn Leopold Glück hatte, würde Albert Hirsch mit einigen Informationen dazu aufwarten. Dafür konnte Sabine schon ein paar Unannehmlichkeiten in Kauf nehmen. Wenn es brenzlig wurde, musste sie der Familie Hirsch eben reinen Wein einschenken, wie sie zu Felix stand.

Frau Heller störte ihn unsanft in seinen Überlegungen. »Schauen Sie nicht ins Narrenkastl, Leopold, dazu ist später auch noch Zeit«, sprach sie ihn an. »Was war das denn für ein Telefonat vorhin?«

»Es handelt sich um eine Familienangelegenheit«, behauptete Leopold leichthin.

»Und das war so wichtig, dass Sie Ihre Arbeit gerade zu Mittag, wo es hoch hergeht, unterbrechen mussten?«, ließ sich Frau Heller damit nicht abspeisen.

»Erika, Sabine und ich haben heute Abend eine kleine Besprechung«, deutete Leopold an.

»So? Davon weiß ich aber nichts«, wunderte sich Frau Heller.

»Wie sollten Sie auch?«, wunderte sich daraufhin Leopold.

»Seien Sie nicht kindisch! Vor einer halben Stunde habe ich mit Erika telefoniert. Da war keine Rede von Familie und Besprechung«, hielt Frau Heller ihm vor.

»Ein Notfall«, argumentierte Leopold.

»Besteht Grund zur Besorgnis?«, vergewisserte sich Frau Heller.

»Das wiederum nicht«, ließ Leopold sie wissen.

»Na also! Dann haben Sie keine Ausrede! Ich habe Erika und Sie nämlich zu einem kleinen Umtrunk hier im Kaffeehaus eingeladen, ehe wir uns kurz nach Mitternacht mit meinem Heinrich auf einen romantischen Spaziergang in den Wasserpark zu unserem Bankerl begeben«, stellte ihn Frau Heller vor vollendete Tatsachen.

»Die Familiensache geht vor«, rechtfertigte Leopold sich.

»Glauben Sie, ich durchschaue Ihr heimtückisches Geflunker nicht?«, ließ sich Frau Heller nicht beirren. »Was Sie ansprechen, ist vermutlich die große Familie der Mörder und Schwerverbrecher. Da haben Sie einen telefonischen Hinweis gekriegt, der Ihnen wichtiger war als unsere Spinatknödel. Und jetzt wollen Sie sich mit so einem zwielichtigen Typen treffen. Das kann ich schon um der lieben Erika willen nicht gutheißen.«

»So glauben Sie mir doch«, forderte Leopold sie auf. Aber er hatte schlechte Karten. Frau Heller hatte mit ihrem Anruf eine ahnungslose Erika erwischt, und dann hatten sich die beiden Frauen, in romantischen Sehnsüchten schwelgend, gegen ihn verbündet. Wie sollte er Erika da für ein Treffen mit den Hirschs begeistern? Es würde sehr schwierig sein. »Ich lüge Sie nicht an, das möchte ich betonen«, fuhr er fort. »Zum Zeichen meines guten Willens mache ich Ihnen einen Vorschlag. Ich werde die Angelegenheit möglichst rasch erledigen, sodass ich mit Erika um etwa 22 Uhr im Kaffeehaus bin.«

»Tun Sie das Ihrer Partnerin zuliebe, sonst werden Sie mich kennenlernen«, mahnte ihn Frau Heller mit erhobenem Zeigefinger. »Und kommen Sie in möglichst legerer Kleidung, damit Sie sich fest an Erika schmiegen können, wenn es die Gelegenheit erfordert. Und wer weiß, was dann noch geschieht …«

»Jawohl, Frau Sidonie«, stimmte Leopold letztendlich zu. »Allerdings wird es um diese Jahreszeit in der Nacht noch ungemütlich kalt.«

»Umso enger werden Sie und Erika einander eben umarmen und dadurch wärmen«, gab ihm Frau Heller kurzerhand zu verstehen.

Dem fügte Leopold nichts mehr hinzu. Seine Lage war bedenklich genug. Es musste ihm gelingen, beide Dinge unter einen Hut zu bekommen: das Abendessen mit den Hirschs und den Spaziergang mit den Hellers. Dabei durfte die Hoffnung von Felix Hirsch, Sabine bereits für sich erobert zu haben, nicht genährt werden. Und Erika würde wohl einige Instruktionen zum Ablauf des Abends benötigen.

Gott sei Dank war sein heutiger Dienst in etwas mehr als einer halben Stunde vorüber. So blieb ihm noch etwas Zeit zum Nachdenken.

*

Ein verwirrt und müde wirkender Thomas Korber schneite vorher noch zur Tür herein, stellte sich zur Theke und bestellte ein kleines Bier. »War Gerti schon da?«, fragte er Leopold.

»Schon vor einiger Zeit«, unterrichtete Leopold ihn. »Heutzutage können die Schüler ja während des Unterrichts kommen und gehen, wann sie wollen.«

»Und?«

»Ich kann sie als Täterin nicht vollkommen ausschließen«, teilte Leopold ihm achselzuckend mit. »Dasselbe gilt für Jung, obwohl mir deine persönlichen Bedenken gegen ihn unbegründet erscheinen. Wie schaut es denn bei dir aus? Du machst einen etwas zerstreuten Eindruck. Treibst du es immer noch mit Silvana Rusek?«

»Die Lage wird brenzlig«, eröffnete Korber ihm. »Sie wohnt momentan bei mir.«

Leopold hob die Augenbrauen. »So weit seid ihr schon?«

»Der Grund ist, dass sie sich derzeit in ihrer eigenen Wohnung nicht sicher fühlt«, berichtete Korber. »Elvira Achleitners Tod und das anschließende Eindringen eines Fremden in deren Wohnung scheinen sie sehr zu beschäftigen. Sie reagiert verschreckt auf Geräusche. Die Trennung von Felix Hirsch hat sie, glaube ich, auch noch nicht ganz überwunden.«

»Und du opferst dich auf. Kennen wir«, kommentierte Leopold sarkastisch.

»Ich denke, ich habe mich verschätzt. Sie benützt mich, um das Aus ihrer Beziehung zu Felix abzuarbeiten«, bekannte Korber. »Wir hatten ein paarmal wilden Sex, sie hat gekratzt und gebissen, aber sonst ist da nichts. Außerdem hat sie einen unruhigen Schlaf, wacht immer wieder auf und schaut nach, ob ihre Sachen noch da sind. Ich habe kaum ein Auge zugetan. So leid es mir tut, ich überlege bereits, wie ich sie wieder loswerde.«

»Das ist ganz einfach! Schmeiß sie raus«, befand Leopold.

»Das könnte ihr Gemüt in der derzeitigen Situation zusätzlich belasten«, entgegnete Korber. »Ich möchte die Sache für sie nicht zu hart und unfreundlich erscheinen lassen. Könntest du mir nicht ein bisschen helfen?«

Leopold zeigte wenig Interesse. »Wie stellst du dir das vor?«, fragte er.

»Dir wird schon was einfallen! Du hast doch heute Abend frei. Komm einen Sprung bei mir vorbei, stell ihr ein paar weitere Fragen zum Mord, wenn du möchtest, und denk dir was Nettes aus.«

»Erstens überschätzt du meine Fähigkeiten, und zweitens geht es sowieso nicht«, teilte ihm Leopold mit. »Erika und ich haben heute Abend etwas vor.«

Korber stöhnte auf. »Ausgerechnet heute? Auf dich ist auch kein Verlass«, bekrittelte er. »Was ist denn gar so wichtig?«

Leopold schaute Korber bedeutungsschwer an. »Wir sind zu Sabines Verlobungsfeier eingeladen«, eröffnete er ihm. »Wird zwar eine ziemlich steife Angelegenheit mit Sakko und Krawatte werden, aber was tut man nicht alles für das Glück seiner Tochter?

Aus Korbers Gesicht war beinahe die gesamte Farbe gewichen. Kreidebleich griff er zu seinem Glas, aber nicht einmal das Bier schmeckte ihm mehr. »Sabine? Wie ist das möglich? Der Typ war doch gerade erst beim Anbaggern«, staunte er.

»Glaube mir, ich bin genauso überrascht«, ließ Leopold ihn wissen. »Mir wäre es als Vater auch lieber, wenn sie sich noch etwas Zeit lassen würde. Aber so sind die jungen Frauen von heute eben: spontan! Wenigstens ist sie dann unter der Haube, und vielleicht erfreut sie uns bald mit einem Enkerl.« Es machte ihm richtiggehend Spaß, seinen Freund zappeln zu sehen.

»Sie kann nicht in ihn verliebt sein! Das ist unmöglich«, redete sich Korber ein.

»Was bedeutet Liebe schon im Vergleich zum befreienden Gefühl der Sicherheit?«, hielt Leopold dagegen. »Der Vater von Felix scheint einen guten Posten im Finanzministerium zu bekleiden. Er dürfte also nicht schlecht verdienen. Das sind die Werte, die in der Gegenwart zählen.«

»Und du würdest unter diesen fragwürdigen Umständen deine Einwilligung dazu geben?«, löcherte Korber ihn.

»Ich sehe keinen Grund, der dagegen spricht, vorausgesetzt natürlich, Felix' Vater zahlt das heutige Abendessen«, machte Leopold ihm klar. »Ich weiß gar nicht, warum du dich so aufregst. Du bist derzeit ohnehin mit Silvana Rusek liiert.«

»Gerade habe ich dir begreiflich zu machen versucht, dass ich sie loswerden möchte«, erinnerte Korber seinen Freund. »Wahrscheinlich war es doch keine gute Idee, mich mit ihr zu verbünden.«

»Leider ist das nicht dein einziges Problem«, machte Leopold ihn aufmerksam. »Wenn du dich auch von Silvana zu lösen versuchst, gibt es leider das unglückliche E-Mail an Sabine, in welchem du ihr mitteilst, dass sie bei Felix besser aufgehoben ist als bei dir. Das kann bei ihrem jetzigen Entschluss natürlich mitspielen.«

»Woher weißt du von dieser Mail?«, reagierte Korber irritiert.

»Sabine hat es mir natürlich anvertraut. Ein sorgender Vater weiß alles, lieber Freund«, entgegnete Leopold. »Ich muss dir leider sagen, dass dieses Schreiben nicht gut angekommen ist. Du hast sie deinem Rivalen förmlich in die Arme getrieben.«

»Du hast recht«, stimmte Korber nickend zu. »Wie konnte ich nur so blöd sein? Trotzdem wundert es mich, dass du alles so ruhig geschehen lässt. Du merkst doch auch, dass die beiden nicht zueinanderpassen.«

»Erstens lerne ich den jungen Mann heute erst richtig kennen. Zweitens habe ich auf die Entscheidung meiner Tochter keinen Einfluss«, bedauerte Leopold. »Sie hat sich die Sache, scheint's, gut überlegt, also soll es geschehen. Außer …«

»Ja?« Korber hing an Leopolds Lippen.

»Außer sie tut nur deinetwegen so, als ob sie ihn mag. Aber das kann ich nicht feststellen. Das kannst nur du.«

»Wenn sie einmal verlobt ist, ist es zu spät!«

»Eben! Darum musst du noch heute etwas unternehmen, wenn dir Sabine etwas bedeutet«, heizte Leopold seinem Freund nun ein.

»Ich kann doch nicht …«, stammelte Korber.

»Natürlich kannst du«, unterbrach Leopold ihn. »Wenn ich es mir recht überlege, bin ich gar nicht so scharf auf diese Verlobung. Du hättest also meine volle Unterstützung.«

»Aber wie soll es funktionieren?«

»Es ist ganz einfach. Das Wichtigste vorweg: kein Alkohol mehr für dich bis heute Abend«, erläuterte Leopold seinen Plan. »Wir sind in der Pizzeria *Casa di Francesco*. Halte dich ab 20 Uhr dort in der Nähe auf. Ich rufe dich an, wenn es so weit ist, anschließend kommst du wie zufällig zur Tür herein. Setz dich an einen Tisch in unserer Nähe. Alles Weitere überlasse ich deinem Improvisationsvermögen. Lass dir etwas einfallen!«

»Und Silvana?«

»Die können wir dabei nicht gebrauchen! Du darfst für sie nicht mehr erreichbar sein, sobald ich mit dir telefoniert habe, sonst macht sie uns noch einen Strich durch die Rechnung! Sie soll es sich einstweilen in deiner Wohnung gemütlich machen. Wir delogieren sie später!«

Korber zögerte. Er war sich über das Gelingen des Vorhabens alles andere als sicher. »Ich weiß nicht, ob das gut geht«, zweifelte er. »Was ist, wenn sie sich gleich am Anfang verloben?«

Leopold klopfte seinem Freund aufmunternd auf die Schulter. »Keine Bange, es wird schon klappen,«, versprach er ihm. »An eine Verlobung ist nicht einmal zu denken, bevor mir Herr Hirsch nicht mitgeteilt hat, was er über Elvira Achleitner weiß.«

KAPITEL 13

Freitag, 18. März, Abend

Erika Hallers Überraschung war groß, als Leopold sie in ihrer Buchhandlung vom zusätzlichen Termin an diesem Abend in Kenntnis setzte. Sie fragte ihn, ob das ganze Tamtam nötig sei, um Informationen über eine Frau zu bekommen, die unter Umständen nichts mit dem Mord zu tun hatte. Leopold überzeugte sie schließlich mit folgendem Argument: »Wir waren noch nie in dieser Pizzeria, obwohl sie sich in unserer unmittelbaren Nähe befindet, es gibt dort gutes Essen, und der alte Hirsch zahlt! Was willst du mehr?«

So trafen sie um 20 Uhr in der Pizzeria *Casa di Francesco* ein. Ihre Kleidung bestand aus einer Mischung von Eleganz und Bequemlichkeit, um den Ansprüchen bei beiden Anlässen zu genügen. Erika trug eine rote Langarmbluse mit kleinem Volant, dazu eine bequeme Hose. Leopold hatte sich zwar eine Krawatte über sein weißes Hemd gebunden, dann aber statt des Sakkos einfach einen Pulli drübergezogen. Felix und Albert Hirsch waren dagegen im Anzug erschienen und Sabine Patzak in einem dunkelgrünen Ensemble aus Hose und Blazer.

Albert Hirsch erhob seine imposante Gestalt, um Erika und Leopold die Hand zu reichen. Sein schon angegrauter Vollbart reichte bis zu seiner breiten Brust, die so aussah, als warte sie bereits sehnsüchtig auf den ersten

Verdienstorden. In seinem Gesichtsausdruck lag ernste Würde. »Endlich lernen wir uns einmal kennen«, empfing er sie. Leopold wurde dabei bewusst, wie lange er schon in keinem Amt gewesen war.

Ein paar Höflichkeiten wurden ausgetauscht. Sabine rückte ein Stück nach rechts in Erikas Richtung, während der links von ihr sitzende Felix immer wieder seine Hand auf die ihre legte. Albert Hirsch erwähnte beim Studium der Speisekarte, dass er sich noch zwei Stunden in der Therme Oberlaa entspannt habe, ehe er hergekommen war. »Ich bin sehr oft dort«, merkte er an. »Es ist ein wahrer Segen, so eine Einrichtung bei uns in der Hauptstadt zu haben. Gehen Sie gelegentlich auch hin?«

»Eigentlich nicht«, antwortete Leopold.

»Und warum nicht?« Albert Hirschs fragender Blick durchbohrte sein Gegenüber.

»Das ist ja schon drüber der Donau«, rutschte es Leopold heraus, worauf er Erikas Ellenbogen in seiner unteren Rippenpartie spürte. »Ich meine, wenn ich wirklich einmal ins Wasser will, haben wir ja das Floridsdorfer Hallenbad und im Sommer die Alte Donau in unmittelbarer Nähe«, bemühte er sich deshalb um eine Erklärung. »Aber eigentlich kommt das nur selten vor.«

»Soso!« Albert Hirsch zog kurz seine Augenbrauen in die Höhe und vertiefte sich dann wieder in die Speisekarte. Er bestellte schließlich Caprese als Vorspeise und danach Calamari fritti. Die anderen entschieden sich für verschiedene Arten von Pizzen. Leopold orderte noch eine Minestrone vorweg, als ihm wieder einfiel, dass er ja eingeladen war. Der Herr Reservefinanzminister soll nur zahlen, dachte er bei sich.

Auch während des Essens kam das Gespräch kaum in

Fahrt. Albert Hirsch fragte Erika und Leopold beiläufig, ob sie die Cernys kannten, ein Ehepaar, das gleich vorne nach der nächsten Quergasse wohnte. »Basti – Herr Cerny – ist Anwalt und ein guter Freund von mir. Wir vertragen uns so prächtig, weil er mehr mit Scheidungen als mit Finanzsündern zu tun hat. Seine Kanzlei ist nicht weit vom *Café Heller* entfernt.«

Leopold fand diese Tatsache interessant, musste aber zu seinem Bedauern verneinen.

»Der Mann ist im ganzen Bezirk ein Begriff. 40 Jahre als Anwalt, oft sechs oder sieben Tage die Woche, noch nie in seiner Berufskarriere krank gewesen und mindestens 80 Prozent seiner Verfahren gewonnen«, führte Hirsch aus. »Darum dachte ich, der Name sagt Ihnen etwas. Lili, seine Frau, ist übrigens eine ausgezeichnete Gastgeberin und Köchin.«

»Leider nicht«, bekannte Leopold trocken. »Der einzige Cerny, den ich kenne, hat mit Vornamen Michael geheißen. Er ist immer mit einem Haufen Plastiksackerln ins *Heller* gekommen, die bis an den Rand mit Sachen gefüllt waren, von denen keiner gewusst hat, wo er sie hergehabt hat. Es hat auch keiner nachgefragt. Jedenfalls war da alles Mögliche drinnen, vom einfachen Feuerzeug über Zigaretten und Konservendosen bis zu Toilettenartikeln, hochprozentigem Alkohol und Pornoheften. Ganz hinten bei den Kartenspielern ist er gesessen, hat sein Bier getrunken und darauf gewartet, dass ihm die Leute was abkaufen. Die Sackerl haben wir hinter einen Paravent gestellt, der früher dort herumgestanden ist, damit sie nicht so auffallen. Schlecht hat der Cerny dabei nicht verdient. Er hat die Sachen sicher gegrapscht, also keine Ausgaben gehabt. Legal war das Ganze nicht, aber mein Gott, die Leute haben eine Hetz gehabt, und es war was los. Ich habe den Cerny dabei natürlich unterstützt, denn wenn er nichts verkauft hätte, hätte er sein Bier nicht zahlen können, und ich hätte durch die Finger geschaut. So habe ich manchmal auch noch ein saftiges Trinkgeld bekommen. Er war zwar ein Pülcher, aber gerecht.«

Während seiner Schilderung hatte Leopold zwei weitere Ellenbogenstöße von Erika einstecken müssen. »Sie wissen, dass Sie mir das nicht erzählen sollten«, schnarrte Albert Hirsch.

Leopold machte eine wegwerfende Handbewegung. »Ist alles schon verjährt«, ließ er ihn wissen. »Der Cerny hat längst das Zeitliche gesegnet. Sie haben ihm sogar ein Sackerl mit einer typischen Auswahl aus seiner Produktpalette mit ins Grab gegeben.«

»Darum geht es nicht. Es könnte der Eindruck entstehen, dass es bei Ihrer Arbeit im Kaffeehaus nicht immer ehrlich zugeht«, gab Hirsch zu bedenken.

»Wenn der andere Cerny 80 Prozent seiner Verfahren gewinnt, kann es bei ihm auch nicht immer ehrlich zugehen«, erwiderte Leopold. »Aber kommen wir doch langsam zum eigentlichen Thema des heutigen Abends.«

Hirsch sah von seinen Tintenfischringen auf. So etwas wie der Ansatz zu einem zufriedenen Lächeln formte sich auf seinem Gesicht. »Sie meinen unsere lieben Kinder?«, vergewisserte er sich.

Leopold schüttelte den Kopf. »Einstweilen noch nicht. Ich meine Ihre liebe Bekannte, die leider unlängst verstorbene Elvira Achleitner.«

»Ach ja!« Hirschs Lächeln verflog, er blickte wieder auf seinen Teller zurück. »Nun gut! Womit kann ich Ihnen dienen?«, erkundigte er sich.

»Diese Frau interessiert mich einfach«, bekannte Leopold. »Sie war Stammgast in unserem Café, dabei nie sehr auffällig, eher ruhig und schweigsam. Dann lädt sie vermutlich einen jungen Mann zu sich in die Wohnung ein. Der Mann wird kurz darauf ermordet, und sie stirbt in derselben Nacht. Später dringt jemand in ihre Wohnung ein und durchwühlt sie. Diese Dinge lassen mir keine Ruhe. Ständig schwirren sie mir im Kopf herum, deshalb möchte ich mehr über Frau Achleitner erfahren. Und wenn ich womöglich bald einen Experten dazu in der Verwandtschaft habe, sollte ich das ausnützen.«

»Die anderen wird das wohl kaum interessieren, aber bitte«, kam Hirsch Leopolds Wunsch nach. »Ich hatte mit Elvira tatsächlich über viele Jahre ein nahes Verhältnis. Ich kannte sie schon von meiner Jugend an, und zwar von der Bühne. Sie versuchte sich damals als Operettensängerin. Sie hatte eine gute Stimme und ein charmantes Auftreten.« Der Glanz kehrte kurz in seine Augen zurück. »Aber zum großen Durchbruch hat es leider nicht gereicht. Nachdem ihr Mann Arnold sie verlassen hatte, gab sie ihre Karriere schließlich auf. Ich habe ihr dann zu einem Posten als Sekretärin in der Firma eines Freundes verholfen.«

»Ihre Beziehung war rein freundschaftlich?«

»Natürlich«, knurrte Hirsch. »Ich war um etliche Jahre jünger als Elvira, also dichten Sie mir hier nichts an. Ein wenig Schwärmerei mag dabei gewesen sein, aber mehr nicht. Wir kamen ins Plaudern, haben uns dann immer wieder einmal getroffen und stets den Kontakt miteinander gepflegt.«

»Und wie hat sie sich mit ihrem Mann vertragen? Nicht allzu gut, fürchte ich«, löcherte Leopold sein Gegenüber weiter.

»Es hat sich von Anfang an um eine unglückliche Beziehung gehandelt«, seufzte Hirsch. »Die beiden liebten sich, obwohl Arnold um einiges älter als Elvira war. Was ihm fehlte, war die Geselligkeit und ein Verständnis für ihre Künstlernatur. Sie war eben gern unter Leuten. Arnold machte das eifersüchtig. Wenn er schlecht drauf war, schlug er sie sogar. Das konnte auf die Dauer nicht gut gehen. Überraschenderweise war es schließlich Arnold, der Schluss machte.«

»Er ist wegen einer Frau weg von ihr?«, äußerte Leopold.

Albert Hirsch nickte. »Ich hätte das nicht vermutet«, gestand er ein. »Er muss die Frau kennengelernt haben, als er zusammen mit Elvira in Deutschland war, wo sie ein Engagement hatte. Dann ging alles sehr schnell. Der Auslöser dürfte gewesen sein, dass er von seiner Firma, der er jahrelang als Buchhalter gedient hatte, gekündigt wurde. Damit hielt ihn nichts mehr hier. Er ließ Elvira einen Teil seiner Abfertigung als Notgroschen da, damit sie sich nicht von ihm scheiden ließ, dann verschwand er nach Deutschland.«

»Und ist nie mehr wiedergekommen?«

»Soviel ich weiß, nicht!«

»Die beiden wurden auch nie geschieden?«

»Noch einmal: Das entzieht sich meiner Kenntnis!«

»Ob Arnold Achleitner noch lebt, können Sie mir somit wohl auch nicht sagen.«

»Da liegen Sie genau richtig!«

Das Gespräch schien Hirsch zu ermüden. »Von Elviras Bekannten habe ich erfahren, dass es ein Testament geben soll«, führte Leopold deshalb noch rasch an. »Man hat es aber noch nicht gefunden. Das könnte auch der Grund sein, warum sich jemand in ihrer Wohnung umgesehen hat. Es soll dabei nämlich um ein hübsches Sümmchen gehen. Wie realistisch ist diese Vermutung?«

Hirsch redete um den heißen Brei herum. »Ich muss zugeben, dass ich mich in den letzten Jahren nicht mehr sonderlich um Elvira gekümmert habe. Als ich mitbekam, dass ihre Mobilität abnahm, organisierte ich ihr auf einen Hinweis von Felix die Betreuerin, die sie bis zu ihrem Ableben hatte«, antwortete er ausweichend. »Das Einzige, was ich noch tat, nachdem Arnold sie verlassen hatte, war, ihr Tipps für eine gewinnbringende Geldanlage zu geben. Was sie dann tatsächlich damit gemacht hat und um welche Summe es sich genau handelte, weiß ich nicht. Genügt das? Können wir jetzt endlich über unsere Kinder reden?«

»Sofort!«, hielt ihn Leopold zurück. »Solche Familienangelegenheiten schlagen sich bei mir immer auf die Blase. Ich muss nur noch schnell wohin, dann geht's los.«

Erika Haller seufzte, Albert Hirsch trommelte mit seinen Fingern nervös immer denselben Rhythmus auf die Tischplatte, und Sabine Patzak war bemüht, sich Felix Hirsch vom Leib zu halten, ohne unhöflich zu erscheinen. Leopold nahm indes auf dem WC sein Handy heraus und rief Thomas Korber an.

Als er zurückkkam, stand ein Glas Valpolicella auf seinem Platz. Die anderen hatten schon eines in der Hand. »Wir sind nun hoffentlich endgültig beim angenehmen Teil des Abends angelangt«, ergriff Albert Hirsch das Wort. »Es freut mich besonders, nach der reizenden Sabine nun auch das Ehepaar Hofer kennenzulernen.«

»Aber wir sind gar nicht …«, verheiratet, wollte Erika sagen. Sie kam nicht dazu. Leopolds Ellenbogen traf sie vorher mit aller Wucht in die Rippen, sodass ihr die Luft wegblieb.

Hirsch redete weiter, als sei nichts gewesen. »Endlich sitzen wir alle gemeinsam an einem Tisch. Mir ist schon vor einiger Zeit zu Ohren gekommen, dass sich zwischen meinem Sohn Felix und ihr etwas anbahnt, und ich muss sagen, diese Entwicklung stimmt mich froh. Erheben wir deshalb alle unser Glas auf das junge Paar! Danach soll es uns mit ein paar eigenen Worten an ihrem frisch Verliebtsein teilhaben lassen. Die beiden haben bis jetzt ja fast nichts gesagt.«

Nun betrat Thomas Korber die *Casa di Francesco*. Er hatte alle Mühe, sich zurückzuhalten, als er der Szene gewahr wurde. Dennoch gelang es ihm, sich brav an einen freien Tisch in der Nähe zu setzen. Sabine erblickte ihn sofort. Sie stellte ihr Glas nieder, verließ den verdatterten Felix und ging zu ihm hin.

»Ich glaube, ich muss mich bei dir entschuldigen. Ich hätte dir so etwas nie schreiben dürfen. Es war gegen unsere Abmachungen und sprach jedem guten Benehmen Hohn. Ich bitte dich in aller Form um Verzeihung«, sprudelte es nur so aus Korber heraus.

»Entschuldigung angenommen«, ließ Sabine ihn wissen. »Aber findest du nicht, dass es nötig ist, etwas ausführlicher über deine schriftliche Entgleisung zu sprechen? Lass uns hinausgehen, hier hört der Feind mit. Außerdem möchte ich sowieso nicht länger bleiben.«

»Gute Idee«, murmelte Korber verlegen. Sabine schnappte daraufhin ihr Jäckchen und ihre Handtasche, und schon waren beide bei der Tür draußen.

»Es geschehen hier in der Tat merkwürdige Dinge«, stellte Albert Hirsch befremdet fest. »Herr Hofer, Sie werden mir sicher sagen können, was das alles bedeutet. Sollen wir nun warten, bis Ihre Tochter wiederkommt?«

»Ich tappe genauso im Dunkeln wie Sie«, unterrichtete Leopold ihn. »Warten würde ich allerdings an Ihrer Stelle nicht. Für Erika und mich wird es jetzt leider auch Zeit. Wir haben noch einen wichtigen Termin bei meiner Chefin. Da dürfen wir nicht zu spät kommen, das hat sie gar nicht gern. Sie werden das sicher verstehen.« Er stand gemeinsam mit Erika auf. »Ich fürchte, Sie müssen den guten Wein allein austrinken. Vielen Dank für die Einladung, das Essen war ausgezeichnet. Und falls ich den Cernys einmal begegnen sollte …«

Erikas Stoß mit dem Ellenbogen ließ Leopolds Beine kurz einknicken. »Auf Wiedersehen«, verabschiedete sie sich mit einem Anflug von Röte im Gesicht und schob ihn anschließend zur Tür hinaus.

*

»Bei denen können wir uns nicht mehr blicken lassen. Das ist alles deine Schuld, Schnucki! Ich habe mich den ganzen Abend nur geniert«, beklagte sich Erika Haller anschließend im Auto auf der Fahrt ins *Café Heller*.

»Ich habe gar keinen Bock darauf, die Familie Hirsch wiederzusehen«, machte Leopold ihr klar. »*Sind Ihnen die Cernys ein Begriff? Ach, Sie kennen diesen begnadeten Anwalt und seine Frau, die den ganzen Tag kocht, nicht? Was sind Sie nur für ein Mensch? Mit welchen Leuten verkehren Sie?*«, äffte er dann Albert Hirsch nach.

»Du hättest dein Ziel auch auf eine diskretere Weise erreicht. Denk nicht immer nur an dich, sondern auch an deine Tochter«, mahnte Erika ihn.

»Hast du nicht gesehen, wie froh sie war, als sie mit Thomas fliehen konnte? Die Hirschs haben sie direkt in seine Arme getrieben«, frohlockte Leopold indes.

»Das heißt noch lange nicht, dass sich die zwei so schnell wieder vertragen«, gab Erika zu bedenken.

»Das ist in der Tat äußerst ungewiss«, stimmte Leopold zu. »Das Kapitel Felix Hirsch ist für Sabine jedoch definitiv abgeschlossen, und zwar schneller, als ich zu hoffen wagte.«

Sie debattierten weiter, bis sie in der Nähe des *Café Heller* einen Parkplatz gefunden hatten. Als sie das Kaffeehaus betraten, war es zehn Minuten nach 22 Uhr. Drinnen herrschte immer noch ein für diese Tageszeit reger Betrieb. Frau Heller stand bestens gelaunt hinter der Theke und bat Erika und Leopold, am Haustisch Platz zu nehmen. Zu Leopolds Überraschung scharwenzelte nicht nur Waldemar »Waldi« Waldbauer diensteifrig durchs Lokal, auch Herr Heller war, ganz gegen seine sonstigen Gewohnheiten, um das Wohl der Gäste bemüht. Einmal zapfte er Bier, dann ließ er einen Mokka aus der Kaffeemaschine laufen, dann wiederum kochte er ein Paar Würstel und trug es mit Senf, Kren und einer Scheibe Brot an seinen Bestimmungsort.

»Da sehen Sie, wie ihm die Romantik ins Blut geschossen ist«, erklärte Frau Heller. »Den ganzen Abend ist er schon wie ausgewechselt. Ich hoffe, Sie nehmen sich ein Beispiel, Leopold!«

Leopold hörte nur mit halbem Ohr zu. Er sah Klaus Kastner mit Inga Badura am gewohnten Platz sitzen, aber einen Tisch weiter, beim nächsten Fenster, bemerkte er Harald Kraft, der ihn aufgeregt zu sich winkte. Also stand er wieder auf und ging zu ihm hin. »So spät noch unterwegs, Herr Kraft?«, erkundigte er sich.

»Ruth Klett hat mich hergeschickt. Frau Heller hat mir liebenswürdigerweise mitgeteilt, dass Sie heute noch einmal vorbeischauen würden«, antwortete Kraft. »Ruth befindet sich in einem Zustand äußerster Erregung. Die Geschichte mit dem Testament greift bereits ihre Gesundheit an, deshalb konnte sie nicht selbst kommen. Wo ist es? Haben Sie schon eine Spur? Bitte sagen Sie nicht, Sie haben noch nichts unternommen!«

»Ich habe mich einmal umgehört, wie wahrscheinlich es ist, dass Ihre und Frau Kletts Angaben stimmen«, entgegnete Leopold.

»Das war verlorene Zeit«, beschwerte sich Kraft. »Ich habe Ihnen doch gesagt, dass ich das Testament mit meiner Unterschrift bezeugt habe. Ich erinnere mich jetzt sogar genau, dass ich eine von Frau Achleitner angefertigte Kopie mit demselben Wortlaut ebenfalls unterschrieben habe. Die wollte sie an einem besonderen Ort aufbewahren. Eins der beiden Schriftstücke muss doch da sein. Also tun Sie was!«

Leopold traute der Sache immer weniger. »Wer sagt, dass so ein Testament tatsächlich existiert?«, ging er zum Angriff über. »Ihre Geschichte kann genauso gut erstunken und erlogen sein.«

»Welchen Grund zu lügen hätte ich denn?«, verteidigte sich Kraft.

»Ganz einfach: Frau Klett hat es Ihnen aufgetragen«, behauptete Leopold. »Für die machen Sie doch alles. Sie brauchte so eine erfundene Geschichte, um den wahren Grund, weshalb Frau Achleitners Wohnung durchwühlt wurde, zu verschleiern. Sie selbst war nämlich dort, um etwas zu suchen, das mit keinem Testament, sondern dem Mord an Erwin Lamprecht zu tun hatte.«

»Das glauben Sie doch selbst nicht«, tat Kraft diese Herleitung mit einer wegwerfenden Handbewegung ab.

»Gut! Nehmen wir einmal an, Sie sagen die Wahrheit. Auch dann muss das Testament nicht zwangsläufig gestohlen worden sein«, überlegte Leopold. »Wann hat Frau Achleitner es denn verfasst?«

»Vor etwa einem Jahr«, versuchte Kraft, sich zu erinnern. »Nein, das geht sich nicht aus. Es ist länger her, gute eineinhalb Jahre.«

»Na sehen Sie! Da kann Frau Achleitner in der Zwischenzeit ihre Meinung ja geändert haben«, rekapitulierte Leopold. »Vielleicht hat sie ein neues Testament mit anderen Zeugen zugunsten von jemand anderem geschrieben. Silvana Rusek wäre zum Beispiel so eine Kandidatin. Sie hat sie betreut und ist für sie zu einer starken Bezugsperson geworden.«

»Dieses Luder«, wetterte Kraft.

»Ich gebe ja nur ein Beispiel. Aber es wäre durchaus möglich«, spann Leopold den Faden weiter. »Damit wäre das frühere Testament obsolet und mit Sicherheit vernichtet worden.«

»Und wo soll sich dieses neue Testament befinden? Ich habe keine Ahnung, das schwöre ich Ihnen«, ärgerte sich Kraft weiterhin.

»Leider werden wir wohl nicht schlauer werden, solang nichts auftaucht«, musste Leopold zugeben.

Mit einem Mal rückte damit wieder Silvana Rusek in den Mittelpunkt des Interesses. Vielleicht war sie die Begünstigte eines neu verfassten Testaments, vielleicht hatte sie auch ein Vermächtnis zugunsten von Ruth Klett und ihren Freundinnen aus Zorn darüber verschwinden lassen, dass ihre Dienste für Elvira Achleitner nicht gebührend gewürdigt worden waren. Leopold wusste noch viel zu wenig über sie. Sie war die Verdächtige, die ihm von Anfang seiner Ermittlungen an durch die Finger gerutscht war. Wie hatte er nur so dumm sein können, Thomas Korber auf sie anzusetzen? Dadurch war sein Informationsstand gleich null und Korbers Liebesleben um eine Komplikation reicher. Mehr noch, Silvana lebte mittlerweile bei seinem Freund und war im Augenblick allein in dessen Wohnung, während Korber ohne ihr Wissen versuchte, sich mit Sabine zu versöhnen und sein Handy womöglich immer noch abgedreht hatte. Unübersichtlicher ging es gar nicht mehr.

An dieser Situation musste sich schnellstens etwas ändern. Aber wie sollte Leopold das anstellen? Zurzeit waren ihm die Hände gebunden. Frau Heller saß mit Erika bereits bei einem Glas Prosecco und schaute mit ungeduldigem Blick zu ihm herüber. Sie würde heute pünktlich Sperrstunde machen, und dann hieß es, sich in der kalten nächtlichen Märzluft auf einen Spaziergang in den Wasserpark begeben, bis sie davon genug hatte. Es blieb keine Zeit mehr, etwas betreffend Silvana zu organisieren, zumal ihm Sabine und Thomas fehlten. Er konnte nur darauf vertrauen, dass ihm für Samstag etwas Schnelles, Wirksames einfiel.

»Sie können uns also nicht weiterhelfen? Ruth wird einen Anfall bekommen«, bearbeitete ihn Harald Kraft.

»Sie müssen alle ein wenig Geduld haben. Und vergessen Sie eines nicht: Sobald die Umstände von Frau Achleitners Tod restlos geklärt sind, wird man überprüfen, ob ihr Mann noch lebt. Möglicherweise hat sie sich doch nicht von ihm scheiden lassen. Damit könnte er der Begünstigte sein«, setzte Leopold ihm auseinander. »Wie alt war sie eigentlich? Wissen Sie das?«

»Etwa Mitte 70«, gab Kraft Auskunft. »Hatte sie nicht im Vorjahr ihren 75. Geburtstag? Das kann sein. Sie hat ihn aber nicht groß gefeiert.«

Wenn das stimmte, musste Arnold Achleitner auf jeden Fall über 80 sein, wahrscheinlich 85 oder älter. Die Möglichkeit, dass er noch lebte, war also nicht unbedingt hoch. »Es bleibt auf jeden Fall spannend«, brachte Leopold das Gespräch zu einem Ende. »Sagen Sie Frau Klett, dass ich am Wochenende weitere Nachforschungen betreiben werde.«

Das gab Harald Kraft offenbar den Schimmer einer Hoffnung. Er verabschiedete sich, stand etwas unsicher auf, was auf den Konsum von einem oder zwei Stamperln Schnaps schließen ließ, und bewegte sich vorsichtig hinaus an die frische Luft.

Leopold wählte beim Zurückgehen schnell Silvana Ruseks Nummer. Aber er kam nur in ihre Mailbox, auf der er eine kurze Nachricht hinterließ. Entweder schlief sie schon oder sie hob aus einem anderen Grund nicht ab. Leopold war so klug wie zuvor.

*

Nacht von Freitag, 18. März, auf Samstag, 19. März

Erika Haller und Frau Heller saßen inzwischen lachend und schwatzend beim zweiten Glas Prosecco. Sie waren bereits so guter Laune, dass sie kurz in Erwägung zogen, sich schon einmal ohne ihre Männer auf den Weg in den Wasserpark an der Alten Donau zu machen. Sie taten es aber dann doch nicht, da sie fürchten mussten, Leopold und Herr Heller hätten in diesem Fall die perfekte Ausrede, keinen Fuß mehr aus dem warmen Kaffeehaus zu setzen.

Leopold saß gedankenverloren bei einem Seidel Bier. Es ärgerte ihn, dass er im Augenblick nicht an Silvana Rusek herankam, und er fragte sich, wo sie sich gerade aufhielt. Außerdem gingen ihm noch Theorien zu Elvira Achleitners angeblichem Testament im Kopf herum. Es schien ihm mittlerweile sogar möglich, dass sie Vater oder Sohn Hirsch zum Erben ernannt hatte, Silvana darüber Bescheid wusste und das Schriftstück aus Wut hatte verschwinden lassen. Allerdings hielt er das selbst für eine etwas weit hergeholte Variante.

Die Zeit bis zur Sperrstunde zog sich noch ein wenig, aber schließlich war es so weit. Kaum hatte man die letzten Kaffeehausgäste draußen, folgte der Aufbruch der beiden Paare in den Wasserpark. Es blies ein lebhafter Wind, wodurch sich die Temperatur von knapp fünf Grad alles andere als angenehm anfühlte. Im Stillen verfluchte Leopold Frau Hellers Dickschädel. Erikas Blut war hingegen noch vom Prosecco in Wallung. »Dieser Spaziergang ist jetzt gerade der richtige Abschluss, Schnucki«, teilte sie Leopold vergnügt mit und schmiegte sich fest an ihn. Das Ehepaar Heller schritt Hand in Hand in trauter Zweisamkeit voran.

Auf dem Weg neben den Bahngeleisen begegnete ihnen keine Menschenseele. Bald war der Wasserpark erreicht, wo es nun auf der anderen Seite der Bahn auf schummrig beleuchteten Wegen weiterging. »Gleich sind wir da«, verkündete Frau Heller aufgeregt, wobei ihrem Mund kleine Wölkchen ihrer Atemluft entschlüpften. »Es muss da hinten sein, bevor die Tennisplätze anfangen. Findest du unser Platzerl noch, Heinrich?«

»Natürlich«, brummte Herr Heller, der sich den Kragen seiner Jacke vors Gesicht hielt. »Da ist unser Bankerl ja schon.« Er deutete auf einen halbkreisförmig angelegten Ruheplatz mit mehreren Sitzbänken.

»Dort setzen wir uns jetzt hin, wie in jener lauschigen Sommernacht«, frohlockte Frau Heller. Sie war nicht mehr zu halten, riss sich von ihrem Mann los und trippelte im Laufschritt auf ihr Ziel zu. Dann ließ sie sich auf eine der Bänke fallen. Herr Heller setzte sich neben sie und drückte ihr in Erinnerung an die alten Zeiten einen Kuss auf die Wange.

»Ich weiß nicht, ob Sie sich vorstellen können, wie schön und stimmungsvoll es damals war, Leopold«, äußerte sie.

»Die Grillen haben gezirpt«, erwähnte Leopold lustlos.

»Und nicht nur das!« Sie legte ihren Kopf verträumt auf Herrn Hellers Schulter.

Als Leopold schon fürchtete, sich nun mit Erika auf die eiskalte Bank daneben setzen zu müssen, sprang Frau Heller wieder auf. »Wir können es uns noch nicht gemütlich machen«, erklärte sie. »Wir müssen erst noch den Baum mit unserem Herzerl finden.« Sie querte den Weg und ging auf eine gegenüberliegende Baumgruppe zu. »Hier irgendwo ist er«, vermeldete sie im Brustton der Überzeugung.

Herr Heller folgte ihr ächzend. »Aber wo in Dreiteufelsnamen?«, stöhnte er. »Wie willst du um diese Zeit den richtigen herauspicken? Wer weiß ist er noch da!«

»Er *ist* da«, beharrte Frau Heller. »Du müsstest auch wissen, wo. Schließlich hast du damals das Herz hineingeritzt.«

»Es ist finster«, protestierte Herr Heller.

»Komm schon! Ich habe eine Taschenlampe«, ordnete Frau Heller an.

»Ich glaube, es ist an der Zeit, uns zu verdrücken«, flüsterte Leopold Erika ins Ohr. »Hier komme ich sicher nicht mehr in Stimmung, und die Chefleute sind abgelenkt. Vielleicht können wir den Abend zu Hause romantisch ausklingen lassen. Es ist zwar spät, aber ein bisschen Zeit bleibt uns noch bis zum Morgengrauen.«

»Sei kein Spielverderber«, schalt Erika ihn. »Küss mich lieber.«

»Da ist es! Da ist es«, schrie Frau Heller in diesem Augenblick so laut, als wolle sie die gesamte Vogelwelt des Wasserparks aus dem Schlaf reißen. »Unser Liebeszeichen! H + S und das Herz ♥. Hierher, Erika und Leopold!«

Den beiden blieb nun nichts anderes übrig, als sich zu ihr und ihrem Mann zu gesellen und das Beweisstück ihrer ersten Verliebtheit zu bestaunen. »Das ist halt etwas anderes als diese fantasielosen Schlösser, die die heutige Jugend auf Brücken oder sonst wo hinhängt, nicht wahr, Heinrich?«, rief Frau Heller verzückt. »Mir wird ganz warm ums Herz.«

Mittlerweile hatte auch Erika ihre Taschenlampe herausgenommen. »Da sind noch andere«, teilte sie Leopold mit. »Und jedes Herz hat seine eigene Geschichte. Möchtest du nicht auch eines für uns schnitzen, Schnucki?«

»Jetzt nicht«, kam die ausweichende Antwort. Mit mäßigem Interesse folgten Leopolds Augen dem Schein von Erikas Taschenlampe. Tatsächlich hatten sich etliche Pärchen auf den umstehenden Bäumen verewigt. Es gab Herzen mit und ohne Pfeil, Namenskürzel mit einem oder mehr Buchstaben, das Wort »Love« …

»Moment«, entfuhr es Leopold plötzlich. »Mach mit deinem Handy bitte Fotos von all den Herzen. Ich leuchte, so gut es geht.« Was er sah, erinnerte ihn an etwas, er war sich aber nicht sicher, woran.

»Es interessiert dich also doch, Schnucki«, stellte Erika mit Genugtuung fest.

»Es interessiert mich immer, das weißt du doch«, versuchte Leopold, sie bei Laune zu halten.

Beim Ehepaar Heller war es indessen still geworden. Dann hörte man ein weibliches Kichern, das in ein Glucksen und schließlich in unterdrückte Laute des Entzückens überging. »Was machst du denn mit deinen Händen, Heinrich?«, säuselte Frau Heller. »Ich glaube, im Sitzen ist das angenehmer.«

Als Erika mit dem Fotografieren fertig war, drängte Leopold zum Aufbruch. »Komm, wir stören hier nur«, raunte er ihr zu.

»Die werden doch bei der Kälte nicht übermütig werden«, sorgte sich Erika.

»Wer weiß, wer weiß«, zweifelte Leopold und schien recht zu behalten. Herr und Frau Heller saßen knutschend auf der Bank, wobei sich seine rechte Hand einen Weg zu seinen Lieblingsteilen ihres Oberkörpers bahnte.

»Das geht zu Hause besser«, befand Leopold, schnappte sich seine Erika und suchte mit ihr endgültig das Weite.

*

Bei ihrer Wohnung angekommen, erlebten Leopold und Erika eine Überraschung. Die Tür war nicht abgesperrt. Ein Schnapper, und sie waren drinnen. Erika Haller beteuerte, dass sie wie immer alles ordnungsgemäß verschlossen hatte.

Leopold war durch den Anblick von Elvira Achleitners durchwühltem Heim am Vortag sensibilisiert. Er vermutete sofort einen ungebetenen Eindringling. »Pst, kein Licht«, zischte er. Erika brachte ihre Taschenlampe wieder zum Vorschein, und vorsichtig lugten beide in Küche und Wohnzimmer. Es war eindeutig jemand da gewesen. Die Sessel standen schlampig herum, und auf dem Tisch befanden sich zwei benutzte Gläser. Wer auch immer hier hereingekommen war, schien also nichts gesucht, sondern es sich eher gemütlich gemacht zu haben.

»Hast du eine Ahnung, was hier vorgeht?«, fragte Erika ängstlich.

»Sogar eine sehr starke«, erwiderte Leopold mit einem Blick auf die Garderobe. Dort hing eine Jacke, die ihm bekannt vorkam. Er öffnete die Schlafzimmertür und drehte das Licht auf. Im Doppelbett lagen spärlich bekleidet Thomas Korber und Sabine Patzak. Beide wurden jäh aus dem Schlaf gerissen. »Hallo, Papa«, piepste Sabine.

Erika kam aus dem Staunen nicht heraus. »Was um alles in der Welt macht ihr hier?«, wollte sie wissen.

»Die Versöhnung scheint gut gelaufen zu sein«, stellte Leopold sarkastisch fest. »Bloß warum in meinem Bett?«

»Wenn du kurz wegschaust, damit ich mir etwas anziehen kann, erkläre ich dir alles«, versicherte Sabine. »Auf der Straße wollten Thomas und ich unser Problem nicht diskutieren«, begann sie wenig später. »Wir hielten es nicht für den richtigen Ort. Außerdem war es saukalt.«

»Ich weiß«, warf Leopold ein. Er war immer noch nicht ganz aufgewärmt.

»In ein Lokal wollten wir auch nicht«, fuhr Sabine fort. »Wir haben gefürchtet, es könnte zu laut sein oder sie würden bald Sperrstunde haben. Und zu Thomas in die Wohnung konnten wir nicht. Dort war ja Silvana und reagierte weder auf einen Anruf noch auf eine SMS. Da ist mir eingefallen, dass ich einen Schlüssel zu eurer Wohnung habe, die nur eine kurze Wegstrecke von der Pizzeria entfernt liegt. Und wir haben gewusst, dass ihr noch ins Kaffeehaus und in den Wasserpark wolltet.«

»Woher habt ihr das gewusst?«, wurde Leopold hellhörig.

»Frau Heller hat mich angerufen. Sie hat sich wegen der Familienangelegenheit erkundigt, von der du ihr etwas vorgeschwafelt hast, weil sie dir nicht getraut hat. So habe ich von euren Plänen für den weiteren Abend erfahren«, gab Sabine Auskunft. »Ich war also auf ein frühes Ende unseres Treffens mit Familie Hirsch vorbereitet. Ich konnte mir ohnehin nicht vorstellen, dass du es lange mit Felix' Vater aushältst.«

»Und dann habt ihr einfach gedacht, hier ist sturmfreie Bude, was?«, warf ihr Leopold im strengen Ton väterlicher Autorität vor.

»Wir wollten nur unsere Lage besprechen«, beteuerte Sabine. »Also sind wir hierher, haben uns zwei Gläser Mineralwasser eingeschenkt, und dann ist es losgegangen. Das Schöne war, dass wir beide nicht streiten wollten, so war unser Gespräch kurz und konstruktiv. Naja, und dann ...«

»Es hat sich einfach so ergeben«, meldete sich nun Korber zu Wort. »Auf Worte sollen ja bekannterweise Taten folgen. Wir wollten nachher auch schnell wieder alles in Ordnung bringen und still und heimlich verschwinden, Ehrenwort! Aber dann sind wir einfach so dagelegen …«

»… und eingeschlafen«, vollendete Sabine. »Wie spät ist es eigentlich?«

Leopold schüttelte verärgert den Kopf. »Du entschuldigst dich nicht einmal«, hielt er seiner Tochter vor. »Es ist unfassbar!«

»Lass gut sein, Schnucki! Es ist 2 Uhr vorbei, und wir sind alle müde«, lenkte Erika ein. »Das ist doch kein großes Vergehen, dass sie mit Thomas in unserem Bett gelandet ist.«

»Ihr hättet es euch nicht so leicht machen dürfen«, befand Leopold in Richtung Sabine. »Die elterliche Wohnung ist nur Zuflucht in der allerhöchsten Not. Ihr hättet erst prüfen müssen, ob die Wohnung von Thomas frei ist. Dann müsste ich mir vielleicht nicht mehr so viele Gedanken über Silvanas Aufenthaltsort machen.«

»Das kannst du ihnen wirklich nicht zum Vorwurf machen«, entgegnete Erika.

»Du selbst hast gemeint, ich solle mich an diesem Abend nicht mehr um Silvana kümmern, sie käme schon selbst zurecht«, erinnerte Thomas Korber seinen Freund.

Leopold musste klein beigeben. »Na schön«, räumte er ein. »Aber in der Früh ist euer erster Weg dorthin. Ich hoffe, wir finden sie. Ihre Bedeutung in diesem Mordfall wird immer offensichtlicher.«

»Könnte sie die Täterin sein?«, fragte Korber ungläubig.

»Alles ist möglich«, antwortete Leopold ausweichend.

»Jetzt aber husch ins Bettchen, der Tag war lang genug«, meldete sich nun Erika energisch zu Wort. »Thomas und Sabine, ihr bleibt gleich hier im Schlafzimmer. Du und ich, wir schlafen auf der Bettbank im Wohnzimmer, Schnucki.

Keine Widerrede! Für die paar Stunden ist es egal, und nach dem Aufstehen wird alles frisch überzogen.«

Als er wieder mit Erika allein war, nahm Leopold das Kuvert mit den Fotos, die er in Elvira Achleitners Wohnung eingesteckt hatte, heraus. Gleichzeitig bat er Erika um Einsicht in die Bilder, die sie mit ihrem Handy gemacht hatte.

»Es ist schon mehr als spät«, mahnte sie ihn, gab dann aber nach.

Leopold studierte und verglich die Fotos. »Jetzt bin ich schon sehr nahe an der Lösung dran«, sagte er dabei gedankenverloren zu sich.

KAPITEL 14

Samstag, 19. März, Vormittag

Leopold machte auf der für ihn ungewohnten Ruhestätte kaum ein Auge zu. Als er endlich bereit war, in einen tiefen Schlummer zu fallen, läutete der Wecker, und es hieß aufstehen. Mit einer gewissen Schadenfreude öffnete er auf dem Weg ins Bad die Schlafzimmertür und rief hinein: »Aufwachen, ihr Schlafmützen!«

»Heute ist Samstag! Da gibt es weder Schule noch Vorlesungen. Also können wir ruhig eine Runde weiterdösen«, maulte Korber.

»Könnt ihr nicht«, ernüchterte Leopold Sabine und ihn. »Erika möchte hier Ordnung machen, ehe sie in ihre Buchhandlung geht. Und vergesst bitte nicht eure Aufgabe, Silvana Rusek ausfindig zu machen und sie mir so schnell wie möglich im *Heller* zu präsentieren.«

»Die schläft doch sicher auch noch«, grummelte Sabine.

»Darauf möchte ich nicht wetten«, zweifelte Leopold. »Also checkt gleich, ob sie sich noch in Thomas' Wohnung befindet. Ist unser Vogerl ausgeflogen, schaut euch nach eventuellen Spuren um. Ruft mich auf jeden Fall an, sobald ihr etwas wisst. Dann besprechen wir die weitere Vorgangsweise.«

Korber murmelte Worte des Unmuts in sich hinein. Nach und nach dämmerte ihm aber, dass es auch in seinem Interesse lag, möglichst rasch die Situation um sein Zuhause zu erkunden. Erika hatte bereits ein kräftigendes Frühstück zubereitet. So verließen alle wenig später gut gestärkt die Jedleseer Wohnung.

Im *Café Heller* herrschte auch nach dem Aufsperren Grabesstille. Die ersten Gäste ließen auf sich warten. Nur die Kaffeemaschine brummte vor sich hin. Herr und Frau Heller befanden sich vermutlich in einem Prozess des allmählichen Auftauens, der noch länger andauern konnte. Keine guten Voraussetzungen für Leopold, sich wach und einsatzbereit zu halten.

Gott sei Dank erhielt er bald einen Anruf von Sabine. »Habt ihr sie?«, fragte er begierig.

»Nein«, kam die ernüchternde Antwort. »Sie ist nicht da. Aber sie hat eine E-Mail an Thomas geschrieben. Ich schicke sie dir mal.«

»Das nützt mir im Augenblick nicht viel. Mein Computer ist zu Hause«, druckste Leopold herum. »Kannst du sie mir vorlesen?«

Sabine wusste, dass ihr Vater alles, was mit Kommunikationstechnologien zu tun hatte, gern weit weg von sich schob. »Na gut, Papilein«, seufzte sie. »Sie schreibt: *Hallo Thomas! Du bist ein Scheißkerl!*«

»Bitte nur die wichtigen Sachen«, ersuchte Leopold.

Sabine seufzte noch einmal, dann fuhr sie fort: »*Du lässt mich einfach mutterseelenallein in deiner Wohnung zurück, wo ich mich nicht auskenne und mir alles fremd ist. Dabei weißt du, dass ich derzeit jemanden um mich brauche, weil ich mich sonst fürchte. Jedes unvorhergesehene Geräusch lässt mich zusammenzucken. Das ist dir wohl egal. Du vergnügst dich irgendwo und hast dein Handy abgeschaltet. Was soll der Sch... Ach so, hier geht's wei-*

ter: *Ich werde ab jetzt auch nicht mehr abheben, wenn du oder die Spürnase Leopold was von mir wollen. Vergiss mich einfach. Ich verschwinde aus der Wohnung und aus deinem Leben. Irgendwohin, wo ich mich wohler fühle. Das Buch von Friedrich Torberg habe ich zurück an seinen Platz im Regal gestellt, du brauchst es also nicht zu suchen. Tschüss, S.* Na, was sagst du dazu?«

Leopold sah, wie sich der Sombrero von Oberinspektor Juricek zur Tür hereinschob. Er drehte sich kurz um, hielt das Handy ganz nah zu seinem Mund und flüsterte: »Gute Arbeit! Ich kann jetzt nicht viel reden, ich bin zu beschäftigt. Schaut bei Silvanas Wohnung vorbei und haltet auch sonst die Augen offen. Meldet euch, sobald es Neuigkeiten gibt!«

Juricek hängte inzwischen seinen Sombrero auf den Kleiderständer. »Du bist ganz allein?«, erkundigte er sich. »Das trifft sich gut. Mit wem hast du denn gerade telefoniert?«

»Mit meiner Tochter«, antwortete Leopold und machte sich daran, einen großen Braunen für den Oberinspektor zuzubereiten.

»Ich nehme an, ihr habt nur über Privates gesprochen«, äußerte Juricek mit prüfendem Blick.

»Natürlich«, versicherte Leopold. »Was glaubst denn du? Sie hat gestern bei uns übernachtet, da gab es noch einiges zu bereden.«

»Soso«, brummte Juricek. »Ist deine Chefin nicht da?«

»Leider nein«, bedauerte Leopold. »Sie pflegt noch der Ruhe, weil sie gestern länger aus war. Sie ist übrigens im Besitz meiner Ergänzungen zu ihrer Liste, deshalb kann ich im Augenblick mit nichts Verwertbarem aufwarten. Aber wenn du diesbezüglich eine Frage hast …«

»Beeile dich lieber mit dem Kaffee«, wurde Juricek eine Spur lauter. »Den brauche ich jetzt dringend, damit er mich von innen wärmt. Hast du sonst eine Information für mich?«

»Eigentlich waren mir ja die Hände gebunden«, schmollte Leopold. »Aber ich werde bereits von allen möglichen Seiten wegen Elvira Achleitners Testament bestürmt. Das könnte eine Spur sein. Bis jetzt ist es nicht aufgetaucht. Oder habt ihr es gefunden?

»Du wirst mittlerweile hoffentlich erfahren haben, dass Frau Achleitner eines natürlichen Todes gestorben ist. Daran besteht kein Zweifel mehr«, teilte ihm Juricek mit, während er seinen großen Braunen in Empfang nahm. »Testament ist offenbar keines da. Das ist aber im Augenblick nicht wichtig. Ich glaube, du überschätzt die Bedeutung dieser Frau und ihres eventuellen Vermächtnisses für unseren Mordfall.«

»Ich denke nicht«, entgegnete Leopold. »Ihre Wohnung ist nun einmal durchwühlt worden. Mehrere Personen machen sich Hoffnung auf eine Erbschaft: Ruth Klett, Sieglinde Hollaus und Claudia Safranek, vielleicht auch Silvana Rusek. Und vergessen wir nicht Arnold Achleitner, der immer noch Elviras Mann war, sofern es keine Scheidung gegeben hat. Existiert kein Testament, ist er vermutlich der Erbe. Habt ihr ihn schon gefunden? Wer weiß, vielleicht lebt er noch.«

»Wir suchen in Zusammenarbeit mit den deutschen Behörden nach ihm, aber bis jetzt gibt es keine Spur«, informierte Juricek seinen Freund knapp.

»Ich sage dir, die Sache hat etwas damit zu tun«, ließ Leopold nicht locker.

»Die wichtigsten Fragen gehen in eine andere Richtung«, widersprach Juricek. »Wo hat sich Erwin Lamprecht zwischen seinem Besuch in *Rüdigers Beisl* und seiner Ermordung aufgehalten? Mit wem ist er noch zusammengetroffen? Wo hatte er sich die 1,4 Promille Alkohol eingehandelt, die sich in seinem Blut befanden? Wir wissen immerhin vom Provider, dass seine einzigen Telefonkontakte zur fraglichen Zeit Klaus Kastner und Inga Badura waren.«

»Na also, da hast du's«, befand Leopold lakonisch. »Die beiden haben Lamprecht umgebracht. Sie haben einen teuflischen Plan ausgeheckt: Kastner sitzt die ganze Zeit im *Heller*, also kann er's nicht gewesen sein. Und Inga ruft ihn ganz verdattert um Hilfe, nachdem sie Lamprecht erwürgt hat. Also glaubt auch jeder, dass sie's nicht war.«

»Kastner hat uns gegenüber wiederum einen starken Verdacht in Richtung Simon Jung geäußert. Lamprecht habe ihm gegenüber gedroht, seine angeblichen Liaisonen mit minderjährigen Mädchen auffliegen zu lassen«, erwähnte Juricek zwischen zwei genussvollen Schlucken aus seiner Kaffeetasse.

»Ich habe einen ganz anderen Verdacht«, ließ ihn Leopold wissen. »Darum müssen wir uns möglichst rasch Silvana Rusek schnappen. Ich nehme an, sie hat sich davongemacht.« Er erzählte Juricek, wie sich Silvana bei Thomas Korber ein- und wieder ausquartiert hatte. »Vergessen wir nicht, dass mir Erwin Lamprecht vor seinem Tod angekündigt hatte, einem Mord auf der Spur zu sein. Das ist die wesentliche Fährte. Sie führt zu Elvira Achleitner. Und Silvana ist die Person, die den besten Kontakt zu ihr hatte.«

»Erklär es mir bitte ein wenig genauer«, ersuchte Juricek ihn.

»Ich würde dir gern ein paar Bilder auf meinem Handy dazu zeigen, wenn du es schaffst, die Datei zu öffnen«, schlug Leopold vor. »Und ein paar normale Fotos habe ich auch dabei. Dann siehst du vielleicht, was ich meine.«

Er zeigte Juricek sowohl Erikas Aufnahmen vom Wasserpark als auch die Fotos, die er aus Elvira Achleitners Wohnung mitgenommen hatte. Dabei erklärte er ihm ausführlich seine Gedanken und Kombinationen dazu. »Du hast dir wieder einmal ganz schön viel herausgenommen«, ärgerte sich der Oberinspektor. »Unterschlagung von Beweismaterial nennt man so etwas.«

»Du gibst mir also recht, dass das wichtig ist?«, schmunzelte Leopold.

»Das lässt sich noch nicht sagen«, drückte sich Juricek vorsichtig aus.

»Dann reg dich nicht künstlich auf«, versuchte Leopold, ihn zu beschwichtigen. »Die Fotos kannst du dir ja behalten, bis auf eines vielleicht – als Andenken für mich. In der Wohnung gibt es außerdem sicher mehr davon.«

»Beweise sind das freilich nicht, dazu ist alles ein wenig weit hergeholt«, grübelte Juricek. »Aber vielleicht hat es mit deinen Vermutungen doch etwas auf sich.«

»Es liegt an dir, die Dinge zu prüfen«, ermunterte ihn Leopold.

»Ganz im Gegenteil! Es liegt an dir, mich von deiner Theorie zu überzeugen«, erwiderte Juricek.

»Ich kann nicht alles allein machen«, jammerte Leopold. »Noch dazu, wo ich bis 16 Uhr hier festsitze.«

»Du weißt schon, wie ich es meine«, nahm ihn Juricek in die Pflicht. »Thomas Korber und deine Sabine sollen weiterhin versuchen, Silvana Ruseks Aufenthaltsort zu finden, und sich bei mir melden, sobald sie wissen, wo sie ist. Ich werde in der Zwischenzeit ein paar Erkundigungen einziehen. Wenn in deinen Überlegungen ein Körnchen Wahrheit steckt, hörst du von mir. Wenn nicht ...«

»Ja?«

»Wenn nicht, schickst du mir heute noch eine Datei mit einer makellosen Liste von Lamprechts Kontaktpersonen im *Heller*. Sonst setzt's was«, drohte ihm Juricek, während er seinen Kaffee ausschlürfte. Er legte ein paar abgezählte Münzen auf die Theke, schnappte sich seinen Sombrero vom Kleiderständer und schritt mit einem gebrummten »Servus« zur Tür hinaus.

*

Leopold war verunsichert. Er konnte sich im Augenblick nicht selbst in den Lauf der Dinge einschalten und damit die Richtigkeit seiner Theorie prüfen. Er hatte Juricek von seinen Spekulationen in Kenntnis setzen müssen, um an weitere Informationen zu gelangen, und war auf neue Nachrichten von Sabine oder Thomas angewiesen. Diese ungewohnte Passivität bereitete ihm Kopfzerbrechen.

Im Kaffeehaus tat sich im Augenblick auch nichts, das ihn abgelenkt hätte. Also machte sich Leopold einen kleinen Mokka, um die über ihn hereinbrechende Müdigkeit zu bekämpfen. Ein lautes Schnäuzen schreckte ihn aus dem Sekundenschlaf. Frau Heller kam mit roten Äuglein und einem Taschentuch vor der Nase aus ihrer kleinen Küche.

»Was ist denn los, Leopold?«, fragte sie verwundert. »Haben Sie noch nicht aufgesperrt?«

»Doch, doch, pünktlich wie immer«, gab er energielos zurück. »Es ist nur noch niemand gekommen. Heute scheint ein verschlafener Tag zu sein.«

»Da könnten Sie ausnahmsweise recht haben«, räumte Frau Heller ein und setzte sich mit umständlichen Bewegungen an den Haustisch. »Warum haben Sie und Erika uns denn gestern so plötzlich verlassen?«

»Wir haben gedacht, Sie wollten unter sich sein. Zumindest hat es so ausgesehen«, antwortete Leopold.

»Sie hätten das nicht tun dürfen«, warf ihm Frau Heller vor. »Als Sie weg waren, ist mein Heinrich wie ein Wüstling über mich hergefallen.«

»Zum Zeitpunkt unseres Weggehens hat nichts darauf hingedeutet, dass es Ihnen unangenehm gewesen wäre«, formulierte Leopold vorsichtig.

»Lust braucht Beweglichkeit«, stöhnte Frau Heller. »Früher einmal hatten Wörter wie ›Gewichtsverlagerung‹ praktisch keine Bedeutung für unsereinen, aber jetzt … Das Tor zur Seligkeit war offen, aber der Weg hinein war uns aufgrund der äußeren Bedingungen verstellt. Dass mein Heinrich das nicht eingesehen hat, hat die Sache nur verschlimmert. Hatten Sie's wenigstens noch schön?«

»Wir haben die Romantik in dieser Nacht als inneren Wert betrachtet. Das hat uns genügt«, gab Leopold an.

»Sie haben sich wieder einmal aus allem herausgewunden, geben Sie's zu«, ächzte Frau Heller. »Wir hatten jedenfalls trotz allem ein unvergessliches Erlebnis, auch wenn ich mich jetzt kaum rühren kann.«

»Sehr wohl, Frau Sidonie«, nahm Leopold ihre Ausführungen zur Kenntnis. »Wir haben uns übrigens die Herzerln an den Bäumen angeschaut. Sind die meisten wirklich schon vor längerer Zeit entstanden?«

»Natürlich«, bestätigte Frau Heller, ehe sie sich wieder in ihr Taschentuch schnäuzte. »Ich habe Ihnen doch bereits gesagt, dass den jungen Leuten von heute der Sinn für diesen netten Brauch abhandengekommen ist. Die meisten dieser Herzen haben schon etliche Jahre auf dem Buckel, wirken aber so frisch wie damals.«

»Hat man einander damit wirklich ewige Treue geschworen? Oder war's wie beim Rebernig Loisl?«, wollte Leopold wissen, als gerade Klaus Kastner zur Tür hereinkam.

»Man wollte in erster Linie die Gefühle für die Ewigkeit festhalten, die von den zwischenmenschlichen Handlungen in unmittelbarer Nähe der Bäume hervorgerufen wurden«, seufzte Frau Heller.

»Und wenn die Leute dabei fremdgegangen sind?«, erkundigte sich Leopold.

»Dann erst recht«, ließ ihn Frau Heller wissen. »Solche Bagatellen haben doch niemanden gekümmert. Nur ein Mensch ohne jeglichen Sinn fürs Romantische kann derlei Fragen stellen. Weshalb interessiert Sie das überhaupt?«

»Ach, nur so! Es ist mir was durch den Kopf gegangen«, merkte Leopold an.

»Bedienen Sie lieber unseren Kaffeehauspoeten, bevor Sie sich weiter unnötige Gedanken machen«, schärfte ihm Frau Heller daraufhin ein.

Klaus Kastner war inzwischen hereingekommen und hatte sich an seinen gewohnten Platz gesetzt. Leopold ging mit zufriedenem Gesicht zu ihm. Er hatte von seiner Chefin gehört, was er wollte.

*

Kastner war ausnehmend guter Laune. »Was sagst du? Ich habe die Idee für meine erste Geschichte, mein erstes literarisches Werk«, eröffnete er Leopold freudestrahlend. »Mein Gespräch mit Raimund Flach, dem Billard-spieler, hat mich ungemein inspiriert, genauso wie das Spiel selbst und die heimelige Atmosphäre des beleuchteten Tisches zu später Stunde. Und Inga hat mir selbstverständlich dabei geholfen.«

»Das ist schön, Herr Kastner! Haben Sie einen Wunsch?«, erkundigte sich Leopold diensteifrig.

»Eine Melange mit einem Kipferl hätte ich gerne«, führte Kastner an. »Aber lass dir erzählen: Ich denke bei meinem Konzept an einen Menschen, der in seinem Leben viel erreicht hat, bis er plötzlich seine Frau durch Scheidung verliert, weil sie sich selbst verwirklichen will. Das wirft ihn zunächst aus der Bahn. Dann widmet er sich dem Billard, das für ihn zum Gleichnis fürs Leben wird. Denn so sehr man sich Stoß um Stoß um eine gute Stellung bemüht, so sehr kann trotz aller Berechnung etwas schiefgehen. Mein Held wird im Zuge einer Partie zwischen Kalkül und Zufall hin und her geworfen und reflektiert dabei die Stationen seines Lebens. Ist das nicht großartig?«

»Gewinnt er oder verliert er?«, fragte Leopold beiläufig.

»Darüber habe ich noch gar nicht nachgedacht«, musste Kastner gestehen. »Es wird wohl von seinen geistigen Erlebnissen während der Berg- und Talfahrt im Lauf der Partie abhängen, in welche Richtung das Pendel ausschlägt.«

»Falsch! Es wird davon abhängen, wie gut er spielt«, belehrte Leopold ihn. »Und wenn er die ganze Zeit mit seinen Gedanken woanders ist, anstatt sich auf die Partie zu konzentrieren, wird er wohl eine vernichtende Niederlage erleiden. Wenn er Pech hat, ist das Match dann sogar so kurz, dass er seine geistigen Erlebnisse an den Fingern einer Hand abzählen kann.«

»Du bist wirklich ein Meister der Desillusionierung«, stellte Kastner ernüchtert fest. »Aber du wirst mir den Mut damit nicht nehmen. Das Skelett der Erzählung steht jedenfalls. Ich denke, ich werde sie *Karambol des Lebens* nennen. Den Schluss kann ich ja offen lassen.«

»Der Martinschitz Walter hat bei einer Billardpartie nie über sein Leben nachgedacht, sondern seinen Kontrahenten ständig seine Lebensgeschichte erzählt«, erinnerte sich Leopold. »Das war viel effektiver. Sie mussten sich die verschiedenen Stationen während des gesamten Spiels anhören, obwohl sie alles bereits auswendig gekannt haben. Sie haben genau gewusst, hinter welcher Straßenecke der Polizist gestanden ist, der ihm den Führerschein abgenommen hat, und welches Kleid seine Tochter bei der Maturaprüfung getragen hat. Trotzdem hat er sie dauernd damit gequält. So etwas zermürbt, deshalb hat der Walter auch meistens gewonnen. War der Spielstand einmal knapp, hat er Geschichten von seiner Schwiegermutter beim Essen hervorgeholt. Da ist es dann richtig unappetitlich geworden, weil er genau beschrieben hat, welche Essensreste um ihren Mund herum geklebt sind, und anschließend verschiedene Versionen ihrer Bäuerchen nachgemacht hat. Der Sieg war ihm daraufhin sicher.«

Kastner schüttelte den Kopf. »Was dir immer für G'schichtln einfallen, Leopold«, bemerkte er anerkennend. Eigentlich müsstest du ein Buch mit dem Titel *Wiener Kaffeehausgeschichten* schreiben. Hast du noch nie daran gedacht?«

»Das sind nur so kleine Ereignisse, die einem Oberkellner unterkommen, und die er immer parat haben sollte, damit er etwas zu erzählen hat«, versetzte Leopold bescheiden. »Das ist keine große Kunst. Sie betreiben das viel literarischer. Aber endgültig ohne Herrn Jung, nicht wahr? Halten Sie ihn immer noch für Erwin Lamprechts Mörder?«

Sofort fiel ein Schatten auf Kastners Gesicht. »Für mich ist das sonnenklar«, behauptete er. »Erwin wusste zu viel über ihn und drohte, damit an die Öffentlichkeit zu gehen. Das konnte er nicht zulassen. Simon war damit der Mann, von dem Erwin mir geschrieben hat, dass er ihn noch treffen wolle. Er wohnt in der Schenkendorfgasse, also ideal auf halbem Weg zwischen Elvira Achleitner und dem Kinzerplatz. Simon hat Erwin bei sich zu Hause betrunken gemacht, ist anschließend mit ihm in Richtung seiner Wohnung gegangen und hat ihn auf dem menschenleeren Platz auf der Parkbank mit seinem Schal erdrosselt. So hat es sich zugetragen und nicht anders.«

»Handelt es sich da nicht um eine gehörige Portion Wunschdenken?«, wandte Leopold ein. »Was die Möglichkeit zum Mord betrifft, gilt für Ihren neuen Schwarm Inga Badura dasselbe wie für Herrn Jung. Sie lebt ebenfalls in dem Grätzel, nicht weit weg von Frau Achleitners Wohnung auf der einen und vom Tatort auf der anderen Seite. Herr Lamprecht als ihr Noch-Freund kann ebenso bei ihr vorbeigeschaut haben. Und diverse Drohungen von ihm könnten dazu geführt haben, dass sie beschlossen hat, ihn zu töten. Nach ein paar Gläsern ist sie mit ihm in Richtung seiner Wohnung gegangen und hat ihn am Kinzerplatz ermordet. Könnte es nicht so gewesen sein?«

»Inga war es nicht«, beteuerte Kastner. »Das müssen Sie mir glauben.«

»Das mag durchaus sein«, räumte Leopold ein. »Aber dasselbe müssen wir für Simon Jung gelten lassen. Wir dürfen uns zu keinen vorschnellen Urteilen hinreißen lassen. Haben Sie übrigens die SMS von Erwin Lamprecht noch auf Ihrem Handy?«

Kastner rührte fahrig in seinem Kaffee um. »Nein, die habe ich längst gelöscht«, gab er an.

»Schade«, bedauerte Leopold. »Kommen wir noch kurz auf Elvira Achleitner zu sprechen. Hat Ihnen Erwin wirklich keine Informationen über die Mordgeschichte und deren Zusammenhang mit ihr gegeben?«

»Ich weiß nur, dass er aufgeregt war, bevor er wegging, weil er glaubte, einem Mord auf der Spur zu sein, mehr nicht«, versicherte Kastner. Seine gute Laune war längst verflogen. Leopold sah ihm an, dass er sich unwohl fühlte. Höchstwahrscheinlich hatte er ihm nicht alles erzählt, vielleicht um Inga zu beschützen oder Jung zu belasten, vielleicht auch, weil er selbst in die Sache verwickelt war.

»Sagt Ihnen der Name Silvana Rusek etwas?«, fragte Leopold noch.

Kastner dachte kurz nach. »Ich habe ihn von Erwin gehört«, erwähnte er dann beiläufig. »Ich glaube, sie wollte etwas von ihm.«

*

Einmal sah es so aus, als würde Frau Heller am Haustisch einschlafen, dann machte sie wiederum ein paar vorsichtige Dehnübungen, die ihre Lebensgeister weckten. Als nun doch ein paar Gäste eintrudelten, raffte sie sich sogar auf und bediente die Kaffeemaschine.

Leopold erteilte Klaus Kastner eine ordentliche Rüge, weil er ihm verheimlicht hatte, dass sich Erwin Lamprecht und Silvana Rusek gekannt hatten. Dann machte sich Kastner an seine Billardgeschichte. Leopold wartete auf ein Lebenszeichen von Thomas und Sabine, aber es tat sich nichts. Er saß wie auf Nadeln. Wahrscheinlich vergnügten sie sich gerade wieder, ohne an ihn zu denken. Als er schon genervt seine Tochter anrufen wollte, spazierten die beiden zur Tür herein. »Morgensport beendet?«, begrüßte er sie spöttisch.

Eine leichte Röte in Sabines Gesicht deutete an, dass er mit seiner Vermutung richtig lag. »Du darfst nicht ungeduldig werden, Papa. Wir tun unser Bestes«, äußerte sie, ohne auf seine Bemerkung einzugehen.

»In ihrer Wohnung ist Silvana nicht«, berichtete Korber. »Aber wir haben immerhin eine Vermutung, wo sie sein könnte.«

»Da bin ich gespannt«, bemerkte Leopold ohne allzu großen Optimismus.

»Sabine hatte eine tolle Idee«, führte Korber weiter aus. »Natürlich kann Silvana irgendwo untergetaucht sein. Wo hat sie jedoch als Erstes Zuflucht gesucht, als sie bei sich zu Hause ein mulmiges Gefühl kriegte? Bei mir! Da liegt es doch nahe, dass sie wieder nach jemandem Ausschau gehalten hat, der ihr vorübergehend Quartier bietet. Und wer kommt einem da sofort in den Sinn? Natürlich Felix Hirsch!«

»Verstehst du, Papa? Silvana ist böse auf Thomas. Sie ruft Felix an. Der ist auch gerade schlecht aufgelegt, weil ich ihn versetzt habe. Da finden sich die beiden einfach wieder«, ergänzte Sabine.

Leopold kratzte sich am Kinn. »Möglich ist es immerhin«, räumte er ein.

»Ich habe Felix angerufen und gefragt, ob er weiß, wo Silvana ist«, redete Sabine weiter. »Er hat fürchterlich herumgedruckst, gefragt, warum und wieso. Erst nach einiger Zeit hat er herausgebracht, dass er mir gern helfen würde, aber leider keine Ahnung habe. Er hat mich nicht einmal gefragt, warum ich gestern so schnell mit Thomas weg war. Ich denke, er hat sie bei sich.«

Leopolds Gesicht hellte sich auf. »Das klingt gar nicht so schlecht«, befand er.

»Könntest du uns vielleicht etwas genauer darüber einweihen, warum Silvana auf einmal im Mittelpunkt deines Interesses steht?«, forderte Korber ihn nun auf. »Deine Andeutungen sind bisher ziemlich vage.«

»Mit ein bisschen Grips kommt man da von selbst drauf, aber bitte«, gab Leopold nach. »Silvana Rusek war bei Elvira Achleitner als Betreuerin beschäftigt. Dabei hat sie einen Einblick in das unmittelbare, vielleicht auch in das frühere Leben ihrer Dienstgeberin bekommen. Ich erinnere nur an den Streit um ein angebliches Testament, bei dem sie eine nicht unbedeutende Rolle spielen könnte. Möglicherweise hat sie auch mehr Kenntnis darüber, was die alte Dame Erwin Lamprecht anvertraut hat, als wir ahnen. Wisst ihr, was ich eben erfahren habe? Sie und Lamprecht haben sich zumindest flüchtig gekannt! Sie wollte etwas von ihm. Da muss man doch nur mehr eins und eins zusammenzählen. Ich glaube nicht, dass sie die ganze Zeit weg war, als Lamprecht Elvira besuchte. Sie hat zumindest einen Teil ihrer Unterhaltung mitbekommen. Und damit ist sie entweder die Mörderin oder unsere wichtigste Zeugin.«

»Meinst du, dass sie Angst hat, weil sie zu viel weiß?«, fragte Korber.

»Das ist, wie gesagt, die eine Möglichkeit«, erläuterte Leopold. »Hat sie die Tat jedoch selbst begangen, ist es unter Umständen Felix Hirsch, der Angst haben muss.«

»Was hältst du von der Idee, dass ich mich bei Felix nach ihr umschaue«, schlug Sabine vor.

»Ausgeschlossen«, lehnte Leopold dieses Ansinnen sofort ab. »Erstens ist das viel zu gefährlich. Du weißt nicht, was dich dort erwartet. Und selbst wenn alles normal abläuft, besteht das Risiko, dass du nach dem gestrigen Abend beginnst, mit Felix über eure Beziehung zu reden.«

»Das ist vorbei, Papa«, widersprach Sabine.

»Trotzdem erkläre ich es zur Chefsache«, blieb Leopold unnachgiebig. »Ich werde mich sofort nach Dienstschluss dort hinbegeben.«

»Vielleicht ist es dann schon zu spät«, befürchtete Sabine. »Wer weiß, wie sich die Dinge entwickeln.«

»Gehen Sie ruhig gleich«, ließ sich da Frau Heller verlauten, die vom Haustisch mitgehört hatte. »Wenn nicht plötzlich ein Reisebus kommt, werden wir außer den paar Hansln herinnen einstweilen nicht viele Leute zu bedienen haben. Mit so vielen Gästen werde ich auch allein fertig. Außerdem erwarte ich jede Minute meinen Heinrich. Er braucht Beschäftigung, um sich wieder auseinanderzubiegen. Erledigen Sie Ihre Sache, aber kommen Sie nachher wieder!«

KAPITEL 15

Sabine Patzak rief Felix Hirsch zur Sicherheit noch einmal an. Sie fragte ihn, ob sie einen Sprung bei ihm vorbeikommen könne, um ihm ihr plötzliches Verschwinden am Vorabend zu erklären. Er schien weiterhin nicht daran interessiert, aber auch nicht sonderlich böse auf sie zu sein. Er könne sie jetzt keinesfalls sehen, vielleicht später, gab er an. Sabine vermeinte, dabei eine weibliche Stimme im Hintergrund zu hören. Für Leopold waren das genug Indizien, um sich auf den Weg zu machen.

Eine Viertelstunde später läutete er an Felix' Tür in der Grabmayrgasse in der Nähe vom Floridsdorfer Spitz. Er staunte nicht schlecht, als nicht er, sondern Albert Hirsch öffnete. »Sie wagen es nach dem gestrigen Eklat noch, mir unter die Augen zu treten?«, pfauchte Hirsch.

»Bitte beruhigen Sie sich«, ersuchte Leopold. »Wenn es nicht so wichtig wäre, wäre ich nicht hier. Ich habe mich extra beeilt, um vor der Polizei da zu sein.«

»Polizei?« Tiefe Furchen legten sich auf Albert Hirschs Stirn. »Sie kommen also nicht, um sich zu entschuldigen«, stellte er fest.

»Ich bin mir keiner Verfehlung bewusst, im Gegenteil«, befand Leopold unbeeindruckt. »Ich möchte Ihnen helfen, damit Sie keine Schwierigkeiten mit den Hütern des Gesetzes bekommen. Darf ich herein?«

Hirsch, dessen mächtiger Körper den Türrahmen ausfüllte, zögerte. »Worum geht es?«, schnarrte er.

»Um Unterschlagung von Beweisen, indem Sie eine wichtige Zeugin verstecken, unter Umständen sogar eine Mörderin«, antwortete Leopold. Er bahnte sich einen Weg am schnaubenden Albert Hirsch vorbei in die Wohnung. »Wo ist sie?«

»Sie haben uns gestern das Abendessen versaut. Lassen Sie uns jetzt wenigstens in Ruhe unser Mittagessen einnehmen«, rief Hirsch ihm nach.

Leopold nahm einen angenehmen Geruch aus der Küche wahr. Silvana Rusek öffnete die Tür einen Spaltbreit und steckte ihren Kopf heraus. »Ich verstecke mich keineswegs«, eröffnete sie ihm. »Ihr Freund hat mich schmählich im Stich gelassen, als ich ihn gebraucht habe. Jetzt bin ich eben da. Warum verfolgen Sie mich?«

»Ich möchte Ihnen nur helfen«, redete Leopold ihr zu. »Wissen Sie eigentlich, wie tief Sie in dem Mordfall drinstecken? Für die Polizei sind Sie Verdächtige Nummer eins. Wenn Sie mir gegenüber endlich mit der Wahrheit herausrücken, statt davonzulaufen, können wir vielleicht das Schlimmste verhindern, vorausgesetzt natürlich, Sie sind unschuldig.«

»Wen hätte ich umbringen sollen? Etwa diesen jungen Mann? Lächerlich«, reagierte Silvana gereizt.

»Warum nennen Sie ihn nicht beim Namen? Sie haben Erwin Lamprecht doch gekannt«, erinnerte Leopold sie. »Sie wollten sogar etwas von ihm. Und das stimmt keineswegs mit dem überein, was Sie uns bis jetzt aufgetischt haben.«

Silvana hielt ein Tuch, in das sie nervös ihre Hände wischte. »Ich kann Ihnen alles erklären, aber nicht hier«, seufzte sie. »Warten Sie kurz, ich nehme nur das Essen vom Herd.«

Felix Hirsch kam irritiert aus dem Wohnzimmer. »Wo willst du nun schon wieder hin?«, stellte er Silvana zur Rede.

»Halt die Luft an, ich bin gleich wieder da«, wies sie ihn in die Schranken.

»Wünschen Sie sich ja nicht, dass wir uns noch einmal sehen! Ich zermalme Sie«, zeterte Albert Hirsch in Richtung Leopold. Aber der war schon mit Silvana unterwegs in Richtung Straße.

Nach ein paar Schritten kam er zur Sache. »Woher kannten Sie Erwin Lamprecht nun wirklich?«, wollte er wissen.

»Ich kannte ihn zunächst von Elviras Schilderungen«, merkte Silvana an. »Vorige Woche war er dann kurz bei ihr, weil er sie vom Kaffeehaus nach Hause brachte. Er war mir gleich sympathisch, und ich hatte Vertrauen zu ihm. Deshalb bat ich ihn um einen kleinen Gefallen.«

»Nämlich welchen?«, unterbrach Leopold sie neugierig.

»Elvira hatte mir eröffnet, dass sie ihr Testament zu meinen Gunsten ändern wollte, weil ich mich so fürsorglich um sie kümmerte. Bis dahin waren Ruth Klett und ihre Freundinnen die Begünstigten gewesen. Ich ersuchte Erwin, dieses neue Testament, das Elvira bis zu seinem nächsten Besuch schreiben würde, mit seiner Unterschrift als Zeuge zu bestätigen, damit es auf jeden Fall gültig war. Er war sofort damit einverstanden.«

»Und er unterzeichnete dieses Testament, bevor er sein vertrauliches Gespräch mit Frau Achleitner hatte?«

»So ist es. Aufgrund von Elviras schlechter werdenden körperlichen Zustandes ging alles rascher, als sie es vielleicht geplant hatte. Er war am Dienstagabend bei ihr.«

»Wo befindet sich das Testament jetzt?«

Silvana senkte ein wenig ihren Kopf. »Ich habe es«, gab sie zu, und es war ihr sichtlich unangenehm.

»Wieso das?«, staunte Leopold.

»Ich nahm es an mich, als ich Elviras Leichnam fand«, gab ihm Silvana zu verstehen. »Ich hatte einfach Angst, dass es sonst verschwinden könnte. Also steckte ich es ein, und natürlich auch das alte Testament, in dem sie ihre Freundinnen begünstigt hatte.«

»Sie haben den Saustall in der Wohnung also nicht verursacht?«, vergewisserte sich Leopold

»Wo denken Sie hin? Ich hatte so etwas doch nicht notwendig. Ich wusste ja, wo sich die Dokumente befanden«, erwiderte Silvana. »Das müssen Ruth und ihre Freundinnen gewesen sein.«

»Und weshalb sind Sie bis jetzt noch nicht damit herausgerückt?«, erkundigte sich Leopold verwundert.

»Ich musste zunächst einmal abwarten«, setzte Silvana ihm auseinander. »Sie haben doch im ersten Augenblick auch nicht geglaubt, dass Elvira eines natürlichen Todes gestorben ist. Und wäre sie tatsächlich umgebracht worden, hätte man sich gefragt, wer einen Vorteil durch ihr Ableben haben könnte. Da wäre ich mit meinem Testament sicher an erster Stelle gestanden. Das war mir zu riskant.«

Leopold dachte nach. »Es fragt sich also nach wie vor, wer ihre Wohnung durchwühlt hat und warum«, überlegte er. »Mich interessiert aber noch etwas ganz anderes. Ich würde gern von Ihnen hören, worum sich das Gespräch zwischen Frau Achleitner und Erwin Lamprecht gedreht hat.«

»Das weiß ich nicht! Ich war zu diesem Zeitpunkt nicht mehr dabei. Ich bin gleich gegangen«, beteuerte Silvana Rusek.

»Ich glaube Ihnen kein Wort«, eröffnete ihr Leopold unbarmherzig. »Sie sind doch die personifizierte Neugier! Sie hätten es gar nicht ausgehalten, nach Hause zu gehen, ohne etwas von dem Gespräch zu erfahren. Noch dazu, wo es um so etwas Pikantes wie einen Mord ging.«

»Einen Mord?« Silvana bemühte sich, so ahnungslos wie möglich zu erscheinen.

»Tun Sie nicht so scheinheilig, das weiß sogar ich«, bedrängte Leopold sie. »Erwin Lamprecht hat es mir gegenüber erwähnt. Ich vermute, dass Frau Achleitner mit dieser Ankündigung bezweckt hat, sein Interesse zu wecken. Wahrscheinlich ist ihr Ihnen gegenüber auch etwas in der Art herausgerutscht. Es hat sie beschäftigt, und Sie waren in den letzten Tagen ihre beinahe einzige Kontaktperson.«

»Ich wollte Sie nur darüber in Kenntnis setzen, wie meine Bekanntschaft mit dem Mordopfer zustande gekommen ist«, ließ Silvana sich nicht einschüchtern. »Alles andere habe ich Ihnen bereits mitgeteilt.«

»Machen Sie es uns beiden nicht so schwer«, redete Leopold weiter auf sie ein. »Sie verbessern Ihre Situation dadurch nicht. Bedenken Sie vor allem eines: Lamprecht wurde ermordet, nachdem er Frau Achleitners Geheimnis erfahren hatte. Möglicherweise droht Ihnen als Mitwisserin dasselbe Schicksal.«

»Sie reden sich da in einen Wirbel«, versetzte Silvana ungerührt.

»Ach so? Weshalb haben Sie dann Angst, allein zu Hause zu sein? Zuerst haben Sie bei meinem Freund Thomas übernachtet, jetzt haben Sie sich bei Ihrem Ex-Freund Felix Hirsch einquartiert. Sie fühlen sich nicht wohl. Sie haben sich auch in der Wohnung von Thomas gefürchtet, als er nicht daherkam, und als Reaktion eine sehr emotionale Nachricht an ihn verfasst. Könnte es ein, dass Sie damit rechnen müssen, die Nächste zu sein?«

»Hören Sie, ich weiß nichts! Und selbst wenn ich etwas wüsste, wie soll der Mörder davon erfahren haben?«

»Vielleicht von Lamprecht oder Frau Achleitner, aber das glaube ich nicht«, kombinierte Leopold. »Vielleicht hat er es sich einfach zusammengereimt. Ziemlich sicher haben Sie es ihm jedoch selbst gesagt. Sie wollten nämlich ein bisschen Geld von ihm. Mit Mord kann man die Menschen schön erpressen.«

»Hören Sie auf, bevor die Fantasie mit Ihnen durchgeht«, entgegnete Silvana Rusek scharf. »Weshalb sollte ich jemanden erpressen, wenn ich demnächst legal zu einem ansehnlichen Sümmchen komme? Denken Sie, was Sie wollen, aber belästigen Sie mich nicht mehr mit Ihren grotesken Spekulationen.«

»Ich wollte Sie nur auf ein Gespräch mit der Polizei vorbereiten, das ehebaldigst stattfinden wird«, machte sie Leopold aufmerksam. »Ich werde Oberinspektor Juricek nämlich Ihren derzeitigen Aufenthaltsort mitteilen müssen. Mein Rat: Bleiben Sie dort und verschwinden Sie nicht wieder woandershin. Das würde bei den Hütern des Gesetzes keinen guten Eindruck hinterlassen.«

Silvana hatte ihm bereits ihren Rücken zugekehrt. »Lassen Sie mich gefälligst in Ruhe«, rief sie ihm noch über die Schulter zu.

*

»Ist es draußen immer noch so frisch?« Mit dieser Frage empfing Herr Heller seinen Oberkellner, als dieser mit leicht gerötetem Näschen von seinem Kurzausflug zurückkehrte.

»Die Sonne kommt heraus. Das wird noch der schönste Nachmittag«, gab Leopold Auskunft.

»Jetzt müsste man im Wasserpark sein«, sinnierte Herr Heller. »Nicht zu nachtschlafender Zeit, wo man halb erfriert. Da schaut einem zwar niemand zu, aber es macht trotzdem keinen Spaß.«

»Ich hatte den Eindruck, dass es für Sie beide sehr romantisch war«, munterte Leopold ihn auf.

»Eindrücke täuschen oft«, brummte Herr Heller. »Man hat ein großes Ziel vor Augen, und im entscheidenden Moment verlassen einen die Kräfte. Die Kälte ist ein Hund!«

Leopold erging es ähnlich wie seinem Chef. Er fühlte, dass er nahe am Ziel war, schien aber wie in einer Kreisbewegung immer wieder zum Ausgangspunkt zurückgeworfen zu werden. Die Befragung von Silvana hatte ihn weniger weit gebracht, als er gehofft hatte. Zum Gespräch zwischen Elvira Achleitner und Erwin Lamprecht hatte sie beharrlich geschwiegen, obwohl sie nicht so ahnungslos sein konnte, wie sie vorgab. Dafür war wieder die unselige Geschichte mit dem Testament im Mittelpunkt gestanden. Leopold war sich schon gar nicht mehr sicher, dass es nichts mit dem Mord zu tun hatte.

In diesem Stadium zweifelte er an allem, dessen er sich vorher so sicher gewesen war. Dabei hatte er die Lösung des Falles schon in seinem Kopf parat. Ihm fehlten jedoch die Beweise. Derzeit konnte Juricek seine Theorie jederzeit als Fantasterei abtun. Aber wie sollte Leopold hier Abhilfe schaffen? Diejenigen Personen, die außer dem Mörder am meisten von der Wahrheit kannten, waren tot. Alle anderen Beteiligten oder Verdächtigen würden wohl bei dem bleiben, was sie ihm oder der Polizei bisher mitgeteilt hatten. Das Ziel befand sich zwar in Reichweite, doch in seinen Ermittlungen war ein beunruhigender Stillstand eingetreten.

Vielleicht hatte Juricek doch recht, und Leopold durfte sich nicht damit aufhalten zu ergründen, was Elvira dem Mordopfer gebeichtet haben konnte. Er musste vielmehr noch einmal Lamprechts letzte Stunden am Dienstag durchgehen. Im Geist machte er sich dazu die folgenden Notizen:

- Erwin Lamprecht verließ das *Café Heller* am frühen Abend in Richtung Elvira Achleitner. Sie befand sich in einem schlechten körperlichen Zustand und wollte ihm etwas über einen Mord anvertrauen.

- Bei Elvira fungierte er zunächst als Zeuge für eine Neufassung ihres Testaments, das nunmehr ihre Betreuerin Silvana Rusek begünstigte. Danach ging Silvana angeblich, und es kam zu einem Vieraugengespräch zwischen Elvira und Lamprecht.

- Lamprecht plante, noch einmal zurück ins Kaffeehaus zu kommen (laut Anruf bei Kastner) und bei seiner Freundin Inga vorbeizuschauen, um sich mit ihr auszusöhnen (laut Anruf bei Inga Badura). Er wurde aber da und dort nicht mehr gesehen.

- Schuld daran war ein vorher angesetztes Treffen, vermutlich mit seinem Mörder. Dabei ging es möglicherweise um die Informationen, die er von Elvira erhalten hatte.

- Unmittelbar vor diesem Treffen hatte Lamprecht noch ein belangloses Gespräch mit Viktor Reiter (Vickerl vom Grund) in *Rüdigers Beisl*. Am Vortag hatte er in diesem Lokal eine Auseinandersetzung mit Inga Badura gehabt.

- Danach verlor sich seine Spur. In den Lokalen zwischen *Rüdigers Beisl* am Schlingermarkt und dem Tatort Kinzerplatz war er nicht gesehen worden. Irgendwo musste er aber so viel Alkohol getankt haben, dass er zur Tatzeit 1,4 Promille Alkohol im Blut hatte. Sehr wahrscheinlich hatte das Treffen demnach in einer Privatwohnung stattgefunden.

- Etwa zwischen 23.30 Uhr und Mitternacht wurde Lamprecht am Kinzerplatz erdrosselt. Leopold ging davon aus, dass der Mörder ihn auf seinem Heimweg in die Floridusgasse begleitet und seine durch den Alkohol verursachte Schwäche und Unaufmerksamkeit für die Tat ausgenutzt hatte.

Das waren in groben Umrissen die wichtigsten Fakten. Alles andere gehörte in den Bereich der Spekulation. Juricek war trotz seiner besseren Möglichkeiten offenbar auch nicht viel weiter. Und wenn er etwas Entscheidendes herausfand, würde er Leopold vermutlich nicht in alles einweihen.

Wer konnte ihm also noch weiterhelfen? Das Kapitel Silvana Rusek musste er abhaken, und ein weiterer Besuch bei Felix oder Albert Hirsch erschien nicht sinnvoll. Und sonst? Alle waren verdächtig und würden wie bisher mit äußerster Zurückhaltung agieren. Es sah nicht sehr vielversprechend aus.

Was, wenn er vorpreschte und die hauptverdächtige Person gleich mit seiner Theorie konfrontierte? Ihr auf den Kopf zusagte, dass sie es gewesen war? Würde sie sich verraten? Konnte er sie zu einer unüberlegten Tat provozieren? Wohl kaum, denn er hatte ja nichts Greifbares gegen sie in der Hand.

Als beste Möglichkeit erschien es Leopold deshalb,

nach seinem Dienstschluss am Nachmittag noch einmal dort vorbeizuschauen, wo man Erwin Lamprecht zuletzt gesehen hatte, nämlich in *Rüdigers Beisl*. Vielleicht erinnerte man sich dort an eine Einzelheit, die bis jetzt nicht zur Sprache gekommen war. Es war eine vage Hoffnung, aber das Einzige, was seiner Meinung nach in der derzeitigen Situation Sinn machte.

Herr Heller war inzwischen hinaus vor die Kaffeehaustür gegangen, um die kühle Luft des Frühlings, der noch nicht so richtig in Fahrt kommen wollte, einzuatmen. »In ein, zwei Wochen schaut es schon anders aus, das spüre ich«, prophezeite er mit Blick zum Himmel. »Dann werden Sidonie und ich unser romantisches Stelldichein wiederholen. Es war einfach noch zu früh.«

»Es gibt Männer, die nur in der schönen Jahreszeit aktiv sind. Im Winter werden zwar auch Kinder gezeugt, aber das sind dann die anderen Herren der Schöpfung«, merkte Leopold an. »Können Sie sich an den Ansberger Alex erinnern? Der hat im Frühling und Sommer ein schönes geregeltes Liebesleben mit seiner Silvia gehabt. Aber kaum hat es geherbstelt, ist er schon bei uns herinnen gesessen und hat trübsinnig in seinem Kaffee gerührt. Wenn ich mich dann nach seinem Befinden erkundigt habe, hat er gemeint, ich solle ihn erst wieder fragen, wenn die Blumen blühen und die Blätter an den Bäumen hängen. Eine richtige Winterdepression hat er bekommen. Dazu muss man wissen, dass seine Silvia verheiratet war und sich in der kalten Jahreszeit mangels Alternative an ihren Ehemann geschmiegt hat. Das hat ihn natürlich gemagerlt. Ich möchte jetzt die moralische Seite nicht beiseitelassen, aber manchmal hat er mir richtig leidgetan. Wenn er beim Fenster in den

Schnee hinausgeschaut und von seiner Silvia geträumt hat, habe ich schon geglaubt, er friert mir neben der Zentralheizung ein …«

»Lass die Luft drinnen«, grinste ihm da Oberinspektor Juricek entgegen, den er im Eifer des Erzählens trotz Sombrero nicht kommen gesehen hatte. »Mich interessieren deine Kaffeehausg'schichtln nicht. Sag mir lieber, wo ich Silvana Rusek finde.«

*

»Meinst du, ihr werdet noch etwas von Silvana Rusek in Erfahrung bringen, Richard?«, erkundigte sich Leopold vorsichtig bei Juricek. Sie befanden sich nun wieder drinnen an der Theke, und Juricek hatte einen großen Braunen vor sich stehen.

»Das will ich für dich hoffen. Du bist ja so überzeugt davon, dass sie eine wichtige Zeugin ist«, bemerkte Juricek, seelenruhig seinen Kaffee schlürfend.

»Felix Hirsch und sein Vater Albert üben einen schlechten Einfluss auf sie aus«, teilte ihm Leopold seine Sorge mit. »Sie wird immer verschlossener. Aber sie hält etwas zurück, dessen bin ich mir sicher.«

»Dann wird sie es uns erzählen, und zwar in ihrem eigenen Interesse«, versicherte Juricek. »Sie hat kein Alibi für die Tatzeit. Außerdem kannte sie das Mordopfer, war kurze Zeit vor der Tat noch mit ihm zusammen und teilte womöglich ein Geheimnis mit ihm. Dadurch wird sie in höchstem Maß verdächtig.«

Leopold erinnerte sich mit Wehmut daran, dass er mit genau diesen Argumenten bei Silvana nichts erreicht hatte. »Andererseits hat sie offenbar Angst vor etwas oder jemandem und meidet ihre Wohnung«, gab er zu bedenken. »Glaubst du, sie ist in Gefahr?«

»Was kann ihr in diesem Fall Besseres passieren, als von der Polizei mit offenen Armen empfangen zu werden?«, entgegnete Juricek. »Da müsste sie doch gleich die Probleme loswerden, die sie drücken. Deine Zweifel zeigen mir, dass du deiner eigenen Theorie nicht vertraust. Schön langsam kommst du nämlich drauf, wie abenteuerlich sie ist, und fürchtest dich vor einer Blamage.«

»Keineswegs«, beteuerte Leopold sofort. »Was ist mit Elviras Ehemann Arnold? Gibt es Neuigkeiten von ihm?«

Juricek schüttelte den Kopf. »Die Nachverfolgungen gestalten sich schwierig. Wenn wir wenigstens den Namen seiner damaligen Flamme wüssten, aber so ist kaum etwas zu machen. Zu der Zeit, als er verschwunden ist, gab es ja noch keine Vernetzung wie heute. Dementsprechend langwieriger ist es, seine Spur zu finden, vorausgesetzt es gibt eine. Er kann überall und nirgends sein. Wenigstens scheint sicher, dass er in den letzten Jahren nicht gestorben ist.«

»Aber wenn er gar nicht …«

»Ich weiß, worauf du hinauswillst«, unterbrach Juricek seinen Freund zwischen zwei Schlucken. »Allerdings ist das ziemlich unwahrscheinlich. Wir haben einen Cousin von Arnold Achleitner aufgetrieben, seinen einzigen Verwandten, wie es scheint. Der behauptet, jedes Jahr zu Weihnachten eine Karte von ihm aus Deutschland erhalten zu haben, bis einmal keine mehr kam.«

»Wo genau wurden die Karten abgeschickt? Wann ist die letzte angekommen?«, bedrängte Leopold ihn wissbegierig.

Juricek genoss seine Aufregung. »Dieser Cousin ist an die 90 Jahre, mein Lieber«, weihte er ihn ein. »Er kann sich nicht mehr so genau erinnern, auch weil es ihn im Grunde nie interessiert hat. Die beiden hatten ein distanziertes Verhältnis zueinander. Er hat die Karten auch nicht aufbewahrt und nie geantwortet. Er glaubt, es habe sich gar keine Adresse auf dem Kuvert befunden.«

»Aber Richard, wem glaubst du jetzt? Dem hochbetagten Cousin mit Gedächtnisschwund oder mir? Es liegt doch auf der Hand, dass an diesen Karten etwas faul ist«, behauptete Leopold. »Elvira Achleitner wollte Erwin Lamprecht etwas verraten, das mit einem Mord zu tun hatte. Sie hat gespürt, dass es mit ihr zu Ende geht, und hat wohl im Sinn gehabt, damit ihre Seele zu erleichtern. Die Frage ist, um welchen Mord es gegangen ist. Wenn man nun weiß, dass ihr Mann plötzlich von der Bildfläche verschwunden ist, und dass es seither kein glaubwürdiges Lebenszeichen von ihm gibt, hat man doch schnell die einfache logische Antwort parat.«

»Einfache Antworten müssen nicht immer richtig sein«, bremste Juricek seinen Freund ein.

»Was ist denn deiner Meinung nach geschehen?«, stellte Leopold ihn zur Rede.

»Wir sind dabei, es herauszufinden«, ließ sich Juricek nicht aus der Reserve locken. »Deine Theorie ist jedenfalls nicht glaubwürdiger geworden, im Gegenteil. Weißt du, was zu diesem angeblichen Mord vor allem fehlt? Die Leiche! Ohne Leiche kein Kapitalverbrechen. Schon gar nicht bei einem derart amateurhaften Versuch deinerseits, eine Indizienkette aufzubauen.«

»Es gibt sehr wohl eine Leiche, und zwar die von Erwin Lamprecht«, beharrte Leopold.

»Genau! Um die werden wir uns auch weiterhin vorrangig kümmern«, dämpfte Juricek seine Erwartungen. »Und du hörst jetzt bitte wieder auf, Leute mit deinen Fragen, Vermutungen und Anschuldigungen zu belästigen. Genieße das Wochenende und lass die anderen in Ruhe. Ich hoffe, ich muss nicht deutlicher werden.«

Er schaute auf seine Uhr und warf einen wehmütigen Blick auf die letzten Reste vom Kaffee in seiner Tasse. »Ehrenwort?«, vergewisserte er sich dabei noch einmal, drückte Leopold einen Fünfeuroschein in die Hand und bedeutete ihm mit einer Geste, er solle den Rest behalten.

Leopold machte eine sorgenvolle Miene. »Beeilt euch aber bitte«, ersuchte er Juricek. »Wenn ihr nichts weiterbringt, kann ich für nichts garantieren.«

Der Oberinspektor setzte seinen Sombrero auf. »Keine Sorge«, versicherte er dabei. »Und merk dir eines: Entweder deine Frau Rusek verschweigt wirklich etwas. Dann kitzeln wir es aus ihr heraus, verlass dich drauf. Oder ihre Person ist für diesen Fall von geringerer Bedeutung, als du annimmst. Dann liegst du sowieso vollkommen falsch. Habe die Ehre!«

KAPITEL 16

Leopold dachte gar nicht daran, von seinem Plan abzuweichen. Kaum hatte das *Café Heller* seine Pforten für das Wochenende geschlossen, machte er sich auf den Weg in *Rüdigers Beisl*. Es war kein Verbrechen, wenn er sich nach seiner Arbeit noch ein Bier genehmigte. Und er musste das nicht schweigend tun, sondern konnte sich dabei mit dem Wirt und seinen Gästen unterhalten. Das durfte ihm keiner verbieten.

Zielstrebig querte er den Schlingermarkt und betrat schließlich das kleine Lokal. Die drei Stammgäste, die er schon kannte, knotzten an der Theke, die Tische waren eher schütter besetzt. »Wir sperren gleich zu«, rief ihm der Rüde wie eine Erklärung dafür entgegen.

Er war also gerade noch rechtzeitig gekommen. Erstaunlich, wie viele Floridsdorfer Gasthäuser bereits am späten Samstagnachmittag ihre Türen schlossen, um sie dann auch den ganzen Sonntag nicht aufzumachen. Für so manchen Kneipenbruder wurde das Wochenende damit zur nicht enden wollenden Durststrecke. »Will denn niemand mehr etwas trinken?«, fragte Leopold in Richtung Thekenrunde.

»Willst du vielleicht wieder was zahlen?«, kam es erwartungsvoll zurück.

»Der labert uns vorm Heimgehen noch das Hirn voll

245

mit seinen Fragen«, gab sein auffällig tätowierter Nachbar zu bedenken.

»Eines könnte ich schon noch vertragen«, wandte der Dritte ein und strich dabei mit der Hand über sein kugelförmiges Bäuchlein.

»Eines geht noch, wenn du uns einlädst«, zeigte sich der Rüde großzügig. »Allerdings zum speziellen Sperrstundenpreis.«

Leopold ahnte, dass damit kein Happy-Hour-Angebot gemeint war. »Gut«, willigte er dennoch ein. »Wenn ich Antwort auf ein paar Dinge bekomme, die ich noch wissen müsste.«

Er erntete dafür ein paar misstrauische Blicke, aber der Durst des Stammpublikums vor dem kargen Wochenende war größer. Der Rüde betätigte den Zapfhahn und bemerkte dabei: »Es geht wohl wieder um den Kerl, der uns zufällig beehrt hat, ehe er abgemurkst wurde.«

»Ganz recht! Ich bezweifle nämlich, dass sein Besuch so zufällig war«, gab Leopold an.

»Wenn du Ärger machen willst, kannst du gleich wieder gehen«, versetzte der Tätowierte unwirsch. »Entweder wir trinken in Ruhe oder gar nicht.«

»Lass ihn ausreden«, bestimmte der Rüde. »Ich möchte wissen, worauf er hinaus will. Also, was hast du auszusetzen?«

»Der ermordete Erwin Lamprecht hat dieses Lokal offenbar nicht nur einmal frequentiert«, behauptete Leopold. »Er ist zumindest am Montag, also einen Tag, bevor er angeblich das erste Mal da war, hier gesehen worden.«

»Ach so? Wer behauptet das?«

»Ich hab's vom Vickerl vom Grund.«

Der Rüde ließ sich zu einem müden Lächeln hinreißen. »Vom Vickerl? Der pilgert jeden Tag von einer Gaststätte der Umgebung zur nächsten. Überall trinkt er was. Glauben Sie wirklich, der weiß noch, was er wann wo gesehen hat?«

»Vielleicht hat er nur davon gehört«, gestand Leopold ein. »Es war aber eine recht auffällige Situation. Lamprecht soll mit einer jungen Frau gestritten und ihr eine Ohrfeige gegeben haben.«

»Wir kommen offenbar immer weiter in den Bereich der Legende«, befand der Rüde.

»Das glaube ich nicht! Die junge Frau hat die Geschichte nämlich mittlerweile bestätigt«, korrigierte Leopold.

»Wenn das so weitergeht, schmeckt mir mein Bier nicht mehr«, maulte der Tätowierte.

»Gib Ruhe, ich muss nachdenken«, wies ihn der Rüde zurecht und bemühte sich dabei, einen konzentrierten Eindruck zu erwecken. »Kann es sein, dass man so etwas übersieht? Dass jemand eine Watsche kassiert? Noch dazu eine Tussi, die sich da herein verirrt hat?«

»Die Weiber kommen ganz selten zu uns«, lachte der Mann mit dem Bäuchlein. »Ich weiß auch nicht, wieso.«

»Es kann natürlich sein, dass es schon in Richtung Sperrstunde gegangen ist«, grübelte der Rüde indessen. »Da bin ich nicht mehr so aufnahmefähig. So ein Arbeitstag ist hart, und gegen Schluss wird man durstig. Man passt dann nicht mehr so auf. Wenn, dann hat es sicherlich keine Rauferei oder einen lauten Streit gegeben.«

»Aber es muss Ihnen doch aufgefallen sein, dass Erwin Lamprecht am Dienstag nicht zum ersten Mal an Ihrer Theke gestanden ist«, bedrängte Leopold ihn. »Warum haben Sie mir das bei meinem letzten Besuch nicht mitgeteilt?«

Hastig trank der Rüde sein Krügel aus. »Wissen Sie, wie das ist, wenn man so wie ich täglich einen Laden betreut, in dem die Leute aus und ein gehen? Und das Jahr für Jahr? Da kann man sich nicht alles merken. Ereignisse und Personen verschmelzen miteinander. Zeitweise weiß man nicht mehr, wer wer ist. Die Leute trinken, und solang sie bezahlen, ist es gut. Aber wenn ich mir noch eines genehmige, steigert das vielleicht mein Erinnerungsvermögen.«

Die drei Thekenbrüder hatten ihre Gläser auch im Nu geleert. Schweren Herzens ließ sich Leopold zur Bezahlung einer weiteren Runde breitschlagen. Obwohl er noch die Hälfte seines Biers vor sich stehen hatte, würde er unbarmherzig in diese Runde miteinbezogen werden. Er kannte das schon.

»Man müsste sich viel mehr aufschreiben, vor allem die wichtigen Dinge«, sinnierte der Rüde beim erneuten Bierzapfen. »Dann in eine Lade damit, und wenn man was davon braucht, holt man es ratzfatz hervor.«

»Du würdest im entscheidenden Moment nicht wissen, wo du deine Aufzeichnungen hingetan hast«, beanstandete der wohlbeleibte Genießer in Erwartung des nächsten Krügels.

»Vielleicht hast du recht«, entgegnete der Rüde. »Und wenn man etwas nicht mitgekriegt hat, kann man es auch nicht aufschreiben.« Er schenkte fertig ein, und als alle ihr Bier vor sich stehen hatten, tat er noch einmal so, als würde er nachdenken. »Also, was den jungen Mann betrifft«, sagte er dann in Richtung Leopold. »Er hat einen ruhigen Eindruck gemacht, egal, wie oft er da war. Vielleicht hat ihn einmal eine Frau begleitet, und vielleicht ist ihm da kurz die Hand ausgerutscht. Es war auf keinen Fall etwas Weltbewegendes.«

Es war inzwischen klar geworden, dass sich der Rüde nicht an die Ohrfeige erinnern wollte. Leopold wechselte deshalb seine Fragestellung. »Hat Lamprecht wirklich nur Cola getrunken?«, wollte er wissen.

»Ich denke ja«, antwortete der Rüde. »Aber ich bin jetzt natürlich verunsichert. Es könnte auch anders gewesen sein. Möglicherweise hat er doch ein Achtel Wein zur Brust genommen. Er hat nämlich dem Vickerl eines spendiert. Ich glaube, er hat dann gesagt: ›Gib mir auch eines.‹ Ich bin mir sogar relativ sicher. Aber nur eines, höchstens zwei. Der Vickerl hat ihn vollgeschwafelt, das war ihm unangenehm.«

»Worum ist es gegangen?«

»So genau haben wir nicht aufgepasst, aber es war auch nicht sonderlich interessant, glauben Sie mir! Wir kennen den Vickerl. Den jungen Mann hat das angeödet, er wollte mit Anstand aus der Situation raus. Er hat gesagt, was er da gehört habe, sei sehr interessant gewesen. Er schreibe gerade an einigen Erzählungen, die er veröffentlichen wolle, und werde einen Teil davon bestimmt dafür verwenden. Dann hat er sich dezent verdrückt«, berichtete der Rüde. Er wirkte müde und trank jetzt in kleineren Schlucken.

»Ich denke, er hat sich noch mit jemandem getroffen«, kombinierte das Bäuchlein.

»Das war's! Wir machen endgültig Schluss! Sperrstunde«, verkündete der Rüde, worauf sich zwei Männer, die bis jetzt nur schweigend im Halbdunkel gesessen waren, ebenso schweigend erhoben und gingen.

»Ihr habt was vergessen«, meldete sich da der dritte Thekenbruder zu Wort, der bis jetzt auch nichts geredet hatte. Die Augen seiner Kumpane straften ihn mit bösen Blicken.

»Ist doch jetzt auch schon egal«, rechtfertigte sich der stille Trinker. »Da ist doch noch ein Mädchen zur Tür hereingekommen und hat nach diesem Erwin gefragt, als er schon weg war. Es hat sich aber nicht um diejenige gehandelt, der er die Watsche gegeben hat.«

*

Nachdenklich verließ Leopold *Rüdigers Beisl*. Ein bisschen weiter war er gekommen, ein wenig klarer ließen sich die Konturen der Ereignisse in der Mordnacht erkennen. Das weibliche Wesen, das nach Lamprecht gesucht hatte, war mit ziemlicher Sicherheit Silvana Rusek gewesen. Lamprecht hatte bereits beim Rüden zu trinken begonnen. Und die Geschichte mit der Ohrfeige war ebenso bestätigt worden wie seine Unterhaltung mit Viktor Reiter. Doch danach blieb alles verschwommen. Leopold konnte zwar vermuten, was geschehen war, Beweise gab es allerdings nach wie vor keine.

Erneut ging es in seinem Kopf durcheinander. Vielleicht war es in Zukunft doch angebracht, sich bei solch komplizierten Fällen nicht nur geistige Notizen zu machen, sondern die Dinge protokollartig aufzuschreiben und damit die Möglichkeiten schwarz auf weiß einzugrenzen. Aber würde er diese Aufzeichnungen auch zur Hand haben, wenn er sie benötigte? Musste er nicht wie der Rüde fürchten, sie irgendwo wegzulegen, wo er sie dann nicht mehr fand? Leider geschah das in den meisten Fällen, wenn man kein genauer, ordnungsliebender Mensch war.

Halt! Leopold blieb im engen Kramreiterweg abrupt stehen und wurde von einem hinter ihm her stürmenden Mann beinahe umgerannt. Es schrillte in seinem Hirn.

Alles erschien plötzlich klar und logisch. So konnte es gewesen sein. Hatte ihm der Rüde, ohne es zu wissen, den entscheidenden Hinweis gegeben? Er sammelte sich und fügte die Puzzleteile Stück für Stück ineinander.

Man musste von der Annahme ausgehen, dass Elvira Achleitner ihren Mann Arnold umgebracht hatte. Jener Mord war folglich das Geheimnis, das sie Erwin Lamprecht mitteilte. Sie spürte, dass sie nicht mehr lange zu leben hatte, und schüttete ihm ihr Herz aus. Seine charmante Art und die Tatsache, dass er einmal vorgehabt hatte, Priester zu werden, machten ihn zur Person ihres Vertrauens.

Die Frage war, ob sie die Jahre vorher mit dieser Last gelebt hatte, ohne ihre Seele zu erleichtern. Lag der Gedanke nicht nahe, dass sie ihre Beichte irgendwann einmal niedergeschrieben hatte? So wie sie daran gedacht hatte, für alle Fälle ein Testament zu verfassen? Und dass sie diese Beichte in einen Briefumschlag gesteckt und in ihrer Wohnung deponiert hatte?

Möglicherweise hatte sie diese Tatsache bei ihrem Gespräch mit Erwin Lamprecht erwähnt, ohne sich zu erinnern, wo genau sie das Kuvert mit dem explosiven Inhalt aufbewahrte – explosiv deshalb, weil es Leopold unmöglich erschien, dass sie die Tat mitsamt dem Verschwindenlassen der Leiche allein begangen hatte. Sie musste zumindest einen Helfer gehabt haben. Diese Person hatte sie vermutlich ebenfalls in dem Schreiben angeführt.

Lamprecht war daran sicher interessiert, doch zum gegebenen Zeitpunkt war es für ihn schwer möglich, die Wohnung der alten Dame, die sich noch dazu in einem äußerst schlechten gesundheitlichen Zustand befand, zu durchsuchen. Außerdem ging sich das zeitlich nicht aus.

Aber Silvana Rusek hatte diese Möglichkeit. Wenn sie das Gespräch zwischen Lamprecht und Elvira Achleitner mitverfolgt hatte, musste es ihr ein Anliegen gewesen sein, das Schreiben zu finden. Deshalb suchte sie Lamprecht noch beim Rüden. Es war denkbar, dass sie mit ihm gemeinsame Sache machen wollte.

Zwei Varianten, wie es weitergegangen war, boten sich an:

Variante 1: Silvana und Lamprecht gingen noch etwas trinken (wo auch immer), der Alkohol floss in Strömen, und sie gerieten auf dem Weg zu Lamprechts Wohnung in Streit. In weiterer Folge tötete Silvana ihn auf dem Kinzerplatz.

Diese Variante erschien Leopold weniger plausibel.

Variante 2: Silvana traf Lamprecht nirgendwo mehr an, weil er nun schon mit seinem Mörder zusammen war. Am nächsten Morgen fand sie Elvira Achleitner tot in ihrer Wohnung. Nun bot sich ihr *die* Gelegenheit, vorausgesetzt, sie war abgebrüht genug. Sie konnte in aller Ruhe nach dem Schreiben suchen, ehe sie die Polizei verständigte. Sie kannte sich, anders als Lamprecht, in der Wohnung aus und konnte geeignete Verstecke erahnen. Schließlich fand sie, was sie suchte, und nahm es an sich.

Dann merkte sie nach und nach, worauf sie sich eingelassen hatte. Sie erfuhr von Lamprechts Tod und sah am nächsten Tag, dass jemand Elviras Wohnung durchwühlt hatte. Ziel der Suche war dabei wohl nicht ein Testament, sondern das ominöse Schreiben gewesen. Der Mörder war also dahinter her.

Seither befand sie sich auf einer Art Flucht. Warum sie nicht schon längst zur Polizei gegangen war und die Sache damit für alle einfacher gemacht hatte? Entweder hinterließ ihr Elvira Achleitner doch nicht so viel, oder sie war sich nicht sicher, ob das Testament zu ihren Gunsten anerkannt würde, das sie außerdem in den Verdacht brachte, der alten Dame etwas angetan zu haben. Oder sie zögerte, weil sie den Mörder kannte. Oder sie war einfach geldgierig und wollte deshalb für ihr Schweigen ein hübsches Sümmchen kassieren.

Diese Variante hielt Leopold für plausibler. Sie hörte sich zwar immer noch abenteuerlich an, aber gegenüber seinen bisherigen Theorien hatte sie einen gewaltigen Vorteil: Sie ließ sich relativ rasch auf ihre Richtigkeit prüfen. Oberinspektor Juricek kannte Silvanas Aufenthaltsort bei Felix Hirsch. Er musste sie nur dementsprechend in die Mangel nehmen und das Bekennerschreiben bei ihr suchen. Wenn dabei nichts herauskam, hatte sich Leopold eben getäuscht.

Aber er war überzeugt davon, dass er sich nicht geirrt hatte. Er musste Richard Juricek sofort über seinen neuen Erkenntnisstand informieren.

Der Oberinspektor unterbrach seinen Redefluss am Telefon unwirsch. »Das mag ja alles sein«, räumte er ein. »Aber Frau Rusek ist erneut verschwunden. Sie war nicht mehr bei Felix Hirsch, als wir dort ankamen. Sie ist auch nicht in ihrer Wohnung. Dafür war jemand anders da. Sieht ganz so aus, als hätte er nach etwas gesucht.«

*

Leopold hatte es satt. Einmal mehr hatte ihn sein Freund gebeten, sich ab nun ja nicht mehr in die polizeilichen Ermittlungen einzumischen. Er konnte diesen Satz schon gar nicht mehr hören.

Silvana Ruseks Wohnung war durchwühlt worden, sie selbst war einmal mehr untergetaucht. Es fühlte sich ganz nach einem Katz-und-Maus-Spiel zwischen ihr und dem Mörder an. Welche Möglichkeiten hatte Leopold, am Ball zu bleiben? Seine Tochter Sabine und Thomas Korber waren wohl gerade zu sehr miteinander beschäftigt, um ihm eine große Hilfe zu sein. Immerhin konnte er sich jederzeit bei einem von ihnen melden, wenn es erforderlich war. Vorerst erschien es ihm nach kurzem Nachdenken am sinnvollsten, es noch einmal bei Felix Hirsch zu versuchen. Er wohnte ja in der Nähe.

Felix öffnete, als hätte er Leopold bereits erwartet. Sein Gesichtsausdruck war angespannt und unruhig, man sah ihm die Nervosität an. Sein Vater schien bereits gegangen zu sein. Dafür wurde Leopold im Wohnzimmer von einem anderen guten Bekannten empfangen, nämlich Inspektor Norbert Bollek.

Bollek, der ihm eigentlich noch nie gut gesinnt gewesen war, verzog zu Leopolds Überraschung keine Miene. »Eigentlich sollte ich Sie hochkantig rauswerfen, Herr Hofer«, befand er nur. »Aber Sie haben Glück! Es ist Samstag, und mein Job, auf den Herrn hier aufzupassen und zu warten, ob seine Verflossene vielleicht wieder auftaucht, ist etwas eintönig. Der Herr ist außerdem nicht sehr gesprächig, und im Fernsehen läuft wieder einmal nur Schwachsinn. Sie können also bleiben, wenn Sie nicht zu lästig werden. Fragen Sie Herrn Hirsch ruhig etwas. Für jede Frage, die ich ihm bereits gestellt habe, mache ich ein Häkchen. Bei fünf Häkchen zahlen Sie mir ein Bier, in Ordnung?«

»Von mir aus, wenn es Ihnen Spaß macht«, zeigte sich Leopold einverstanden. »Aber das Wichtigste ist wohl jetzt, dass wir alle gemeinsam versuchen, Silvana zu finden, bevor sie durch eine Dummheit in ihr Unglück rennt.«

»Das überlassen Sie einmal lieber dem Oberinspektor«, winkte Bollek ab.

»Warum sollen wir drei, wenn wir unseren Grips anstrengen, nicht auf etwas kommen, das er bis jetzt übersehen hat?«, munterte Leopold ihn auf.

»Ich habe schon gesagt: Fragen Sie ihn ruhig«, wiederholte Bollek unbeeindruckt mit einer leichten Kopfbewegung in Richtung Felix Hirsch.

»Gut«, seufzte Leopold. »Also: Warum hat sich Silvana so schnell wieder davongemacht? Wie ist das vor sich gegangen?«

Bollek machte sein erstes Häkchen.

»Dasselbe könnte ich Sie fragen«, entgegnete Hirsch erregt. »Sie waren es ja, der sie vom Kochen abgehalten hat, weil Sie angeblich etwas Wichtiges mit ihr zu klären hatten. Sie sind mit ihr hinaus, und sie ist dann nicht mehr zurückgekommen. Mein Vater war rasend vor Wut. Er hat sie angerufen, aber sie hat sich nicht gemeldet. Das ist jetzt offenbar ihr neuer Spleen. Nach einiger Zeit war die Polizei da. Den Rest kennen Sie.«

Hirsch verdächtigte Leopold also, etwas mit Silvanas Verschwinden zu tun zu haben. Er hatte ihm wohl deshalb so bereitwillig die Tür geöffnet, weil er gehofft hatte, mehr von ihm zu erfahren. »Ich habe ihr einige Fragen betreffend den Abend vor Frau Achleitners Tod gestellt«, teilte Leopold ihm mit. »Dann ist sie wieder gegangen, etwas unwirsch zwar, aber allem Anschein nach zurück in Ihre Wohnung. Für mich ist also alles genauso ein Rätsel wie für Sie. Wann hat Ihr Vater Sie verlassen?«

»Häkchen Nummer zwei«, rief Bollek stolz dazwischen.

»Sofort. Er war stinksauer und hat gemeint, Silvana solle ihm in nächster Zeit nicht mehr unter die Augen kommen. Wir hatten beide keinen Appetit mehr. Das Essen, besser gesagt, die Vorstufe davon, steht immer noch in der Küche«, schilderte Hirsch.

»Wo ist Ihr Vater jetzt?«

»Ich nehme an, zu Hause! Rufen Sie ihn doch an!«

»Diese dämliche Frage habe ich nicht gestellt, sondern gleich angerufen«, amüsierte Bollek sich.

Leopold hörte nicht auf ihn. »Sie kennen doch Silvanas Umfeld«, unterhielt er sich weiter mit Felix Hirsch. »Fällt Ihnen spontan jemand ein, bei dem sie Zuflucht gesucht haben könnte? Jemand, den Sie bis jetzt noch nicht erwähnt haben?«

»Ich bin das alles schon mit der Polizei durchgegangen«, beteuerte Hirsch ungeduldig. »Sämtliche Freunde, Freundinnen und Bekannten.«

»Ich habe es gerade eben noch einmal mit ihm abgeklärt«, erwähnte Bollek kopfschüttelnd und kritzelte das nächste Häkchen aufs Papier.

»Eltern? Verwandte?« Leopolds Frage klang schon ein wenig resigniert.

»Fehlanzeige«, konstatierte Bollek. »Ich kürze das jetzt ab und sage: Beim nächsten Häkchen ist das Bier fällig, Herr Hofer! Sie machen es mir erstaunlich leicht. Ihre Verhörtaktik ist nicht gerade originell.«

»Versuchen Sie doch mitzudenken«, forderte Leopold ihn auf. »Vielleicht sollten wir uns gar nicht bezüglich Kontaktpersonen den Kopf zerbrechen, sondern einen anderen Ansatzpunkt suchen. Silvana wird wohl etwas gegen die Person in Händen haben, die Erwin Lamprecht umgebracht hat, weil es sich um dieselbe Person handelt, die seinerzeit Elvira Achleitner geholfen hat, ihren Ehemann zu ermorden. Wie schätzen Sie Silvana ein, Felix? Wie viel bedeutet ihr Geld? Und wie groß ist ihre Risikobereitschaft?«

»Wie meinen Sie das? Ich kann Ihnen nicht ganz folgen?«, rätselte Hirsch.

»Zögern Sie Ihre Niederlage nicht hinaus«, mahnte Bollek scherzhaft.

»Es geht ganz einfach darum, ob sie das Wagnis eingehen würde, einen Mörder zu erpressen«, setzte Leopold Hirsch auseinander. »Sie könnte dadurch zu einer schönen Stange Geld kommen, aber es könnte ihr Leben entsprechend verkürzen. Sie weiß, dass Erwin Lamprecht deswegen bereits ins Gras beißen musste. Versucht sie es also? Entgegen meinen ersten Kombinationen neige ich immer mehr zu der Annahme, dass sie vielleicht doch nicht aus so hartem Holz geschnitzt ist.«

»Sie ist sehr emotionell, das weiß ich von unseren Auseinandersetzungen«, überlegte Hirsch. »Aber ich glaube nicht, dass sie Dinge plant oder rational durchdenkt. Also, wenn ich ehrlich bin, traue ich ihr so etwas nicht zu. Da hätte sie wohl gehöriges Muffensausen. Andererseits hat sie sehr verändert gewirkt, als sie gestern Abend zu uns gekommen ist.«

»Sehen Sie! Ich glaube, ich habe mich in ihr verschätzt«, erklärte Leopold. »Sie hat diesen Brief in Elviras Wohnung gefunden. Vielleicht hat Lamprecht sie dazu animiert. Vielleicht wollte er gemeinsame Sache mit ihr machen. Aber dann wird er getötet. Silvana ist nun allein. Und als jemand Elvira Achleitners Wohnung auf den Kopf stellt, wird ihr klar, dass er nach diesem Schreiben sucht. Ihre erste Reaktion ist nun nicht, sich durch Erpressung zu bereichern, sondern sie verspürt Angst. Sie weiß, dass der Mörder auf sie zukommen wird.«

»Aber warum geht sie dann nicht zur Polizei?«, wunderte sich Hirsch.

»Eine Möglichkeit ist, dass sie die Person kennt und deswegen Hemmungen hat«, befand Leopold. »Wenn Lamprechts Mörder mit Elvira Achleitner gemeinsame Sache gemacht hat, kann man annehmen, dass er auch immer wieder einmal in ihrer Wohnung vorbeigeschaut hat. Warum sollte Silvana bei der Gelegenheit nicht Kontakt mit ihm gehabt haben? Es muss ein Schock für sie gewesen sein, im Nachhinein zu erfahren, dass es sich um einen Gewalttäter handelt. Deshalb wartet sie ab, anstatt aktiv zu werden, entscheidet sich für den Rückzug. Das lässt ihr einige Perspektiven offen. Sie kann ihn verraten, zur Rede stellen, oder auch Geld von ihm wollen.«

»Das ist eine sehr eigenwillige Geschichte«, äußerte Hirsch skeptisch.

»Herr Hofer ist Weltmeister im Geschichtenerfinden«, informierte Bollek ihn. »Damit quält er mich und den Oberinspektor schon seit Jahren. Aber heute finde ich es ausnahmsweise einmal lustig und zerstreuend. Beste Samstagabendunterhaltung.«

»Wie soll es denn weitergehen? Trifft sich Silvana mit dem Mörder? Hat sie das Schreiben bei sich? Ist sie in Gefahr?«, wollte Felix Hirsch, dem die Nervosität weiterhin deutlich anzusehen war, wissen.

»Das weiß ich natürlich nicht alles im Detail«, antwortete Leopold. »Aber spinnen wir den Faden noch ein wenig weiter. Worum geht es unserem Mörder? In erster Linie um den Beweis seiner alten Schuld. Den muss er an sich reißen. In Elvira Achleitners Wohnung findet er ihn nicht. Logischerweise für ihn hat ihn dann Silvana. Sie muss sich wappnen, weil sie nicht weiß, was er vorhat. Sie braucht eine Art Sicherheit. Vielleicht hat sie das Schreiben gar nicht mehr. Sie könnte versucht haben, es woanders unterzubringen und damit eine andere Person in die Sache mit hineinzuziehen.«

»Wenn ich Sie richtig verstehe, befindet es sich also hier«, folgerte Hirsch angespannt. »Wir müssen die Wohnung durchsuchen.«

»Das könnte zu einer zeitraubenden Angelegenheit werden«, befürchtete Leopold. »Außerdem glaube ich nicht, dass es da ist. Silvana hat immer noch Gefühle für Sie und würde Ihnen das vermutlich nicht antun. Wir müssen nachdenken. Welche Möglichkeiten fallen Ihnen noch ein?«

»Bingo! Das war die Nummer fünf! Ein Bier im *Café Heller* für Inspektor Norbert Bollek steht an, zu bezahlen von Herrn Oberkellner Leopold W. Hofer«, jubelte Bollek.

»Lassen Sie mich in Frieden«, erwiderte Leopold unwirsch. Im selben Augenblick erlebte er einen Aha-Effekt. Denn seine Überlegungen führten ihn zu einem logischen, aber verhängnisvollen Schluss. »Ich muss Thomas anrufen und ihn warnen«, durchfuhr es ihn. »Möglicherweise befindet er sich in höchster Gefahr.«

KAPITEL 17

Thomas Korber ging die letzten Stufen hinauf zu seiner Wohnungstür. Im Geist war er noch bei dem angenehmen Nachmittag, den er mit Sabine Patzak verbracht hatte. Nun aber wollten beide nach der turbulenten vorigen Nacht wieder in ihren eigenen Betten schlafen und sich ein wenig ausruhen, ehe sie sich zu einem kuscheligen Sonntag trafen.

Korber nahm die Kopfhörer heraus, durch die er beschwingte Musik gehört hatte, und öffnete die Tür. Zu seinem Erstaunen war sie nicht versperrt. Er musste wohl darauf vergessen haben, als er mit Sabine zum Mittagessen gegangen und anschließend in ihrer Wohnung gelandet war. Aber es gab keinen Grund zur Sorge, denn alles sah so unaufgeräumt aus wie immer.

Leopold hatte in der Zwischenzeit zweimal versucht, ihn telefonisch zu erreichen. Korber hatte sein Handy ja auf lautlos gestellt, um bei seiner letzten Beschäftigung mit Sabine nicht in einem ungeeigneten Moment gestört zu werden. Wahrscheinlich ging es seinem Freund nur wieder darum, ihn zur Hilfe bei der Mörderjagd aufzufordern. Doch damit musste zunächst einmal Schluss sein. Er hatte das Recht auf ein Eigenleben, auf ein wenig Ruhe und Entspannung. Korber wusste es zwar sehr wohl zu schätzen, dass Leopold den entscheidenden Schritt zu seiner Versöhnung mit Sabine gesetzt hatte. Aber war er ihm nicht schon unzählige Male durch seinen Einsatz zur

Seite gestanden? Konnte Leopold ihn nicht wenigstens diesen einen Abend in Ruhe lassen?

Zu allem Überfluss hatte er ihm eine SMS geschrieben. Um sein Gewissen zu beruhigen, schaute Korber sie sich kurz an: *Du bist in Gefahr! Niemandem öffnen, falls du zu Hause bist! Buch aus E-Mail suchen! Vermutl. Brief drin, wichtig! Komme asap! L.* Dieses wirre Zeug war leider typisch für Leopold. Wenn er sich in einen Fall hineinsteigerte, ging die Fantasie mit ihm durch, und das war dann das Resultat.

Nun rief auch noch Sabine an. Das war allerdings etwas anderes. Wahrscheinlich wollte sie einfach seine Stimme hören. Korber würde solche weiblichen Gefühlsduseleien zwar nie ganz verstehen, aber er wusste, es war besser, wenn er ranging. Ein paar nette Worte zum Abschluss eines gelungenen Tages konnten nicht schaden. »Hallo, Sabine! Ich denke gerade nach, wie ich die nächsten Stunden ohne dich überstehen werde«, hauchte er in sein Handy.

Sabine atmete auf. »Gott sei Dank hebst du ab! Papa ist echt in Sorge um dich«, kam sie ohne Umschweife auf den Grund ihres Anrufs zu sprechen. »Möglicherweise hat Silvana ein wichtiges Dokument, das den Täter entlarvt, bei dir in der Wohnung liegen lassen. Der Mörder könnte gerade dahinter her sein.«

Das war also der Grund für Leopolds wirre Botschaft. »Hier ist alles in Ordnung. Es ist niemand da«, äußerte Korber mit der Absicht, Sabine zu beruhigen.

»Umso besser! Schließ zu, mach auf keinen Fall auf, wenn jemand anläutet, und ruf sofort die Polizei an, wenn man versucht, gewaltsam bei dir einzudringen«, wies sie ihn an. »Und such Silvanas E-Mail auf deinem Computer heraus. Sie hat doch etwas von einem Buch erwähnt, das sie zurückgestellt hat. Papa meint, das ist ein Hinweis, wo sie das Dokument versteckt hat.«

»Ach ja! Ich habe mich schon gewundert, dass sie das in der Mail erwähnt hat«, überlegte Korber. »Und du meinst, ich soll jetzt nachschauen, ob in dem Buch was drin ist? Hat das nicht bis morgen Zeit?«

»Nein, das ist sehr wichtig«, trichterte ihm Sabine ein.

Korber fuhr seinen Computer hoch. »Da fällt mir was ein. Kannst du dich erinnern, ob ich meine Wohnungstür abgesperrt habe, als wir weggegangen sind?«, fragte er.

»So genau weiß ich das nicht, aber ich denke schon«, kam die Antwort.

»Es war nicht zugesperrt, als ich nach Hause gekommen bin«, merkte Korber nachdenklich an. »Vielleicht war doch jemand da. Verdammt, Silvana hat immer noch meinen Schlüssel!«

»Du musst das Buch suchen und dich vergewissern, ob etwas drin ist«, schärfte Sabine ihm unterdessen ein. »Wenn du nichts findest, hat sich Papa entweder geirrt, oder das Dokument ist bereits entwendet worden. Andernfalls hältst du ein wichtiges Beweisstück in dem Mordfall in Händen und musst sorgsam darauf achten, bis Papa kommt. Sieht es in deiner Wohnung aus wie sonst auch?«

»Ja, ja«, antwortete Korber, während er die Mail öffnete. »Ich hab's. Es handelt sich um ein Buch von Friedrich Torberg. Entweder um den *Schüler Gerber* oder die *Tante Jolesch*. Jetzt kommen wir der Sache gleich auf den Grund.« Er ging zum Regal und suchte die Bücher heraus. »Volltreffer«, jubelte er dann.

»Hast du's?«, erkundigte sich Sabine angespannt.

»Selbstverständlich«, versicherte Korber. »Zumindest ist da ein Kuvert, das vorher nicht da war. Ich muss nur noch den Inhalt prüfen.«

»Was steht drin?« Sabine konnte es kaum mehr erwarten. Doch plötzlich war die Leitung tot.

Korber lag bewusstlos am Boden. Jemand hatte ihn von hinten niedergeschlagen.

*

Der Mann musste eine rasche Entscheidung treffen, ob er Korber umbringen sollte. Er hatte ihn nicht gesehen und auch den Brief nicht gelesen. Jenen Brief, den der Mann nun endlich in Händen hielt, und der ihn beinahe überführt hätte. Eigentlich bedeutete er keine Gefahr, und der Mann wollte nicht schon wieder töten.

Wichtiger war es, schnell von hier wegzukommen. Ihm blieb vermutlich nicht viel Zeit. Und dann? Die größte Gefahr ging von Silvana Rusek aus. Sie wusste am meisten. Der Mann hatte sie vorderhand mit etwas Geld für den Tipp mit Korbers Wohnung und den Schlüssel abgefertigt. Mehr wolle sie nicht, hatte sie ihm anvertraut, nur dieses bescheidene Sümmchen, das sie ein wenig unabhängiger mache. Sie handle hauptsächlich aus persönlicher Sympathie für ihn. Ihr Wunsch sei, dass möglichst rasch Gras über die Sache wachse und man wieder zur Normalität zurückkehren könne. Eine Kopie des unglückseligen Schreibens hatte sie vor seinen Augen von ihrem Handy gelöscht. Aber konnte er ihr trauen? Wahrscheinlich musste er sie sicherheitshalber doch beseitigen.

Ein unglückseliges Schreiben war es jedenfalls fürwahr. Wie hatte Elvira nur auf die Idee kommen können, ein Schriftstück zu verfassen, das sämtliche Details des Mordes an Arnold enthielt? Das war nie, zu keiner Zeit, so abgesprochen gewesen. Wie ein Grab würden sie schweigen, das hatten sie einander geschworen, und all die Jahre im blinden Vertrauen zueinander gelebt. Aber nicht gemeinsam, das wäre zu riskant gewesen.

Das ist der Fluch, der dich ereilt, wenn es einmal so weit kommt, dachte der Mann. Die Liebe, deretwegen du getötet hast, kannst du nicht ausleben. Er war sogar immer wieder außer Landes gewesen. Es wurde nie wieder so wie vorher. Er besuchte Elvira gelegentlich als Freund, vor allem, seit er merkte, dass ihr gesundheitlicher Zustand sich verschlechterte. Dabei erfuhr er von der Niederschrift ihrer gemeinsamen Tat. Sie habe nicht mehr anders gekonnt, die ständigen Gewissensbisse hätten sie dazu gezwungen, eröffnete sie ihm. Er versuchte, ihr begreiflich zu machen, in welche fatale Lage sie ihn damit brachte, aber vergeblich. Es sei wichtig gewesen, sich alles von der Seele zu schreiben, behauptete sie.

Aber wo blieb die Rücksichtnahme auf ihn?

Der Mann freundete sich in der Folge mit Silvana Rusek an und hoffte, dass sie ihm helfen würde, dieses Schreiben an sich zu bringen. Doch plötzlich überstürzten sich die Ereignisse. Elvira rief ihn am Dienstag an und erzählte ihm, sie habe ihre und seine Sünden einem Studenten und Beinahe-Priester gebeichtet. Es gehe zu Ende mit ihr, deshalb sei dieser Schritt notwendig gewesen. Der Student würde auch gern mit ihm ein paar Worte darüber sprechen, am besten gleich.

Das war nun wirklich der Gipfel! Dieses über die Jahre gehütete Geheimnis, das ihnen beiden so viel abverlangt hatte, würde nun mir nichts, dir nichts der Öffentlichkeit preisgegeben. Denn der Student machte kein Hehl draus, dass er vorhatte, alles in Form einer sensationslüsternen Erzählung publik zu machen. Also war der Mann gezwungen zu handeln.

Sie trafen sich, und er lotste den Studenten in seine Wohnung. Der Student hatte nichts Priesterliches an sich, er kam sich im Gegenteil sehr gut vor. Er prahlte über sein schriftstellerisches Format, wollte alle Details der Bluttat hören, damit er sie entsprechend verwerten konnte. Wahrscheinlich würde schon am nächsten Tag halb Floridsdorf von dem Mord erfahren. Dessen Protagonisten waren jedoch noch am Leben.

Der Mann flößte dem Studenten Wein und Schnaps ein und tat so, als sei er vollkommen auf seiner Seite. Schließlich begleitete er ihn auf seinem Heimweg und spazierte mit ihm in Richtung Kinzerplatz. Der Student war so besoffen, dass sein Plan leicht aufging. Er setzte ihn auf eine Bank, schlug ihn mit einem Stock nieder, den er dazu mitgenommen hatte, und erdrosselte ihn anschließend mit seinem eigenen Schal. So beseitigte er sein Opfer ohne lautstarke Gegenwehr.

Am Morgen folgte dann der nächste Schicksalsschlag. Als er bei Elvira vorbeischaute, um die Lage zu erkunden und ihr einzuschärfen, dass mit ihren Bekenntnissen endlich Schluss sein musste, sah er den Leichenwagen und erfuhr, dass sie in der Nacht verstorben war. Er wartete ab, bis es dunkel war. Dann suchte er in ihrer Wohnung verzweifelt nach dem für ihn kompromittierenden Stück Papier. Obwohl er alles auf den Kopf stellte, fand er nichts, was einem solchen Schreiben auch nur irgendwie entsprach. Jemand musste vor ihm dagewesen sein, und die Vermutung lag nahe, dass es sich dabei um Silvana handelte.

Der Mann rief sie an, sie reagierte aber nicht. Er versuchte, an sie ranzukommen, aber sie war ständig mit jemandem beisammen, wohl dem Freund oder Liebhaber. Ein Kurzbesuch in ihrer Wohnung brachte auch nichts: keine Spur von dem Dokument, hinter dem er her war.

Endlich, am heutigen Samstag, meldete sich Silvana bei ihm und behauptete, sie wisse, wo das Dokument sei. Sie wirkte unerfahren und forderte eine relativ geringe Geldsumme. Sie wolle nicht weiter in die Sache hineingezogen werden, das sei für sie das Wichtigste, beteuerte sie. Der Mann erhielt von ihr den Schlüssel zur Unterkunft ihres Freundes Thomas Korber, dem sie angeblich den Umschlag mit dem Schreiben mit der Bitte gegeben hatte, es für sie aufzubewahren.

Das hatte zur jetzigen Situation geführt. Der Mann war in der Dämmerung, der Verbündeten aller Einbrecher, hierhergekommen. Aber dann tauchte dieser Korber plötzlich auf. Er konnte nur schnell die Taschenlampe ausschalten und sich hinter der Schlafzimmertür verstecken. Dabei hatte er Glück im Unglück. Korber kannte offenbar das Versteck nicht, er bekam telefonische Hinweise – aber nicht von Silvana. Der Mann brauchte nichts weiter zu tun, als zu warten, bis er das Dokument in Händen hielt, und ihn dann mit seinem Stock niederzuschlagen.

Und jetzt stand er da, unschlüssig, wie er weiter vorgehen sollte. Auf jeden Fall musste er rasch verschwinden. Korbers Kontaktperson am Handy hatte sicher mitbekommen, dass etwas nicht in Ordnung war. Korbers Tod würde dem Mann nicht viel bringen, und was er mit Silvana tun würde, konnte er später auch noch entscheiden. Sie hatte offensichtlich kein ehrliches Spiel mit ihm getrieben. Aber war es wirklich unumgänglich für ihn, einen weiteren Mord auf sich zu nehmen? Vielleicht war es das Beste, wieder eine Weile unterzutauchen wie damals. Er hatte immer noch Freunde in Deutschland, die ihm weiterhelfen würden.

Und wenn er weiter weg musste? Der Mann konnte das nicht ausschließen. Er konnte nichts mehr ausschließen. Oh Elvira, es wäre doch alles bis zuletzt gutgegangen, dachte er. Warum musstest du nur vor deinem Tod zu schwächeln beginnen?

*

Als der Mann die Straße erreichte, stellte sich ihm sofort eine mächtige Gestalt mit breitkrempigem Sombrero entgegen. »Herr Reiter? Wo wollen Sie denn so schnell hin?«, redete ihn Oberinspektor Juricek scharf an. »Darf ich Sie bitten, mir das Stück Papier zu geben, das Sie in der Hand halten, und mit uns zu kommen, um einige Fragen zu beantworten?«

Viktor Reiter drehte sich um. Aber selbst wenn ihn seine Beine besser getragen hätten, war ihm der Fluchtweg versperrt. Leopold und Inspektor Bollek näherten sich ihm von der anderen Seite, gefolgt von drei weiteren Polizeibeamten. »Was habe ich denn getan?«, fragte Reiter. Es war nur mehr der Trotz eines Mannes, der sein Verderben nicht wahrhaben wollte.

»Sie werden uns das alles auf dem Kommissariat Punkt für Punkt selbst beantworten«, teilte ihm Juricek mit. »Gerade eben sind Sie zum Beispiel ohne Erlaubnis in eine fremde Wohnung eingedrungen. Was haben Sie dort mit Thomas Korber gemacht? Ich hoffe, Sie haben sich nicht zu noch einer Unbesonnenheit hinreißen lassen.«

Reiter schwieg. Inzwischen waren zwei der Beamten nach oben geeilt, um nach Korber zu sehen. »Herr Korber kommt gerade wieder zu sich«, meldete Frau Inspektor Dichtl über ihr Handy. »Er ist durch einen Schlag auf den Kopf verletzt worden. Wir lassen ihn mit der Rettung zur Untersuchung ins Spital bringen. Wahrscheinlich hat er nur eine leichte Gehirnerschütterung abgekriegt.«

Bei der folgenden Durchsuchung Reiters fanden Bollek und der dritte Beamte den Schlagstock. »Wollen Sie uns immer noch weismachen, Sie hätten nichts getan? Hätten niemanden niedergeschlagen? Aber das war ja noch die geringste Ihrer Straftaten«, nagelte Juricek ihn fest. »Sie haben zwei Menschen ermordet, und zwar Arnold Achleitner und Erwin Lamprecht.«

Viktor Reiter kämpfte immer noch halsstarrig gegen sein Schicksal an. »Das mit dem Mann eben war eine Kurzschlussreaktion«, behauptete er. »Ich wollte unbedingt den Zettel haben, um herauszukriegen, was darauf steht. Nun weiß ich, dass es die wirren Fantasien einer todkranken Frau sind. Sie dürfen kein Wort davon glauben! Ich bin unschuldig!«

»Sie können Ihren Kopf anstrengen, wie Sie sich da herausreden wollen. Besser wäre es freilich, Sie würden ein Geständnis ablegen«, riet Juricek ihm. »Wenn wir die Überreste von Arnold Achleitners Leichnam gefunden haben, ist der Sack ohnehin zu. Ich tippe einmal, dass wir ihn in Ihrem Garten vergraben finden.«

»Für den Vickerl vom Grund kommt dann ein schlimmer Befund«, ätzte Leopold.

»Ich sage nichts! Ich möchte einen Anwalt«, blieb Reiter stur.

»Darüber reden wir auf dem Kommissariat. Zunächst kommen Sie einmal mit«, erklärte Juricek ihm.

»Erika und ich würden dich und deine Gattin morgen gern zum Mittagessen einladen, Richard«, bot Leopold seinem Freund noch an, ehe der in eines der Polizeiautos stieg. »Ich fürchte bloß, die Sache zieht sich hin, und du steckst da noch mitten im Verhör.«

Juricek zog seine rechte Augenbraue in die Höhe. »Erikas berühmte Schnitzel? Die lasse ich mir nicht entgehen, keine Sorge! Bis dahin hat Reiter ausgepackt«, versicherte er und stieß Leopold dabei kurz mit dem Ellenbogen an. »Reiter hatte einen Flachmann in der Westentasche. Seine Fahne ist auch nicht von schlechten Eltern. Wenn ich mich nicht sehr täusche, ist der Mann Alkoholiker. Spätestens morgen in der Früh wird er es nicht mehr ohne einen Schluck Wein aushalten. Wenn wir ihm dann ein Glas anbieten, packt er aus, jede Wette!«

*

Sonntag, 20. März, Mittag

Schließlich saßen alle um den sonntäglichen Mittagstisch versammelt: Leopold und Erika, die diesmal mit großer Freude gekocht hatte, da der Fall abgeschlossen war, und sie ihr Schnucki in seiner Freizeit nun wieder ganz für sich beanspruchen konnte; Sabine mit dem leicht blessierten, aber wieder aus dem Spital entlassenen Thomas Korber; und zu guter Letzt Oberinspektor Richard Juricek mit seiner Hannelore. Er konnte den Rest des Sonntags genießen, denn Viktor Reiter hatte ein Geständnis abgelegt.

»Wie ich es prophezeit hatte«, berichtete er. »Man hat eben einen Blick für das Durchhaltevermögen seiner Klienten. Gestern war seine Enttäuschung darüber, wie schnell ihn die Vergangenheit eingeholt hatte, noch zu groß. Dabei hat er sich in Wahrheit nichts sehnlicher gewünscht, als sich alles von der Seele zu reden.«

»Er war wohl von Elviras Sinneswandel sehr getroffen«, vermutete Leopold.

»Das kann man sagen«, bestätigte Juricek. »Die beiden waren ein heimliches Liebespaar. Dabei waren Arnold Achleitner und Viktor Reiter gute Freunde. Allerdings war Arnold vom Beginn seiner Ehe mit Elvira grundlos eifersüchtig und jähzornig. In jedem Fan der damaligen Operettensängerin sah er einen potenziellen Liebhaber. Er hat sie immer wieder geschlagen. Da hat sie sich mit Reiter verbündet und wurde seine Geliebte.

Die Angst, dass Arnold durchdrehen würde, wenn er hinter ihr Geheimnis kam, war groß. Dann wurde er wegen einer heftigen Auseinandersetzung mit einem Mitarbeiter gekündigt. Er redete zunächst groß daher, dass er mit seiner Abfertigung ein neues Leben anfangen und zu einer angeblichen Freundin nach Deutschland ziehen würde. Doch diese Hoffnung von Elvira und Viktor erwies sich als trügerisch. Schließlich wurde das Geld, das er bar nach Hause gebracht hatte, zur großen Versuchung. Sie beschlossen, ihn aus dem Weg zu räumen und es so aussehen zu lassen, als hätte er seine großsprecherischen Ankündigungen wahrgemacht. Viktor lockte Arnold in sein Gartenhaus in Langenzersdorf und vollbrachte dann dort gemeinsam mit Elvira die Tat. Die Bedingungen waren ideal. Es war gerade Herbst, und somit war wenig los in der Anlage. Reiter konnte die Leiche später in aller Ruhe im Garten vergraben.

Nun waren sie Arnold los und hatten eine ansehnliche Summe Geld. Von einem Sparbuch kassierten sie mit dem Losungswort noch schnell einen zusätzlichen Betrag. Sie teilten alles untereinander auf. Wenn jemand nach Arnold fragte, sagte Elvira, ihr Mann habe sie verlassen und sei zu seiner Freundin nach Deutschland gezogen. Außer dem Cousin gab es keine Verwandten, und den Job war er auch losgeworden. Das erleichterte die Sache.

Es klappte jedenfalls. Elvira und Viktor trauten sich allerdings nicht, gemeinsam als Liebespaar aufzutreten. Nach wie vor sollte niemand etwas von ihrer Beziehung wissen, damit auch niemand Verdacht schöpfte. Viktor ging immer wieder als Vertreter für längere Zeit nach Deutschland. Deshalb erhielt Arnolds Cousin auch original abgestempelte Weihnachtskarten von dort.

Vor ein paar Jahren ging Reiter in Pension und ließ sich wieder ganz in Floridsdorf nieder. Es war ein anderer Viktor Reiter, der nun hauptsächlich Wirtshäuser besuchte, dem Alkohol kräftig zusprach und sich als »Vickerl vom Grund« als lokales Original etablierte. Die alte Liebe zu Elvira Achleitner war zwar eingerostet, aber er besuchte sie regelmäßig. Dann kam auf einmal die Nachricht von ihrer Beichte, die ihn zum Handeln zwang. Den Rest kennen wir mittlerweile mehr oder minder genau. Morgen werden wir das, was von Arnold Achleitner noch übrig ist, ausgraben.«

»Deshalb solltest du dich jetzt ganz Erikas wunderbaren Schnitzeln widmen und endlich aufhören, beim Essen die grausigen Details dieses Verbrechens zu besprechen«, ermahnte Hannelore Juricek ihren Mann.

»Eines muss ich noch anmerken«, ließ sich der Oberinspektor nicht von ihr beirren. »Wahrscheinlich hätten wir Reiter schon eher genauer unter die Lupe genommen, wenn ich gleich von dir erfahren hätte, dass er sich nach dem Mord am Tatort hat blicken lassen. So war unser erster Eindruck von ihm bloß der eines unzuverlässigen Zeugen. Bevor du also mit deiner Kombinationsgabe prahlst, lieber Freund, solltest du zugeben, dass du unsere Arbeit wieder einmal aus purem Eigensinn behindert hast.«

»Da war doch noch nicht abzuschätzen, dass es sich um den Mörder handeln könnte, Richard«, verteidigte sich Leopold. »Ich habe ihn auch nicht von Beginn an in der engeren Auswahl gehabt. Sein Auftreten am Kinzerplatz war äußerst clever. Er hat unser Auffinden von Lamprechts Leiche beobachtet, dabei den leblosen Körper gleich etliche Male berührt, damit er seine Fingerabdrücke darauf im Bedarfsfall begründen konnte, und eine glaubwürdige Darstellung seiner Begegnung mit dem Opfer in *Rüdigers Beisl* geschildert. Dort muss er sehr vorsichtig gewesen sein und die Anweisungen an Lamprecht für das Treffen in seiner Wohnung so unauffällig gegeben haben, dass die anderen Gäste nichts merkten. Das alles hat auch mich eine Zeit lang in die Irre geführt. Die Erleuchtung ist mir erst im Wasserpark gekommen.«

»Da haben wir's wieder! Märchen und Sagen statt ordentlicher Polizeiarbeit«, seufzte Juricek, während er ein paniertes Stück Fleisch in seinen Mund schob.

»Was die Liste betrifft, die du ständig von mir verlangt hast, kann ich nur anführen, dass unser Täter das *Café Heller* vor dem Mord nicht aufgesucht hat. Sie hätte dich also nicht weitergebracht. Und was den möglichen Zusammenhang mit Elvira Achleitner betrifft: Ihre Kontaktdaten befanden sich in Erwin Lamprechts Brieftasche, die du dir hoffentlich genauer angesehen hast«, bemerkte Leopold süffisant.

»Du hast da deine Finger drin gehabt? Das ist doch …« Juricek wurde beinahe böse.

»Ich habe dabei Handschuhe angehabt und alles wieder zurückgegeben«, beeilte sich Leopold zu erwähnen. »Das heißt, ich habe keine Beweise unterschlagen und keine Spuren verwischt, Richard. Ich habe mir lediglich etwas vor dir und deinen Beamten angesehen, weil ich auch vor euch da war. Aber kommen wir zum Wesentlichen. Auf einigen der Fotos in Elviras Wohnung befand sich ein Hinweis, den ich erst zu einem späteren Zeitpunkt richtig deuten konnte, weil ich mich zunächst auf sie und ihren Gatten Arnold konzentrierte.«

»Dort hast du uns ja leider auch drein gepfuscht«, konstatierte Juricek nun etwas lauter.

»Sie haben ja gar nichts mehr zu essen, Herr Oberinspektor«, kam Erika Haller seiner Strafpredigt zuvor, indem sie ihm ein weiteres Stück Schnitzel reichte.

»Ich war nur wieder vor euch da«, rechtfertigte Leopold sich. »Da habe ich mich eben ein wenig umgeschaut. Und es gab viele ähnliche Fotos, nämlich Fotos, auf denen der junge Viktor Reiter neben Arnold und Elvira zu sehen war. Mir ist das zunächst nicht aufgefallen, er hat sich über die Jahre doch sehr verändert. Ich hatte nur lose Assoziationen im Kopf, als er mich im *Heller* besuchte, wusste jedoch nicht, wo ich sie hintun sollte. Dann kam der romantische Spaziergang in den Wasserpark mit Herrn und Frau Heller.«

»Der vor allem sehr kalte Spaziergang«, präzisierte Erika.

»Dabei wurde ich auf eine Reihe von Bäumen aufmerksam, auf denen Liebespaare zum Zeichen ihrer Zuneigung Herzen mit ihren Initialen oder Abkürzungen ihrer Namen in den Stamm geritzt hatten«, fuhr Leopold fort. »Neben einem dieser Herzen stand ›Vic + Elli‹. Da ging mir ein Licht auf.«

»Ich kann es immer noch nicht fassen, dass man so zur Lösung eines Falles kommt«, brummte Juricek kopfschüttelnd. »Die reine Spekulation!«

Leopold ließ sich nicht aus dem Konzept bringen. »Es war nun nicht wichtig, ob es sich bei dem Pärchen, das sich da verewigt hatte, tatsächlich um Viktor Reiter und Elvira Achleitner handelte. Aber ich hatte plötzlich die fixe Idee, dass die beiden eine Liebesbeziehung miteinander gehabt hatten. Ich erkannte quasi rückwirkend Reiters Gesichtszüge auf dem vorher erwähnten Foto. Am selben Abend vergewisserte ich mich, indem ich mir das Bild noch einmal anschaute. Er war es, stand offenbar in freundschaftlicher Beziehung zum Ehepaar Achleitner und musste Elvira gut gekannt haben.

Das war ein völlig neuer Aspekt! Durch die Annahme, dass Reiter Elviras Geliebter war, ergab alles einen Sinn. Elvira hatte gegenüber Erwin Lamprecht einen Mord erwähnt, und dass sie ihr altes Problem endlich loswerden wollte. Dabei hatte sie sich extra an einen theologisch vorgebildeten Menschen gewandt. Ihr Mann hatte sie angeblich verlassen und war nicht mehr aufgetaucht. Da konnte man doch stark vermuten, dass sie ihn damals gemeinsam mit Viktor Reiter umgebracht und ihre Beichte letztlich zu Lamprechts Ermordung geführt hatte.

Du warst leider wieder einmal sehr skeptisch, Richard, und hast mich dazu gezwungen, meine Theorie noch einmal zu hinterfragen. Theoretisch hätte ihr Komplize, der trachten musste, dass die alte Geschichte nicht durch den sensationslüsternen Lamprecht an die Öffentlichkeit kam, auch jemand anderer sein können, etwa Albert Hirsch, der kein Hehl aus seiner Bewunderung für die damalige Operettensängerin Elvira machte.«

»Jetzt beherrsch dich aber einmal, Papa«, rief Sabine Patzak dazwischen. »Der alte Hirsch mag etwas eigenartig sein, aber er tut keiner Fliege etwas zuleide.«

»Durchaus möglich! Die Beweislage gegen Reiter war vorerst jedenfalls mehr als dünn. Neben den Recherchen, die die Polizei endlich durchführte, musste ich deshalb nach etwas Ausschau halten, das meine Theorie untermauerte. Ich fragte mich, warum Elviras Wohnung nach ihrem Tod durchwühlt worden war. Angeblich hatte sie jemand nach einem Testament durchsucht. Das glaubte ich auch lange Zeit, vor allem wegen der beharrlichen Interventionen von Ruth Klett und ihren Freundinnen. Doch allmählich ahnte ich, dass es sich dabei nur um eine Irreführung Silvana Ruseks gehandelt hatte. Mir dämmerte nach einer Bemerkung des Wirts von *Rüdigers Beisl*, dass es um einen Hinweis auf den gemeinsamen Mord gehen könnte, eine Art schriftliche Beichte, nach der Elviras Mittäter die Wohnung umgedreht hatte. Dieses Dokument musste sich jedoch Silvana geschnappt haben. Wer zuerst kommt, mahlt zuerst.

Silvanas Nervosität bestärkte mich in der Annahme, dass sie noch immer im Besitz des Schreibens war. Sie hatte Angst davor, allein in ihrer Wohnung zu sein, die Reiter tatsächlich als Nächstes durchstöberte. Offenbar wollte Silvana nicht zur Polizei gehen, zur Erpressung fehlte ihr die Kaltblütigkeit, und bei sich wollte sie das Dokument auch nicht behalten. Vielleicht versuchte sie, das Schreiben Reiter indirekt zukommen zu lassen, dachte ich mir. Möglicherweise hat sie es irgendwo für ihn deponiert. Da fiel mir ein, dass sie ja auch eine gewisse Zeit in deiner Wohnung war, lieber Thomas! Der Rest ist bekannt. Wir sind gerade noch rechtzeitig gekommen, um Reiter zu stellen. Glücklicherweise bist du mit einem blauen Auge davongekommen.«

»Mit einer dicken Beule«, widersprach Korber und griff sich an den Hinterkopf.

»Das wird schon wieder«, munterte Sabine ihn auf und streichelte zärtlich über die empfindliche Stelle.

Mittlerweile waren alle mit dem Mittagessen fertig. Erika Haller brachte den Kaffee herein, dazu einen frischen, noch lauwarmen Topfenstrudel. Hannelore Juricek war ganz begeistert. »Wie das duftet«, schwärmte sie.

»Ich hoffe, es ist jetzt genug über die unselige Geschichte geredet worden, und wir können uns endlich normal unterhalten«, ersuchte Erika die Anwesenden, allen voran ihren Schnucki.

»Du könntest uns eines deiner G'schichtln erzählen, Papa«, schlug Sabine vor. »Dann sind wir sicher gleich gut drauf.«

Richard Juricek stieß einen kurzen Seufzer aus, doch die anderen forderten ihn wohlwollend dazu auf. Also begann Leopold: »Deine Beule erinnert mich an einen anderen Schlag, Thomas. Der Wewerka Nazl hat immer am Samstag bei uns gefrühstückt, wenn er am Freitag einen Drahrer bis in die Morgenstunden gemacht hat. Zur Sicherheit, um nur ja nicht erkannt zu werden, schon gar nicht von seiner ihn vielleicht suchenden Frau, hat er sich dabei eine große Zeitung vors Gesicht gehalten, also *Presse*, *Frankfurter Allgemeine* und so fort. Einmal ist die Frau

Gemahlin wirklich zur Tür hereingekommen. Sie hat ihn natürlich sofort entdeckt, hat ihm die Zeitung weggerissen und ihn angebrüllt, er müsse sofort nach Hause und solle sich nicht unterstehen, so etwas noch einmal zu machen. Der Nazl ist daraufhin in sich gegangen und hat das Frühstück nach seinen Drahrern künftig woanders eingenommen. Eines Samstagmorgens ist seine Gattin aber wieder bei uns im Kaffeehaus gestanden. Sie ist geradewegs auf den sich ebenfalls gern hinter einer Zeitung versteckenden Amtsrat Krenn zugelaufen. Sie hat gar nicht geschaut. Weg mit der Zeitung, und zack, hat der Herr Amtsrat eine schallende Ohrfeige im Gesicht gehabt. Na, das war ein Theater! Der Nazl hat den Amtsrat Gott sei Dank flüchtig gekannt und konnte eine Anzeige gerade noch verhindern. Böse Zungen behaupten, die beiden Herren seien danach ab und zu gemeinsam drahn gegangen …«

»Du wärst der geborene Kaffeehausliterat, Leopold«, lobte Korber ihn. »Deine G'schichtln kommen der Sache viel näher als die verkrampften Bemühungen dieser Studenten. Hast du eigentlich noch nie daran gedacht, einen Erzählband zu schreiben? Er wäre sicher *der* Renner in Erikas Buchhandlung!«

»Dazu habe ich leider überhaupt keine Zeit«, lehnte Leopold sofort ab. »Die Arbeit im Kaffeehaus verlangt mir immer noch viel ab. Um meine Erika sollte ich mich auch mehr kümmern. Da muss ich mir meine Freizeit genau einteilen.«

»Warum denn das?«, fragte Korber.

»Damit sich alles gut ausgeht, wenn wieder einmal ein Mord passiert«, antwortete Leopold und biss dabei genüsslich in seinen Topfenstrudel.

GLOSSAR

ausfratscheln = jemanden indiskret und zudringlich ausfragen

Beisl = Kneipe

Bummerl = Spieleinheit beim Schnapsen

Drahrer = nächtliche Lokaltour beziehungsweise der Ausführende derselben

flach = in Geldnöten

Fluchtachterl = Absacker

Frankfurter Würstel = Wiener Würstel

grapschen = stehlen

hamdrahn = umbringen

ein paar Hansln = ein paar (unwichtige) Menschen

Hetz = Spaß

Kieberer = Polizist

machert = machte, würde machen

magerln = ärgern, wurmen

Mascherl = Fliege, Schleife

ins Narrenkastl schauen = verträumt dreinschauen

picken bleiben = hocken bleiben, in einem Lokal versumpfen

Plafond = Zimmerdecke

Seidel = 0,3 Liter

Topfenstrudel = Quarkstrudel

Tschocherl = kleines Lokal, hauptsächlich für den Verzehr alkoholischer Getränke gedacht

Chefober Leopold W. Hofer ermittelt:

SPANNUNG

GMEINER

WWW.GMEINER-VERLAG.DE
Wir machen's spannend

Daniel Verano
Canaria Criminal
Kriminalroman
256 Seiten, 12,5 x 20,5 cm,
Paperback
ISBN 978-3-8392-0459-7

Im Wahlkampf springt der polarisierende Politiker
Francisco Fraude mit dem Fallschirm über Gran
Canaria ab. Felix Faber, deutscher Auswanderer und
Journalist auf der Insel, beobachtet den Sprung von
seinem Bungalow aus. Es geschieht das Unvorstell-
bare, vor laufender Kamera schlägt Fraude auf einem
Felsen auf und ist tot. Faber beginnt zu recherchieren
und kreuzt dabei den Weg der taffen Ermittlerin Ana
Montero. Zusammen decken sie nach und nach eine
Verschwörung auf.

GMEINER SPANNUNG

WWW.GMEINER-VERLAG.DE
Wir machen's spannend

Jean Jacques Laurent
Elsässer Rache
Kriminalroman
213 Seiten, 12,5 x 20,5 cm,
Paperback
ISBN 978-3-8392-0480-1

Jules Gabin und seine Verlobte Joanna stecken mitten
in den Hochzeitsvorbereitungen, als die Skelette von
zwei Vermissten entdeckt werden: Das junge Paar
war vor neun Jahren kurz nach ihrer Trauung spurlos
verschwunden. Sein neuer Fall führt Major Gabin in
die feine Gesellschaft des beschaulichen Colmar – und
deckt menschliche Abgründe auf. Nebenbei dürfen sich
Jules und Joanna durch die elsässische Küche schlem-
men, denn sie müssen das Hochzeitsmenü zusammen-
zustellen …

GMEINER SPANNUNG

WWW.GMEINER-VERLAG.DE
Wir machen's spannend

Michael Boenke
Camping mortale
Kriminalroman
313 Seiten, 13 x 21 cm,
Premium-Klappenbroschur
ISBN 978-3-8392-0458-0

Die Ruhe auf Friedas Camping-Stellplatz wird nach-
haltig gestört, als der »Probecamper« und Ortsvor-
steher Eginbert Bilsner mit einem Zeithering im Kopf
von Bönles Sprössling Korbinian tot aufgefunden
wird. Als auch dem Hund des Ermordeten und der
Bienenkünstlerin Bibibee Böses widerfährt, und Tizian,
der beeinträchtigte Freund Korbinians, zum Sünden-
bock gemacht wird, überschlagen sich die Ereignisse im
herbstlichen Ried. Nachdem Vorahnungen einer blinden Seherin grausame Realität werden, ermittelt Bönle
mit seiner Motorrad-Gang auf eigene Faust.

GMEINER SPANNUNG

WWW.GMEINER-VERLAG.DE
Wir machen's spannend